mtb

Umwelthinweis:
Dieses Buch wurde auf chlor- und säurefreiem Papier gedruckt.

Kait Ballenger ist hauptberuflich Autorin von paranormalen Romances für Erwachsene und Jugendliche, professionelle Bauchtänzerin und wird ihr Studium bald mit einem Doktor abschließen. Sie glaubt fest daran, dass man mit Überzeugung und Leidenschaft alles erreichen kann. Mit ihrem Mann, ihrem Hund und zwei Katzen lebt die Autorin in Florida.

Kait Ballenger

Immortal Hunter

Roman

Aus dem Amerikanischen von
Ira Panic

mtb

MIRA® TASCHENBUCH
Band 65105
1. Auflage: Februar 2015

MIRA® TASCHENBÜCHER
erscheinen in der Harlequin Enterprises GmbH,
Valentinskamp 24, 20354 Hamburg
Geschäftsführer: Thomas Beckmann

Titel der nordamerikanischen Originalausgabe:
Immortal Hunter

erschienen bei: HQN Books, Toronto

Published by arrangement with
Harlequin Enterprises II B.V./S.àr.l

Konzeption/Reihengestaltung: fredebold&partner GmbH, Köln
Umschlaggestaltung: pecher und soiron, Köln
Redaktion: Mareike Müller
Titelabbildung: Thinkstock/Getty Images, München
Satz: GGP Media GmbH, Pößneck
Druck und Bindearbeiten: CPI books GmbH, Leck – Germany
Printed in Germany
Dieses Buch wurde auf FSC®-zertifiziertem Papier gedruckt.
ISBN 978-3-95649-105-4

www.mira-taschenbuch.de

Werden Sie Fan von MIRA Taschenbuch auf Facebook!

Für meinen Dad, Rick Schulz, der mich bei allem, was ich tun wollte, unterstützt hat und mir alles mitgab, was ich brauche, um im Leben erfolgreich bestehen zu können. Ich liebe dich, Daddy.

1. KAPITEL

David Aronowitz zückte seinen Dolch und balancierte ihn aus. Die gezackte silberne Klinge glänzte kurz im schwachen bernsteinfarbenen Licht einer in der Nähe stehenden Straßenlaterne, bevor David in den tiefen Schatten eintauchte und sich praktisch unsichtbar machte. Prüfend ließ er seinen Daumen an der Schneide der Waffe entlanggleiten. Sie war neu. Ohne Flecken. Völlig unbenutzt. Wenn es nach ihm ging, würde das nicht lange so bleiben.

Dieses dämonische Stück Dreck musste heute dran glauben.

Er schlich noch weiter in die Dunkelheit hinein, die Sinne bis zum Äußersten geschärft. Jedes noch so leise Geräusch nahm er wahr.

Die Sirenen des Strong Memorial Hospitals hallten durch die Nacht und mischten sich mit gelegentlichem Autohupen und den Schritten später Passanten. Die Luft war erfüllt vom klammen Geruch des braunen Matsches, in den sich der vermutlich letzte Schnee in diesem März verwandelt hatte.

David hatte nur noch ein paar Minuten Zeit, bis sein Zielobjekt hier auftauchen würde, und er durfte es nicht vermasseln.

Er wäre lieber bei Allsún geblieben. Es brachte ihn förmlich um, dass er seinen Platz neben ihrem Bett im Krankenhaus hatte verlassen müssen. Aber er hatte keine andere Wahl. Während seiner Abwesenheit würde Jace über Allsún wachen. David wusste, dass sie bei ihm sicher war.

Er legte eine Hand auf die Tasche seiner Bikerjacke, um die Beretta unter dem Leder zu spüren, und sein Mund verzog sich zu einem grimmigen Lächeln. Wenn er eine Schwäche hatte, dann für innovative Waffen, und heute Abend konnte er gleich zwei brandneue Spielzeuge ausprobieren: den Dolch und – sein persönlicher Favorit – die Kugeln, mit denen er seine Pistole gefüttert hatte.

Monatelang hatte er an den Dingern herumgetüftelt, und endlich war es ihm gelungen, eine Kugel herzustellen, die beim Einschlag explodierte und Weihwasser im Körper des Dämons verspritzte. David konnte es kaum erwarten, das Gesicht dieser Kreatur zu sehen, wenn er seine kleinen Schätzchen an ihm testete.

Sein offizieller Auftrag lautete, einen Dämon zu jagen, bei dem es sich vermutlich um einen Abyzu handelte. Vor zwei Wochen war ein kleines Mädchen getötet worden, und die Execution Underground hatte einen dieser kranken Irren im Visier. Jedes Mal, wenn David an den unfassbaren Kummer dachte, den die Eltern des Kindes erleiden mussten und der sie für den Rest ihres Lebens nicht mehr loslassen würde, durchfuhr ein dumpfer Schmerz sein Herz.

Doch dieser babymordende Mistkerl würde bitter für seine Tat bezahlen, dafür würde David sorgen, so viel stand fest. Aber nicht jetzt. Heute Nacht war er nicht hinter dem Abyzu her. Er hatte andere Pläne. Dies hier war eine persönliche Angelegenheit.

Er veränderte seine Position hinter dem Müllcontainer. Bei der Bewegung tat sein verletztes Bein höllisch weh, was ihn einmal mehr daran erinnerte, wie furchtbar schief sein letzter größerer Job gelaufen war und was er durch sein Versagen angerichtet hatte. Er verdiente diesen Schmerz. Er war seine gerechte Strafe dafür, dass er Allsún im Stich gelassen hatte. So sehr hatte seine Exverlobte ihn gebraucht, während sie den mörderischen Launen eines kranken

Sadisten ausgeliefert war, und er hatte nichts für sie machen können.

David schaute in die Richtung, in der das Krankenhaus lag, und dachte daran, wie sie ausgesehen hatte, als er sie dort vorhin allein lassen musste. Sie wirkte so friedlich, die Lider geschlossen, als würde sie schlafen. Allerdings wusste er es besser. Sie war gefangen gehalten und gefoltert worden, und er war hilflos gewesen und hatte ihr nicht helfen können. Zugegeben, die Umstände hatten sich seiner Kontrolle entzogen, und letztendlich *hatte* er sie ja gerettet, wie seine Teamkollegen nicht müde wurden, ihm zu sagen. Aber das änderte nichts an den schrecklichen Tatsachen. Sie hatte furchtbar gelitten. Sie litt immer noch.

Und das machte ihn wahnsinnig.

Er trat mit seinem angeschlagenen Bein gegen den Müllcontainer, damit es noch ein bisschen mehr wehtat. Als Sahnehäubchen auf dem Misthaufen hatte sich dann auch noch herausgestellt, dass der Arzt, der sich um Allsún kümmerte, während sie schutzlos im Koma lag, von einem Dämon besessen war.

Der Dämon-Arzt war kein Trottel. Er hielt sich in den umtriebigen Bereichen des Krankenhauses auf, sodass er ständig von Menschen umgeben war. David war fast verrückt geworden, während er auf den richtigen Moment wartete, um den Kerl auszuschalten. Er hatte den Widerling wochenlang belauert, und jetzt würde sich seine Geduld endlich auszahlen. Das Höllenwesen hatte gleich Schichtende. Jeden Augenblick konnte es durch diese finstere Gasse kommen.

David rührte sich nicht und lauschte. Schritte näherten sich seinem Versteck. Er zwang sich zu höchster Konzentration. Es war so weit. Eins, zwei, drei … *leChajim – Prost Mahlzeit, du Drecksack!*

Der Anfang der Gasse wurde noch vom Licht der Straßenlaterne erleuchtet. Er starrte wie gebannt dorthin. Sein Zielobjekt bog um die Ecke und ging auf ihn zu. David hielt die Luft an und hob seinen Dolch. Die Schritte hallten von den engstehenden Mauern wider, der Wind pfiff durch die schmale Straße. Eine falsche Bewegung mit seinem verwundeten Bein, und es wäre um ihn geschehen.

Die Schritte des Dämons wurden lauter. David wartete auf den perfekten Moment. Er hatte genau einen Schuss, um die Höllenbrut zu bannen, bevor sie angriff oder, was wahrscheinlicher war, wegrannte wie ein jämmerlicher, feiger Hund. Und wenn es der Kreatur gelingen sollte abzuhauen, hatte David mit seinem kaputten Bein keine Chance, sie einzuholen.

Er fokussierte alle Gedanken und Gefühle auf seinen Feind. Plötzlich blieb der Dämon beunruhigt stehen, mitten in der Bewegung, als könne er die Bedrohung wittern, die sich in den schwarzen Schatten verbarg. David erstarrte ebenfalls, nicht ein Muskel zuckte an seinem Körper. Er durfte das hier nicht vermasseln!

Vorsichtig lief der Dämon weiter. Der Lichtstrahl einer Straßenlaterne fiel kurz auf das Gesicht des Arztes. Oh, verflucht. Was für eine verfahrene Situation. David hatte keine Ahnung, wie lange der Mann schon besessen war und, was viel wichtiger war, ob er überhaupt noch irgendwo in dieser sterblichen Hülle existierte. Er schluckte seinen Frust herunter und ging nochmals die Einzelheiten seines Plans in Gedanken durch: Er wollte das Ding nicht töten, nur festnageln, ihm die erforderlichen Informationen entreißen und danach den Dämon aus dem Körper des Arztes vertreiben.

Sosehr David sich danach sehnte, dieser Höllenkreatur den Kopf abzureißen, allein dafür, dass sie Allsún auch nur angesehen hatte, brachte er es doch nicht über sich, ihr den Todesstoß zu versetzen. Jedenfalls nicht, solange der Hauch einer Chance bestand, dass der eigentliche Besitzer des Körpers noch am Leben war.

Der Dämon ließ seinen Blick aufgeschreckt durch die Gasse wandern. Forschend spähte er ins Dunkel. Nach ein paar quälend langen Sekunden ging er weiter. David lächelte. *Perfekt.* Er ließ das Höllenwesen ein paar Schritte an sich vorbeilaufen, noch tiefer in den Schatten hinein. Dann verlagerte er sein Gewicht, um sich auf den entscheidenden Sprung vorzubereiten. Dabei streifte er mit der Hüfte die Ziegelmauer, an der er lehnte, was ein kaum wahrnehmbares Geräusch verursachte.

Scheiße.

Der Mistkerl blieb erneut stehen und drehte sich um.

Ohne weiter nachzudenken, stürzte David sich auf den Dämon. Sein Oberkörper prallte gegen den des schmächtigen Arztes, und der Schwung riss das Höllenwesen zu Boden. David presste die Klinge seines Dolchs an die Kehle der Kreatur. Der Dämon wand sich unter ihm, bekam einen Arm frei und schmetterte David seine Faust auf den Wangenknochen, so heftig, dass der Kopf des Jägers zurückgeschleudert wurde und schwarze Flecken vor seinen Augen tanzten. Das Biest mochte sich ja einen menschlichen Körper zugelegt haben, aber es war noch immer übernatürlich stark und hatte einen teuflischen rechten Haken. Verdammt, das würde morgen früh richtig wehtun.

Die Höllenbrut nutzte die Gunst des Augenblicks, warf David ab und rappelte sich hoch. David, der immer noch nicht wieder klar sehen konnte, sprang auf und hieb mit dem Dolch durch die Luft, unmittelbar vor dem Kopf des Dämons, um ihn zurückzudrängen. Schließlich hatte er ihn, wo er ihn wollte: in der Ecke zwischen Müllcontainer und Mauer.

Der in die Enge getriebene Gegner lachte. „Glaubst du ernsthaft, dass deine Klinge mich verletzen kann?“ Er breitete einladend die Arme aus. „Nur zu, schneide ruhig Löcher in diesen netten Arzt, den ich gerade anhabe. *Mir* wirst du damit keinen bleibenden Schaden zufügen, Jäger.“

David starrte ihn finster an. Jetzt war er wirklich sauer. Wenn er etwas noch mehr hasste als Dämonen, dann waren es klugscheißende Dämonen. Wütend zog er die Klinge über das Gesicht der Bestie. Als das Silber die Haut aufriss, erfüllte ein lautes Fauchen die enge Gasse. Der Dämon presste eine Hand auf die brennende, dampfende Wunde. David warf ihn gegen die Mauer und drückte ihm die flache Klinge an den Hals.

Er grinste spöttisch. „Das ist ein geweihter Dolch, du Schwefelfresser.“ Er presste die Waffe noch fester gegen die Haut der Kreatur. „Und für dich heißt es immer noch ‚Exorzist‘.“

Der Dämon fluchte. David unterdrückte ein Lachen. Das Ding musste völlig vertrottelt sein. Er neigte ja nicht zum Prahlen, doch er hatte bei den Höllenwesen nun mal einen Ruf wie Donnerhall. Sein reizender Spielgefährte hier hätte also wissen müssen, dass er in Davids Jagdrevier landen würde, sobald er einen Fuß nach Rochester setzte.

Das Schlimmste, was einem Dämon passieren konnte, war ein Exorzist wie David. Denn er schickte die Dinger gnadenlos zurück in die Hölle, jedes verdammte Mal. Und jeder Dämon, den er je getroffen hatte, legte es verzweifelt darauf an, Satans Absteige für immer hinter sich zu lassen. Es war nicht gerade einfach für sie, es überhaupt bis hierher zu schaffen, daher war es die Höchststrafe, wieder umkehren zu müssen.

Er drehte die Klinge ein bisschen und drückte etwas fester zu, sodass Blut floss. Wieder ertönte dieses Fauchen, und der Schnitt brannte und qualmte. Der Dämon wand sich zischend unter Davids Gewicht.

Als Erstes musste die persönliche Sache geklärt werden. „Was hast du an Allsúns Bett gemacht, du Freak?", stieß er knurrend hervor.

Ein leises Lächeln zuckte um die Lippen des Dämons. „Von wem sprichst du?", höhnte er.

David ballte seine freie Hand zur Faust und versetzte dem Mistkerl einen harten Hieb ins Gesicht. Ein deutliches Knacken deutete darauf hin, dass er dem Arzt die Nase gebrochen hatte. Der arme Kerl würde den Schmerz der Verletzungen ertragen müssen, die David ihm zufügte, vorausgesetzt, er lebte überhaupt noch. Doch das war auf jeden Fall besser als die Alternative. David schlug noch einmal hart zu.

Er brauchte Antworten, und zwar sofort. „Hör auf, mir dumm zu kommen, Prinzessin. Du weißt genau, wen ich meine."

Die Augen des Dämons wechselten ihre Farbe, von gewöhnlichem Menschen-Braun zu einem glühenden Blutrot. Das Wesen war jetzt so zornig, dass es einen Anflug seiner wahren Gestalt zeigte. „Du meinst das appetitliche Mädchen, das ich noch ausweiden werde, und zwar von innen?"

„Wenn du ihr auch nur ein Haar krümmst, häute ich dich bei lebendigem Leib und gieße so lange Weihwasser in deine offenen Wunden, bis von dir nichts mehr übrig ist als ein Stück qualmendes, stinkendes Fleisch", zischte David. Die Vorstellung, dass Allsún noch mehr Qualen erleiden könnte als bisher, jagte einen Strom weißglühender Wut durch seine Adern. Er hatte bereits einmal versäumt, sie zu beschützen. Das würde ihm nicht wieder passieren. Niemals.

Der Dämon grinste, während ihm das Blut über das Gesicht lief. „Und dabei würdest du billigend in Kauf nehmen, diesen bewundernswerten Doktor hier zu töten? Einen Mann, der zahlreiche Leben gerettet hat? Das glaubst du doch selbst nicht."

Wütend brüllte David auf. „Du unterschätzt, wie sehr ich euch Höllenbestien hasse." Er presste das Messer fester an die Kehle seines Gegners. Aus der brennenden Wunde stieg noch mehr Rauch auf.

„Sag mir, warum du in ihren Arzt gefahren bist, oder ich exorziere deinen lahmen Arsch noch in dieser Sekunde zurück in die Hölle."

Der Dämon schwieg.

„Das ist deine letzte Chance."

Die Kreatur grinste erneut. Blut rann aus der Nase des Doktors in seinen Mund und tauchte sein Lächeln in ein ekelhaftes Rot. Keine Antwort.

David biss die Zähne zusammen. Na gut. Wenn der Dämon unbedingt leiden wollte, dann würde er ihn leiden lassen. Er räusperte sich und fing an, das Exorzismusritual zu rezitieren. Die vertrauten hebräischen Worte kamen ihm leicht über die Lippen.

Die Adern unter der Haut des Dämons schwollen dunkel an, bis der Körper des Arztes von einem krampfadrigen Netz überzogen war. Seine Augen blitzten in einem noch feurigeren Rot, und er verfiel in unkontrollierte Zuckungen. David hörte nicht auf zu skandieren, nicht mal, um Luft zu holen.

Der Dämon stieß einen keuchenden Schrei aus. „Hör auf, es reicht“, unterbrach er ihn. „Wenn du mich nicht exorzierst, sage ich dir alles, was du wissen willst.“

David verstummte und wartete. Der kleine Mistkerl war schneller eingeknickt, als er gedacht hatte.

Der Dämon hustete Blut, und die blauen und roten Adern, die seinen gestohlenen Körper bedeckten, verblassten langsam.

„Sie ist die letzte Fee, die nicht nach Avalon gegangen ist. Ich bin gekommen, um sie zu töten, und das wäre mir auch gelungen, wenn du nicht ununterbrochen an ihrem Bett geklebt hättest.“

Verdammt. Mit großer Mühe unterdrückte David die schrecklichen Flüche, die ihm auf der Zunge lagen. Als ob Allsún nicht schon genug durchmachen musste, während sie bewusstlos dalag und ihre Wunden heilten! Und jetzt hatte dieser Dämon auch noch ihr lange gehütetes Geheimnis aufgedeckt – ihre Halbfeen-Blutlinie. Oder, um ganz genau zu sein: ihre Elfen-Blutlinie. Als irdische Engel waren die Elfen die einzig wahren natürlichen Feinde der Dämonen. Und Allsún, die als eine der Letzten ihrer Art auf der Erde geblieben war, stellte eine Gefahr für sie dar. Seit der letzten großen Hetzjagd auf die Feen hielt sie sich versteckt.

David zwang sich um ihretwillen, ruhig zu bleiben. Er durfte den Dämon nicht spüren lassen, auf was für ein großes Ding er da gestoßen war. „Wer hat dich geschickt?“, fragte er.

Das Höllenwesen zuckte mit den Schultern. „Keiner. Ich handele im Alleingang.“

David stieß ein tiefes, drohendes Knurren aus und zog seine Klinge über die Kehle des Dämons.

Der schrie vor Schmerz laut auf. „Ich bin allein, ich schwöre es. Ich war in den Hausmeister des Krankenhauses gefahren und mit ihm nur ein bisschen zum Spaß herumgelaufen, als ich über sie gestolpert bin. Ich wusste sofort, was sie ist, also habe ich beschlossen, mit ihr zu spielen, und habe den Doc geentert. Und später wollte ich mich überall damit rühmen, dass *ich* der Dämon bin, der die letzte Elfe auf Erden getötet hat."

David sah das wertlose Stück Dreck abschätzend an. Nach seiner nicht sonderlich beeindruckenden Stärke zu urteilen, war dieser Typ keine große Nummer. Nur einer von den vielen niederen Widerlingen; er würde auf Belial-Dämon tippen. Ein Belial wäre *tatsächlich* dämlich genug, sich ohne Rücksprache mit einem Vorgesetzten an eine so wertvolle Beute wie Allsún heranzuwagen.

„Hast du irgendwem von ihr erzählt?"

Die Höllenbrut schüttelte den Kopf. „Nein, keinem. Darauf gebe ich dir mein Wort. Lass mich gehen."

„Dein Wort ist weniger wert als der Schwanz eines toten Mannes", spottete David. „Ihr Dämonen schnattert doch wie ein Haufen aufgeregter Schulmädchen und tratscht. Also, sofern du mir nichts Nützliches über den Kollegen erzählen kannst, der vor zwei Wochen dieses arme kleine Mädchen ermordet hat, fährst du jetzt zur Hölle. Ohne Rückfahrkarte." Er fing wieder an, das Ritual zu rezitieren, langsam und nachdrücklich.

Erneut schwollen die Adern im Körper des Arztes. „Wenn du mich zurückschickst, erzähle ich jedem Dämon von ihr!", kreischte der Dämon.

David erstarrte. Schäumend vor Wut, ließ er die Drohung auf sich wirken. Er hatte wahrhaftig keine Lust, sich noch länger mit diesem schwefligen Abschaum abzugeben.

Das Höllenwesen grinste von einem Ohr zum anderen. „Schaut aus, als ob du mich gehen lassen musst, Exorzist."

David lachte. „Träum weiter." Er rammte ihm die Faust in den Magen. Die Kreatur japste hörbar nach Luft.

Er würde dieses dämonische Stück Dreck so schmerzhaft wie möglich austreiben. David griff nach seiner Halskette, holte den Davidstern hervor, den er immer unter dem Hemd trug, und presste ihn gegen die Stirn seines Gegners. Dazu murmelte er die uralten Worte des Rituals.

Der Dämon wand sich am ganzen Leib, und die Schreie, die sich seiner Kehle entrangen, hatten nichts Menschliches mehr. „Für das, was du mir antust, verbreite ich überall die Neuigkeit von der Elfe, und den Doc töte ich auch. Er mag ja Luft zum Leben brauchen, ich allerdings nicht."

Die Brust des Arztes hörte auf, sich zu bewegen. Der Dämon hatte das Atmen eingestellt, um den Körper, in den er geschlüpft war, zu ersticken. David skandierte so schnell er konnte. Hoffentlich war der Doc imstande, da drin irgendwie ums Überleben zu kämpfen und den Dämon dazu zu zwingen, irgendwann mal Luft zu holen.

Die Hälfte des Rituals war gesprochen, und der Arzt atmete immer noch nicht. David dachte angespannt über seine nächsten Schritte nach und spielte alle möglichen Szenarien im Kopf durch. Was auch immer er tat, er war geliefert. Wenn er den Dämon austrieb, brachte er Allsúns Leben schon wieder in Gefahr. Er durfte der Höllenbrut auf keinen Fall die Gelegenheit geben, das Geheimnis ihrer Existenz zu lüften, auch wenn die anderen möglicherweise längst Bescheid wussten. Aber sollte er sich deshalb auf das Risiko einlassen? Die einzige Alternative war, den Dämon endgültig zu töten, aber dann würde auch der Doktor sterben.

Es war der Klassiker aller Loyalitätskonflikte. Auf der einen Seite gab es seine Pflicht als Jäger, die Unschuldigen zu beschützen. Auf der anderen wog seine Ergebenheit und Treue der Frau gegenüber, die die Liebe seines Lebens war, auch wenn sie diese Liebe schon lange nicht mehr erwiderte. David knirschte mit den Zähnen.

Was für ein Mist.

Er presste den Davidstern fester gegen die Stirn des Dämons und rezitierte rasend schnell Psalm 91 auf Hebräisch. Drei Mal. Fast hatte er es geschafft und damit das Ritual vollzogen. Allsún würde wollen, dass er den Arzt rettete, da war er ganz sicher. Doch wie konnte er sie schon wieder in Gefahr bringen? Und war der Tod des Doktors nicht ohnehin besiegelt?

Der Dämon keuchte. Der Gesichtsausdruck des Arztes klärte sich für den Bruchteil einer Sekunde. Seine Augen hatten ihre normale Farbe angenommen. Das Rot in ihnen war verschwunden, während er gegen die Bestie kämpfte.

„Töte es! Egal, ob du mich auch töten musst!"

Einen Moment lang zögerte David. Dann stieß er dem Doktor, ohne weiter darüber nachzudenken, die Klinge ins Herz. Der Körper des Mannes bäumte sich unter dem Hieb auf. Blut strömte aus der Wunde. Die Adern unter der Haut wurden dunkler, als der Dämon vergeblich versuchte, sich an sein Leben zu klammern. Ein aufsteigender Energienebel signalisierte den Tod der Höllenbrut. Die Adern des Mannes verblassten, und die blutrote Iris leuchtete wieder in ihrer normalen braunen Farbe. Sein Körper wurde schlaff, aber noch war das Licht nicht aus den Augen verschwunden. Der Doktor spuckte Blut, und die rote Flüssigkeit lief über sein Kinn.

Mühsam öffnete er den Mund, um etwas zu sagen. „E… er hat den anderen schon davon erzählt“, röchelte er. „Von … i…ihr.“ Er zuckte noch einmal schwach, dann wurde sein Blick glasig, und seine Gesichtszüge entspannten sich.

David ließ die Leiche des Doktors sanft zu Boden sinken. Er starrte auf die stille, leblose Gestalt, und seine Schuldgefühle drohten ihn zu überwältigen. Er hatte den Mann retten wollen. *Verdammt.* Natürlich war ihm bewusst, dass es nicht sein Fehler war. Er hatte seinen Job erledigen müssen, wie immer in Situationen wie diesen. Aber er gab sich trotzdem jedes Mal wieder die Schuld. *Zur Hölle mit allem!* Instinktiv umklammerte er seinen Davidstern und murmelte leise das Kaddisch. Nachdem das letzte Wort des Totengebets gesprochen war, ließ er die Halskette los und trat ein paar Schritte zurück.

2. KAPITEL

Sechsunddreißig Stunden Folter waren nicht so einfach wegzustecken. Und auch ein knapp einmonatiges traumatisch bedingtes Koma machte sich beim Aufwachen bemerkbar, wie Allsún O'Hare schmerzhaft bewusst wurde. Als ein plötzlicher Energiestoß durch ihren Körper fuhr, schoss sie aus ihrer liegenden Position hoch und rang keuchend nach Luft. Ein dumpfer, pochender Schmerz durchfuhr ihren ganzen Körper. Der stechende Gestank nach Desinfektions- und Reinigungsmitteln beleidigte ihre Nase. Ein unaufhörliches Piepsen dröhnte wie eine Sirene in ihrem Kopf. Sie hielt sich die Ohren zu und starrte in einen weiß getünchten Raum, der hinter einem Nebel zu verschwinden schien.

Wo in Morganas Namen war sie? Sie blinzelte ein paarmal, bis ihr Blick sich klärte, und versuchte dann, sich ein Bild von ihrer Umgebung zu machen.

„Schwester Robson wird auf die Entbindungsstation gebeten", tönte eine weibliche Stimme aus einem Lautsprecher. Entbindungsstation? Sie wusste, dass sie auf keinen Fall etwas auf einer Entbindungsstation zu suchen hatte. Dass letzte Mal, dass sie dort gewesen war … *O Gott.*

In ihrem Kopf drehte sich alles, und sie klammerte sich an ihrem Bettzeug fest. Entbindungsstation … das hieß doch wohl, dass sie in der Klinik war, oder? Wieder verschwamm alles vor ihren Augen. Heiliger Feenstaub. *Nein. Kein Krankenhaus.* Sie hasste Krankenhäuser. Sie musste sofort weg hier. Auf der Stelle.

Der Boden kippte vor ihren Augen seitlich weg. Junge, Junge, sie war ja völlig weggetreten. Was zum Teufel hatten sie ihr gegeben? Sie schaute auf ihren Arm. Aus ihrem

Handrücken ragte ein intravenöser Zugang. Ihr Blick folgte dem Schlauch zu einem transparenten Tropf. Mit zusammengekniffenen Augen versuchte sie, das Kleingedruckte auf dem Etikett zu entziffern. Ativan. Was war das für ein Mittel? Aus dem Tierheim kannte sie es jedenfalls nicht.

Sie ließ sich gegen das ziemlich harte Kissen sinken, das unter ihrem Kopf lag. Warum war sie überhaupt in der Klinik? Die Augen fielen ihr zu, als seien ihre Lider zu schwer für die Muskeln, die sie halten sollten. Wie war sie hierhergekommen? Sie …

Plötzlich schoss ihr das Bild von Davids attraktivem Gesicht durch den Kopf.

Mit neuer Entschlossenheit setzte sie sich wieder aufrecht hin und fummelte mit schwachen Fingern an ihrem Zugang herum. Schließlich packte sie in ihrer Verzweiflung den Schlauch und riss daran, bis er sich aus ihrer Hand löste. Der spitze Schrei, den sie dabei ausstieß – denn es tat höllisch weh –, alarmierte eine stämmige Schwester, die gerade an Allsúns Zimmer vorbeiging. Die Frau blieb stehen und drehte sich um.

Als sie sah, wie Allsún sich an ihrem Zugang zu schaffen machte, hastete sie an ihr Bett.

Wie ihrem Namensschild zu entnehmen war, hieß sie Clara. Sie hatte platinblondes Haar, bis auf den viel zu breiten Ansatz, der dunkelbraun war, was offenbar ihrer natürlichen Haarfarbe entsprach. Sie lächelte mit Lippen, die etwas zu dick mit burgunderrotem Konturenstift umrahmt worden waren, und stemmte eine Hand auf die Hüfte. „Oh nein, das lassen wir mal schön bleiben! Sie müssen das drinbehalten, Liebes."

Allsún schüttelte den Kopf. Sie würde dieses Menschengift auf keinen Fall auch nur eine Sekunde länger in ihre

Venen fließen lassen. Clara wandte ihr kurz den Rücken zu, um in einem Schränkchen nach etwas zu kramen, das Allsún garantiert nicht mehr brauchen würde. Sie rutschte rasch zum Fußende des Bettes, schwang ihre Beine über die Kante und ließ sich dann nach unten gleiten, bis sie den kalten, harten Fliesenboden unter ihren kleinen Füßen spürte. Sie hielt sich am Bett fest und machte einen Schritt vorwärts. Ihre Knie gaben nach und ... *Mist.* Sie sackte in sich zusammen. Ihre Beine waren zu schwach, um sie zu tragen. Wie sollte sie bloß in diesem Zustand abhauen?

Aufgeschreckt durch das Geräusch des fallenden Körpers, wirbelte *Clar... Clarese?* In Allsúns Kopf drehte sich alles. Wie hieß die Schwester noch gleich? Bevor sie weiter darüber grübeln konnte, war die Frau bei ihr, packte sie unter den Armen und hob sie mit einer Leichtigkeit hoch, als wöge sie nicht mehr als eine Puppe. Vielleicht hatte sie inzwischen ja wirklich so viel abgenommen ... Sie konnte sich nicht daran erinnern, wann sie das letzte Mal etwas gegessen hatte.

„Alles in Ordnung, Liebes. Wir gehen jetzt wieder schön ins Bettchen, nicht wahr? Wir wollen schließlich nicht noch einmal hinfallen. Ich habe schon jetzt wegen dieses kleinen Ausflugs jede Menge Papierkram vor mir. Also immer mit der Ruhe, okay?“ Sie setzte Allsún auf die Bettkante.

Allsún stellte ihre Füße, so fest sie konnte, auf den Boden und wehrte sich mit aller ihr zur Verfügung stehenden Kraft gegen den Griff der Frau. „Nein, ich bllllleib nich hier“, murmelte sie. O Gott, sie lallte ja.

Die Schwester sah sie streng an. „Ob Sie wollen oder nicht, Sie müssen sich jetzt wirklich hinlegen und zur Ruhe kommen.“

Allsún versuchte erneut, sich den Händen der Schwester zu entziehen, und gab sich große Mühe, mit fester Stimme zu sprechen. „Nein."

Die Frau packte sie am linken Handgelenk, sanft, aber bestimmt. „Sie müssen …"

„Ich habe *Nein* gesagt." Allsún riss sich los und taumelte ein paar Schritte zurück.

Die Schwester folgte ihr. Ihre Miene war jetzt eher frustriert als finster. Sie streckte den Arm nach Allsún aus. „Hören Sie, ich bin jetzt langsam mit meiner Geduld am Ende. Sie müssen …"

Allsún hob die rechte Hand. Eine Wolke glitzernden Feenstaubs stieg auf, und es sah aus, als ob sie der Schwester eine Handvoll Glitter ins Gesicht werfen würde. Die Frau sackte zu Boden. Ihr Mund war noch vom Sprechen geöffnet, als sie in den vermutlich tiefsten Schlummer sank, den sie seit Jahren hatte.

Allsún blinzelte zweimal, langsam und mühsam, denn noch immer lag ein schweres Gewicht auf ihren Lidern. „Diss hass du davon, w'nn d… du dich mit 'ner E…Elfe anlegst." Sie lallte schlimmer als ein Collegestudent nach einer langen Partynacht.

Sehr darauf bedacht, nicht das Gleichgewicht zu verlieren, torkelte Allsún aus dem Krankenzimmer in einen langen Flur. Nachdem sie eine gefühlte Ewigkeit nachgedacht hatte, kam sie zu dem Schluss, dass es wohl Nacht sein musste. Das Licht war gedämpft und kein Mensch zu sehen. Sie schlich den Flur entlang. Es kam ihr vor, als ob sie schon seit Stunden unterwegs war. Endlich erreichte sie die Schwesternstation neben den Aufzügen. Ihr Fluchtweg.

Die Nachtschwester blickte von ihrem Papierstapel auf. „Alles in Ordnung, Miss?"

Wortlos ging Allsún auf sie zu, machte wieder diese wegwerfende Geste und sah zu, wie die Schwester in einem Nebel aus Feenstaub auf die Schreibtischplatte sank. Dann schlurfte sie an der schlafenden Frau vorbei zum Fahrstuhl.

Ihr Zeigefinger traf den Rufknopf, den sie nur verschwommen sah, erst beim dritten Versuch. Endlich ging die Tür auf. Sie aktivierte jede einzelne Hirnzelle, die trotz des Drogendunstes ansprechbar war, und drückte auf den Knopf mit dem Sternsymbol, in der Hoffnung, damit das Erdgeschoss anzusteuern.

Die Aufzugtür schloss sich mit einem hohen Klingelton. Nach vier Etagen war sie endlich unten und stolperte aus dem Fahrstuhl und durch die aufgleitenden Glastüren in die Freiheit.

Ein eisiger Luftschwall traf erst ihr Gesicht und umhüllte dann ihren gesamten Körper. Sie schlang die Arme um ihren Körper, um sich zu wärmen, doch ohne Erfolg. Sie musste dringend nach Hause, bevor sie sich hier draußen eine Lungenentzündung einfing. Noch immer waren Rochesters Straßen von einer dünnen Schneeschicht bedeckt, und Allsúns nackte Füße brannten vor Kälte. Das schmerzhafte Prickeln half ihr, einen klareren Kopf zu bekommen. Genauso stellte sie sich die Wirkung einer kalten Dusche nach einer durchzechten Nacht vor, allerdings hatte sie das nie am eigenen Leib erfahren. Sie war nie eine Party-Maus gewesen. Es gab nicht viel zu feiern, wenn man ständig auf der Jagd nach …

Dämonen.

Der unverkennbare Schwefelgestank stieg ihr in die Nase, als sie an einer menschenleeren Gasse vorbeikam. Plötzlich waren all ihre Sinne messerscharf, und sie konnte spüren, wie ihr Elfeninstinkt die Kontrolle übernahm. Sie drehte sich in die Richtung, in die er sie lenkte, dieser naturgegebene Instinkt, der sie jederzeit wissen ließ, wo ein Dämon sein Unwesen trieb. Und dem sie seit Jahren nicht mehr gefolgt war. Nicht seit *jener* Nacht …

Seit damals brachte sie es fertig, den Ruf des Blutes zu ignorieren. Sie wusste, dass die Stadt auch ohne ihre Hilfe sicher war. Auch wenn David nicht überall gleichzeitig sein konnte, so war er doch der einzige ihr bekannte Mensch, der die Fähigkeit besaß, Dämonen in die Hölle zurückzutreiben, statt sie einfach zu töten. Damit hatte er sogar mehr Chancen als sie, die Opfer zu retten.

Aber diesmal war irgendetwas anders.

Der Instinkt zog an ihr wie an einem Seil, das um die Mitte ihrer Brust geschlungen war, und zwang sie zum Weitergehen. Wie sollte sie sich einem derart nachdrücklichen Befehl widersetzen? Sie machte noch einen Schritt, während ihr Kopf immer klarer wurde. Allsún war wieder einmal dankbar für ihren übernatürlichen Stoffwechsel, der die Medikamente rasend schnell abbaute. Aber …

Wie war sie überhaupt in diese Situation geraten? Warum war sie ins Krankenha…

Sie taumelte, als die Erinnerungen mit Macht über sie hereinbrachen.

Dieses *Ding*, diese Kreatur hatte ihr das angetan. Sie sah sein abstoßend hübsches Gesicht vor sich, das sich zu einer Fratze aus purem Hass und tiefer Bösartigkeit verzerrte. Robert. Das war sein Name gewesen, bevor die Hunter ihn umbrachten.

Sie war im Krankenhaus, weil das Monster sie erst entführt und gefoltert und dann für tot gehalten und liegengelassen hatte. David hatte sie gerettet. Der Gedanke an seine Arme, die sich um sie schlangen, wärmte ihr Herz.

Nein, so durfte sie nicht fühlen.

Sie schüttelte den Kopf, um sowohl Robert als auch David aus ihrem Hirn zu vertreiben. Es hatte keinen Sinn, an sie zu denken. Robert war tot, und sie hatte bereits vor Jahren ihr Bestes gegeben, um David aus ihrem Gedächtnis zu löschen. Er hatte seine Wahl getroffen. Nachdem sie gegangen war, hatte er nicht ein einziges Mal versucht, sie zu finden. Damit war die Sache erledigt. Gut, jetzt hatte er sie zwar gerettet, aber das war nun mal sein Job. Mehr steckte nicht dahinter, dessen war sie sicher.

Sie trat mit schleppenden Schritten an den Rand der vielbefahrenen Straße vor der Klinik und hoffte darauf, ein Taxi anhalten zu können. Irgendjemand da draußen war in höchster Gefahr, das sagte ihr der Elfeninstinkt. Und nach dem, was sie gerade am eigenen Leibe erlitten hatte, konnte sie diesen jemand nicht einfach demselben schrecklichen Schicksal überlassen. Wenn sie ein Taxi hätte, könnte sie einfach ihrem Instinkt folgen. Die Kälte kroch immer tiefer in ihren Körper, und ihre Füße hatten sich in taube Eisklumpen verwandelt.

Minutenlang war kein Taxi in Sicht. Als sie schließlich eins heranrasen sah, rannte sie auf die Straße und breitete die Arme aus. Der Fahrer trat hart auf die Bremse und misshandelte seine Hupe. Der Lärm hallte in ihren Ohren nach und holte sie noch weiter aus ihrem Drogenrausch.

Der Taxifahrer ließ die Fensterscheibe neben seinem Sitz hinuntergleiten. „Was zum Teufel machen Sie hier, Lady? Verschwinden Sie von der Straße!"

Sie holte tief Luft und versuchte, den Verkehrslärm zu übertönen. „Ich brauche ein Taxi." Sie hastete zur Seite des Wagens, und es gelang ihr irgendwie, sich auf die Rückbank fallen zu lassen. Ihr war immer noch etwas schwindlig, wahrscheinlich von dem restlichen Ativan in ihrem Körper.

Der Fahrer lehnte sich seufzend in seinem Sitz zurück und trat aufs Gaspedal. „Wohin wollen Sie denn?"

„Hören Sie, dies ist ein Notfall, und ich habe kein Geld dabei."

Er schaute in den Rückspiegel und beäugte skeptisch ihr Krankenhausnachthemd. „Ich mache keine Freifahrten, Lady. Entweder Sie zahlen, oder Sie steigen aus meinem ..."

Bevor er den Satz beenden konnte, hob Allsún die Hand vor sein Gesicht und ließ eine weitere flirrende Feenstaub-Fontäne aufsteigen. Dann räusperte sie sich. „Also, was ist jetzt mit der Freifahrt?"

Der Mann blinzelte, als ob er seinen Blick klären müsste. „Freifahrt?", sagte er dann. „Klar, kann ich machen. Wohin soll's denn gehen?"

Sie lächelte. „An den südlichen Stadtrand, und beeilen Sie sich. Ich weiß noch nicht ganz genau, wohin, aber das wird sich herausstellen, sobald wir näher dran sind."

Das Ziehen in ihrer Brust verstärkte sich mit jedem Kilometer, und sie spürte, wie ihre Sinne immer schärfer wurden, je näher das Ziel rückte. Ihr Kopf klärte sich von Minute zu Minute mehr; offenbar war das Medikament so gut wie abgebaut. Kein Wunder, dass sie ihr das Zeug intravenös verpasst hatten. Vermutlich hätte die Dosis, die sie brauchte, locker für jemanden gereicht, der dreimal so groß war wie sie.

Sie näherten sich dem südlichen Rand von Rochester. Die hohen Gebäude und Industrieanlagen wichen der ruhigen Vorstadt. In der Ferne funkelten die hellen Lichter der Wolkenkratzer, aber die Straßen hier waren dunkel, abgesehen von der einen oder anderen Straßenlaterne. Sie dirigierte den Taxifahrer durch zahlreiche Straßen und etliche Kurven, bis sie schließlich nur noch von niedrigen Ziegelhäusern umgeben waren. Von hier aus war die City nicht mehr zu sehen. Allsún würde die ganze Nacht suchen, wenn es sein musste. Denn es bestand die, wenn auch geringe Chance, dass sie heute jemanden retten konnte.

Eine Leiche loszuwerden war kein Zuckerschlecken. David unterdrückte einen Brechreiz, als der metallische Geruch des Blutes sich in seiner Nase mit dem des verrottenden Abfalls mischte. Der geöffnete Container stank mehr nach Tod und Verwesung als die sterblichen Überreste des Arztes. Am besten brachte er das hier so schnell wie möglich hinter sich. Er hob den schlaffen Körper hoch und warf ihn in den Müll. *Möge Gott mir vergeben.* Jede einzelne Faser seines Ichs bäumte sich dagegen auf, den Mann wie Unrat zu entsorgen, doch er erledigte den Job. Wie immer. Ein Teil von ihm wünschte, er könnte die Familie des Mannes informieren oder den Toten wenigstens ins Leichenschauhaus bringen, damit er ein ordentliches Begräbnis erhielt. Aber das waren keine Optionen, es sei denn, er wollte unbedingt die Aufmerksamkeit der Cops auf diesen Fall lenken.

Oh ja, was wäre das für ein Spaß, der Polizei zu berichten, dass er einen Menschen getötet hatte, weil der Typ von einem Dämon besessen war. Das käme bei den Bullen bestimmt super an. Ungefähr so gut wie kalorienreduzierte Donuts und koffeinfreier Kaffee.

Er klappte den Container zu und zog ein altes schwarzes Bandana aus der Innentasche seiner Jacke. Damit wischte er alles ab, was er berührt hatte. Bloß keine Fingerabdrücke hinterlassen! Danach machte er sich leise davon und humpelte durch diverse Hinterhöfe und Durchgänge zu seinem

Motorrad. Bei jedem Schritt schoss ein scharfer Schmerz durch sein kaputtes Bein. Verdammter Mist! David zog eine gequälte Grimasse.

Er atmete tief durch und öffnete die Satteltasche seiner 2011 Harley Super Glide. Diese in jeder Hinsicht perfekte Maschine war, wenn man ihn fragte, die einzige Schönheit, die ihn noch nie enttäuscht hatte. Er kramte so lange in der Tasche herum, bis er die Dose mit dem Schmerzmittel gefunden hatte. Stirnrunzelnd öffnete er sie, schüttelte zwei der riesigen weißen Pillen in seine Hand und würgte sie trocken hinunter. Anschließend verstaute er die Dose wieder in der Satteltasche. Er hasste es, diese Dinger zu schlucken, aber nur so konnte er mit seinem kaputten Bein im Einsatz bleiben. Immerhin hatte der Doktor beteuert, dass die Schmerzen und das Humpeln nur vorübergehend waren und er bald wieder richtig fit wäre.

Bis dahin wurde er alle vier bis acht Stunden – je nachdem, wie stark die Schmerzen waren und wie sehr er seine Muskeln beanspruchte – an sein jüngstes Versagen und seine größten Ängste erinnert.

Der sadistische Skinwalker Robert hatte sich an Allsún vergangen, der einzigen Frau, die David je geliebt hatte. Sie zu entführen und zu foltern war reiner Spaß für Robert, und weil der kranke Freak zuvor Davids Bein zerfetzt hatte, war dieser beschämenderweise nicht dazu in der Lage gewesen, Allsún mit eigenen Händen zu retten. Stattdessen musste er mit ansehen, wie sein Freund und Kollege Jace McCannon das für ihn erledigte. Doch auch Jace war das erst gelungen, nachdem Allsún bereits so viele physische und seelische Schäden davongetragen hatte, dass sie sich möglicherweise nie wieder davon erholen würde. Genau genommen hatte David sie aus ihrem Gefängnis befreit und in Sicherheit gebracht, doch Jace war derjenige, der Robert getötet hatte.

Wenn David stärker gewesen wäre, ein besserer Kämpfer, dann hätte er Robert schon viel früher besiegt, und Allsún wäre gar nicht erst in Gefahr geraten. Er würde sich niemals verzeihen können, welche Qualen sie erlitten hatte. Ihr Schmerz war *seine* Schuld, denn er hatte sie nicht beschützt.

Obwohl ihm natürlich klar war, dass es nichts brachte, sich dafür selbst zu geißeln, allerdings spielte das keine Rolle. Er wusste, dass diese schwere Schuld ihn bis ans Ende seiner Tage peinigen würde. Aber, zum Teufel, er hatte ihr gegenüber bereits so oft und auf so viele Arten versagt, dass dieser neue Punkt auf der Liste letztlich auch keinen großen Unterschied mehr machte.

Ein gedämpftes Brummen riss ihn aus seinen trüben Gedanken. Das Handy vibrierte in seiner Jeanstasche. Er schob die Hand unter den Bund seiner ledernen Überhose und zog das schnittige neue Gerät hervor, das er seinem Teamkollegen Shane Gray zu verdanken hatte. Auf dem Display erschien der Name Damon Brock. Dass der Chef der Rochester Division anrief, konnte nur zwei Gründe haben. Entweder es gab wieder mal eine dieser als Versammlung getarnten Schimpforgien, an der er teilnehmen musste, oder ein Fall von Besessenheit war gemeldet worden.

David war in Rochester aufgewachsen, was den Vorteil brachte, dass er sämtliche Rabbis in der Stadt kannte. Und als er alt genug war, als Exorzist bei der Execution Underground zu arbeiten, hatten die Rabbis ihm alle Pastoren, Priester und Imame vorgestellt, sodass er inzwischen über viele Kontakte verfügte, die über seinen Job im Bilde waren. Wenn irgendeine Person den Verdacht hatte, dass ein Familienmitglied besessen war, ging sie damit immer zuerst zu ihrem geistlichen Oberhaupt. Und jedes Mal, wenn so etwas vorkam, gab der betreffende Rabbi, Priester oder Imam die Nachricht an Damon oder gleich an David weiter.

Klar, das Arrangement war nicht perfekt, doch es half David definitiv dabei, die Dämonen aufzuspüren. Ein paarmal war er zwar schon wegen ein paar Junkies gerufen worden, die sich eine Pille zu viel eingeworfen hatten und allen möglichen dämonischen Unsinn laberten, aber im Großen und Ganzen funktionierte das Informationssystem.

Jedenfalls konnte er es sich nicht erlauben, Damon zu ignorieren, also drückte er endlich die Annahmetaste und presste das Handy ans Ohr. „Was gibt's?"

„Father O'Reilly hat angerufen. Jemand braucht dich", sagte Damon, ohne auch nur Hallo zu sagen. Typisch. Er brachte die Dinge immer sofort und schnörkellos auf den Punkt. Mit Höflichkeitsfloskeln hatte er nichts am Hut, schon gar nicht, wenn es um die Execution Underground ging.

„Wo muss ich hin?"

„Es ist im Süden. Ziemlich weit draußen, fast schon in der Vorstadt." Damon nannte ihm die genaue Adresse.

David speicherte sie hastig in seinem Gedächtnis, zog die Schlüssel der Super Glide hervor und schwang sich bereits auf den Sitz. „Kannst du mir noch etwas zur allgemeinen Situation sagen?", fragte er dann.

„Eine Frau aus O'Reillys Gemeinde hat sich bei ihm gemeldet", berichtete Damon. „Sie ist sicher, dass ihr Mann vom Teufel besessen ist. Der Father hörte sie am Telefon schreien, und dann ein gurgelndes Geräusch, und dann … nichts mehr."

„Der arme alte Bastard hat sich vor Angst wahrscheinlich ins Hemd gemacht." David schob mit seinem Stiefelabsatz den Motorradständer zurück und drückte energisch den Schlüssel ins Zündschloss.

„Wir haben heute Nacht eine Versammlung. Komm her, sobald du fertig bist."

„Noch was?", erkundigte sich David.

Damon zögerte kurz, bevor er weitersprach. „Du weißt, dass ich deiner Theorie, dass es noch mehr Morde geben wird, nicht zustimme. Doch O'Reilly bat mich, dir zu sagen, dass zu der Familie ein Kleinkind gehört."

„Verfluchter Mist." Ohne ein weiteres Wort beendete David das Gespräch.

Er drehte den Zündschlüssel, und die Maschine erwachte grollend zum Leben. Binnen Sekunden schoss er durch die Straßen, wobei er den anderen Verkehrsteilnehmern immer wieder den Weg abschnitt, um sich vorzudrängeln. Er musste sein Ziel so schnell wie möglich erreichen.

Na toll, die Nacht ließ sich ja wirklich großartig an. Ein Toter war schon schlimm genug, und jetzt standen noch einen Fall von Besessenheit plus eine nervtötende Zusammenkunft mit Damon auf dem Programm. Und irgendwie zweifelte David daran, dass es danach besser werden würde.

Es kümmerte ihn nicht, was die anderen Mitglieder der Execution Underground sagten oder dass Damon kein Fan seiner Theorie war. Er wusste einfach, dass die Dämonen von Rochester irgendein großes Ding laufen hatten, und er war wild entschlossen herauszufinden, um was es sich dabei handelte. Ein kleines Mädchen war vor zwei Wochen ermordet worden, und er hatte fest mit weiteren Fällen gerechnet. Aber bislang hatten die Dämonen sich still verhalten, viel zu still für seinen Geschmack. Während all der Jahre, in denen er nun schon jagte, hatte er in dieser Stadt noch nie einen derartigen Rückgang an dämonischer Aktivität erlebt. Und je mehr die Biester sich zurückhielten, desto größer wurde seine böse Vorahnung. Sein Bauchgefühl sagte ihm laut und deutlich, dass die vergangenen beiden Wochen die Ruhe vor dem Sturm waren.

Irgendetwas stimmte nicht an der ganzen Situation, mal abgesehen von der schieren, schrecklichen Tatsache, dass ein Baby gestorben war. Für Dämonen waren Menschen so etwas wie austauschbare Reittiere, aber sie brachten sie normalerweise nicht bewusst um. Sie benutzten sie zu ihrem Vergnügen, um sich abzureagieren, zu amüsieren und dem Höllenfeuer für eine Weile zu entkommen. Wenn der betreffende Mensch während dieser verdorbenen Spiele ums Leben kam, dann hatte er eben Pech gehabt. So etwas nahmen sie billigend in Kauf. Aber sie würden niemals einfach losziehen und gewöhnliche Menschen töten, und es war gänzlich ausgeschlossen, dass sie viel Spaß daran haben würden, in ein sechs Monate altes Kind zu fahren. Der Tod des Mädchens war mehr als ein Kollateralschaden. Natürlich waren alle Dämonen von Haus aus kranke Mistkerle, aber man musste schon auf eine sehr spezielle Art böse sein, um ein Baby zu massakrieren.

Anfangs tappte David völlig im Dunkeln. Die Untersuchung des kleinen Leichnams hatte nicht mal einen Hinweis darauf erbracht, welcher Dämonentyp für den Mord verantwortlich war, geschweige denn Rückschlüsse auf das Motiv zugelassen. Üblicherweise hinterließen die Höllenwesen eine riesige Schweinerei, aber dieser Dämon war spurlos verschwunden. Das ließ bei David mehr Alarmglocken schrillen, als es die Entdeckung von Einstichnarben bei einer einfachen Prostituierten getan hätte. Irgendetwas Schlimmes würde passieren, da war er ziemlich sicher. Was den Täter betraf, so konnte er nur vermuten, dass es sich um einen Abyzu handelte. Die grässlichen kleinen Widerlinge waren dafür bekannt, sich Kleinkinder als Opfer zu suchen, weil deren Lebenskraft ihnen mehr Energie und Macht gab. Aber Abyzus, die tatsächlich mordeten, waren selten, zumindest seit dem Rückgang des sogenannten plötzlichen Kindstods.

Der ganze Fall war ein Fiasko. Es gab keine Beweise, keinen Hinweis auf das, was ihnen bevorstand, nur diese schreckliche Vorahnung, dass es noch viel, viel schlimmer kommen würde.

3. KAPITEL

David brauchte fünfzehn Minuten, bis er bei der Adresse war, die Damon ihm gegeben hatte. Er stellte sein Motorrad ein paar Häuser weiter an der Straße ab und lief so schnell er konnte zu dem betreffenden Haus, den Schmerz ignorierend, der durch sein verletztes Bein schoss.

Als er die Stufen zur Veranda heraufschlich, stellten sich ihm die Nackenhaare auf. Alle seine Sinne waren bis zum Äußersten gespannt. Er lauschte angestrengt, aber hinter der Tür war kein Geschrei oder Geheul zu hören.

Er atmete tief ein und aus, um sich auf eine Konfrontation vorzubereiten, und erstarrte, als ihm der Geruch von faulen Eiern in die Nase stieg. Dann fing er leise an zu fluchen. Der Gestank war unverkennbar.

Schwefel.

Ohne auch nur eine Sekunde zu zögern, warf David sich mit seinem ganzen Gewicht von fast neunzig Kilo gegen die Eingangstür. Nach dem zweiten Versuch gab sie nach. Er dankte Gott für die mickrigen Schlösser. Ein Tritt hätte es vermutlich auch getan, wenn sein verdammtes Bein dabei mitgespielt hätte.

Er zog seine Waffe und entsicherte sie, bevor er über die Schwelle trat, bereit, beim ersten Anzeichen eines Angriffs zu schießen. Er hatte *wirklich* große Lust, diese neuen Kugeln auszuprobieren. Das Weihwasser würde den Dämon nicht töten, nur für ein paar Minuten ausbremsen, aber das war alles, was David brauchte.

Er horchte in das Haus hinein, versuchte, ein Gefühl dafür zu bekommen, wo der Dämon sich aufhielt.

Dann suchte er rasch das Erdgeschoss ab. Nichts. „Ist jemand zu Hause?“, rief er laut.

Eine unheimliche Stille war die einzige Antwort. Es war viel zu ruhig. Keine Stimmen, keine Bewegungen. Sein Magen zog sich schmerzhaft zusammen, und eine innere Stimme sagte ihm, dass er nicht mehr nach einem Dämon suchte. Sondern nach dessen Opfern. Den toten Opfern.

Er rannte die Treppe hoch. Sein Bein brannte wie Feuer, während er die Stufen wesentlich schneller nahm, als sein nerviger Physiotherapeut es gutgeheißen hätte. Doch davon würde er sich nicht zurückhalten lassen. Nicht noch einmal. Oben gab es drei Räume, die er durchsuchen musste. Er drückte langsam die Tür zum ersten auf und trat ein. Größe und Ausstattung ließen darauf schließen, dass hier die Frau, die Father O’Reilly angerufen hatte, und ihr Mann schliefen. Im Raum herrschte peinliche Ordnung, nur das Bettzeug bildete einen verdrehten, formlosen Haufen, als ob jemand es hastig zur Seite geworfen hatte, um aus dem Bett zu springen. Sonst wirkte alles völlig normal. Aber es konnte nicht sein, dass er im falschen Haus gelandet war, dazu war der Schwefelgeruch zu stark gewesen. Nicht einmal alte Eier, die seit vielen Monaten vor sich hin rotteten, konnten dermaßen stinken.

Er ging zum nächsten Raum, die Beretta noch immer im Anschlag, und spähte hinein. Eindeutig die Behausung eines männlichen Teenagers. Er entdeckte Fanartikel, einen Gameboy und ein weiteres zerwühltes Bett, aber nichts Ungewöhnliches. David wandte sich dem letzten Raum am Ende des Flurs zu und starrte auf die geöffnete Tür. Ein Schauder lief ihm über den Rücken. Die meisten Leute wären in diesem Moment so schnell wie möglich in die entgegengesetzte Richtung gelaufen. Egal, was für ein Bild diese dämlichen Kinofilme vom mutigen Durchschnittsbürger zeichneten, im wahren Leben rannten die Menschen weg, sobald sie sich bedroht fühlten, und das war auch das Klügste, was sie tun konnten. Der Fluchtinstinkt hatte zweifellos seine Berechtigung. Doch es war Davids Job, nicht wegzurennen.

Er holte tief Luft, betrat das Zimmer und senkte sofort die Waffe. Das hier war das Kinderzimmer eines Babys. Er knipste das Licht an und blinzelte mehrere Male rasch hintereinander, um seine Augen an die plötzliche Helligkeit zu gewöhnen. Die blassrosa Dekoration an den weißgestrichenen Wänden und die winzigen rosa Strampler, die auf dem Wickeltisch neben dem Gitterbett ordentlich aufgestapelt waren, ließen darauf schließen, dass das Baby ein Mädchen war. In seinem Magen bildeten sich schmerzhafte Knoten.

Nicht schon wieder. Lieber Gott, bitte nicht noch ein Baby.

Adrenalin schoss durch Davids Adern, und er kämpfte seine aufsteigende Panik nieder. Er musste das Mädchen finden, musste die ganze Familie finden, aber das würde ihm nur gelingen, wenn er ruhig und gefasst blieb, auch wenn alles an der Situation ihn dazu drängte, in wilden Aktionismus zu verfallen.

Wo war die Familie? Es gab kein Anzeichen eines Kampfs, und doch war niemand zu sehen. Die zerwühlten Laken im ansonsten tadellos aufgeräumten Haus deuteten jedenfalls darauf hin, dass die Bewohner nicht die Absicht gehabt hatten wegzugehen. Nein, David war ziemlich sicher, dass irgendetwas sie geweckt und aus dem Bett getrieben hatte.

Er steckte die Pistole zurück in das Halfter an seiner Hüfte, humpelte zu dem Gitterbettchen und schaute hinein. Auf dem weißgestrichenen Holz prangte ein einzelner blutiger Daumenabdruck. *Verdammt.*

Wie von der Tarantel gestochen, rannte er die Stufen hinunter ins Erdgeschoss. Er musste etwas übersehen haben. Am Fuß der Treppe blieb er verblüfft stehen. Schwaches Licht schien unter der Tür hindurch, von der er ursprünglich angenommen hatte, dass sie zu einem Wandschrank gehörte. Er riss sie auf.

Teppichbezogene Stufen führten in einen Keller. Auf dem hellbraunen Gewebe waren Blutspritzer zu erkennen. Schritt für Schritt ging David die Treppe hinunter. Das Herz schlug ihm bis zum Hals, und sein rasend schneller Puls dröhnte ihm in den Ohren. Ansonsten umgab ihn nur Stille.

Obwohl er, seit er die Veranda betreten hatte, wusste, dass hier etwas nicht stimmte, traf ihn der Anblick, der sich ihm bot, völlig unvorbereitet. In seiner Kehle bildete sich ein dicker Klumpen, während er die blutgetränkte Szene in sich aufnahm. Der Keller sah aus, als ob jemand eine selbstgebastelte Bombe erst mit dem Inhalt einer kompletten Blutbank gefüllt und dann gezündet hätte. Blut bedeckte die Wände, die Decke und den Boden, wo es in den dicken Teppich sickerte.

Die ganze Familie … abgeschlachtet.

David starrte ein paar endlose Momente lang auf die Überreste des Massakers. Das Ganze fühlte sich falsch an, und das in vielerlei Hinsicht. Dämonen waren Arschlöcher, und sie liebten es, Menschen zu benutzen und dann wegzuschmeißen, egal, ob tot oder nicht. Aber das hier? Im Vergleich zu diesem Gemetzel schienen die Opfer, die

Roberts Weg gesäumt hatten, friedlich im Schlaf gestorben zu sein. Doch der Schwefeldunst, der noch immer in der Luft hing und sich mit dem überwältigenden Geruch von frisch vergossenem Blut vermengte, ließ keinen Zweifel zu. David bildete sich das nicht bloß ein. Dies hier war das Werk eines Dämons.

Hätte ihm jemand erzählt, dass ein Dämon eine ganze Familie kaltblütig ermorden würde, hätte David ihm nicht geglaubt. Das musste er erst einmal verdauen, während er jedes der Opfer einzeln in Augenschein nahm. Die Mutter lehnte zusammengesunken in einer Ecke am Ende des Raums, ihre Kehle war aufgeschlitzt. Die Vorderseite ihres Nachthemds war blutgetränkt. Ihr Mund war geöffnet, und ihre glasigen Augen starrten nach oben, wo ihr Mörder gestanden haben musste. Das Handy, mit dem sie wohl Father O'Reilly angerufen hatte, lag zerschmettert neben ihrer ausgestreckten Hand; Risse zogen sich wie ein Spinnennetz über die gläserne Oberfläche.

Der Mann lag vor ihr, mit dem Gesicht nach unten auf dem Boden, seine Finger umklammerten noch immer die Mordwaffe, mit der er auch seine eigene Kehle durchgeschnitten hatte.

Sie hatte recht gehabt. Wie es aussah, war der Dämon in ihren Mann gefahren, der erst seine Frau und die Kinder getötet und das Messer dann gegen sich selbst gerichtet hatte.

Als David die Leiche des Teenager-Sohns ansah, stieg eine tiefe, brennende Traurigkeit in ihm auf. Das riesige Loch, das mitten in seiner Brust klaffte, zeigte, mit welcher Brutalität der Dämon vorgegangen war. Das schwefelfressende Höllenwesen hatte dem Jungen die Eingeweide um den Körper geschlungen, als wären sie nichts anderes als Würstchenketten. Das musste das Abscheulichste und

Widerwärtigste sein, was David je unter die Augen gekommen war, und er hatte in dem Jahr, das er in der Brooklyn Division verbrachte hatte, so einigen kranken Dreck gesehen.

Der nächste Gedanke ließ ihn voll düsterer Vorahnung zusammenzucken. Wo war das Baby?

Vorsichtig ging er um die Treppe herum und blickte in einen anderen Bereich des Kellers. Im nächsten Moment drehte sich ihm der Magen um. Galle stieg ihm in die Kehle und brannte in seiner Speiseröhre. Er lief zum nächsten Mülleimer und entlud seinen gesamten Mageninhalt in die Plastiktüte. Er war ganz gewiss nicht empfindlich, sondern bekanntermaßen hart im Nehmen, aber was man diesem einst wunderschönen kleinen Mädchen angetan hatte, war selbst für ihn zu viel. Das Schicksal der Familie trieb ihm die Tränen in die Augen. Er schluckte sie hinunter.

Eine gefährliche Mischung aus Trauer und rasender Wut jagte durch seinen Körper. Er würde das dämonische Stück Dreck jagen, das dieses Blutbad angerichtet hatte. Er würde den Bastard finden und dann martern, tagelang, wochenlang, bis dieser ihn anflehte, ihn von seinem Elend zu erlösen. Und dann würde er ihn auch nicht einfach zur Hölle schicken, aus der er in ein paar Jahrzehnten möglicherweise wieder hervorkriechen konnte. Nein, er würde etwas anderes für ihn auftreiben, einen Zauber oder ein Ritual, irgendetwas, das sicherstellte, dass er für alle Ewigkeit auf die schlimmste denkbare Weise gefoltert wurde.

Erstarrt vor Trauer, stand David zwischen den Leichen im Keller, inmitten des Schwefelgestanks, der sich mit dem Geruch des Bluts mischte. Mit mechanischen Bewegungen zog er sein Handy aus der Hosentasche und schoss Fotos vom Tatort, damit das Hauptquartier den Vorgang auswerten und analysieren konnte. Ein Schritt nach dem anderen.

Er würde auch diesen Job erledigen, so wie alle anderen. Mit jedem Fall wurde er als Hunter besser und stärker – und verlor ein Stück seiner Menschlichkeit. Ein normaler Mensch wäre gar nicht dazu imstande, einen Anblick wie diesen hier zu ertragen und trotzdem noch zu funktionieren. Und genau das war der Punkt: Er konnte es.

Als der Taxifahrer endlich in die richtige Straße einbog, lief jeder von Allsúns Elfensinnen zu Hochform auf, und zusammen starteten sie ein Geläut in ihrem Kopf, so laut wie eine Schulglocke, um sie darauf hinzuweisen, dass sie ihr Ziel erreicht hatte. Auch sonst war kaum zu übersehen, dass es sich wohl um dieses Haus handeln musste. Allsún starrte durch die Frontscheibe des Autos auf die aufgebrochene Eingangstür und beugte sich vor. „Halten Sie hier an."

Kaum stand der Wagen, sprang sie heraus und rannte auf das Haus zu. Das Taxi fuhr davon.

Mist. War sie etwa zu spät?

Als sie näher kam, drang ihr der faulige Schwefelgeruch in die Nase. Sie rannte ins Haus, mit erhobenen Händen und bereit, sich jedem Dämon, der ihr in den Weg trat, mit einer Ladung Feenstaub entgegenzustellen. Der Ort stank bestialisch nach dämonischer Aktivität, und sie konnte die Macht, die aus dem Kellergeschoss aufstieg, praktisch mit Händen greifen. Waren die Dämonen immer noch dort unten?

Sie stieg leichtfüßig die Stufen hinunter, sorgfältig darauf bedacht, kein Geräusch zu machen. Als sie den Fuß der Treppe erreichte und sah, was vor ihr lag, drehte sich ihr der Magen um. Sie konnte nicht mal keuchen oder rufen, geschweige denn schreien oder weinen. Das Herz hämmerte ihr gegen die Rippen, und eine Welle der Angst schlug über ihr zusammen. Dieser Sache hier war sie nicht gewachsen.

In den Jahren, als sie an Davids Seite jagte, bevor er der Execution Underground beigetreten war, hatte sie viele schreckliche Dinge gesehen, aber nichts davon war auch nur ansatzweise mit diesem Massaker hier zu vergleichen.

Sie stellte sich vor, welche Art Kreatur so etwas anrichten konnte, und ihr lief ein Schauder über den Rücken. Und dann erstarrte sie, denn sie hörte hinter sich ein leises klickendes Geräusch. Das Klicken eines Pistolenabzugs.

4. KAPITEL

David hatte die ganze Nacht darauf gewartet, die neuen Kugeln zu testen, und endlich bekam er eine Chance. Er hielt die Beretta ganz ruhig, zielte auf den Kopf der Frau. Seine Stimme war ein tiefes, aggressives Grollen.

„Beweg dich nicht."

Sie stand still wie ein Stein.

Er nickte. „Gut", sagte er dann. „Und jetzt heb die Arme. Langsam."

Sie hob vorsichtig die Hände, mit gespreizten Fingern, sodass er sehen konnte, dass sie keine Waffe trug.

Mit der freien linken Hand tastete er sie rasch ab und klopfte auf den dünnen Stoff, der ihren Körper bedeckte.

„Wie heißt du?" Er musterte sie von oben bis unten.

Doch er konnte nichts von ihr sehen als die langen braunen Locken. Sie trug eins dieser hinten offenen Krankenhaushemden, was ihm einen flüchtigen Blick auf ihren festen runden Po gestattete.

Moment mal. Er kannte dieses wunderschöne Haar und den süßen Hintern nur allzu gut. *Was zum …*

„David?" Ihre Stimme zitterte.

Sein Herz stand für einen Moment still, bevor es mit doppelter Geschwindigkeit wieder zu schlagen begann. Das Blut pochte in seinem Kopf. Er erkannte die Stimme, aber … nein. Das konnte nicht sein.

Die Frau bewegte sich leicht, und das Hemd schwang ein bisschen weiter auf und enthüllte eine kleine orangefarbene Sommersprosse genau über ihrer Pobacke. Er kannte diese Sommersprosse. Er war schon oft mit den Fingern darübergefahren, während sie sich liebten. Diese

Frau war so unglaublich sexy und gleichzeitig anbetungswürdig charmant.

Nein, unmöglich. Aber sie hatte ein Krankenhaushemd an.

Nach einer gefühlten Ewigkeit brachte er es schließlich fertig, ihren Namen zu krächzen. „Allsún?“

Sie senkte die Hände und drehte sich um.

Davids Augen weiteten sich, und einen Moment lang vergaß er zu atmen. Er starrte auf die vertrauten Konturen ihres schönen Gesichts. Große grüne Augen, von der Farbe irischer Felder. Volle rosige Lippen, hohe Wangenknochen und eine bezaubernde kleine Stupsnase. Am liebsten hätte er jeden Zentimeter von ihr geküsst. Oh Mann, sie lebendig und gesund zu sehen war eine größere Erleichterung, als er in Worte fassen konnte. Ihr ohnehin zierlicher Körper und ihr zartes Gesicht sahen nach der langen Zeit im Krankenhaus noch zerbrechlicher aus, aber von dieser Kleinigkeit abgesehen war ihre Schönheit so vollkommen und göttlich wie immer schon. Es war eine Art von Schönheit, um die die meisten Frauen sie beneideten. Allsún brauchte kein Make-up, um ihre Vorzüge zu betonen. Sie hatte eine natürliche Aura, die einfach unnachahmlich war.

Ein breites Lächeln legte sich auf sein Gesicht. Ihr Anblick ließ den Horror, der ihn umgab, für einen Moment verschwinden. Sein Herz schlug noch immer wie wild. Er konnte nicht fassen, was er sah. Und doch stand sie leibhaftig vor ihm, offenbar geheilt. Es war Wochen her, seit er sie zuletzt so munter gesehen hatte, wenn auch nur für ein paar Minuten. Kaum zu glauben, dass bereits fünf Jahre ins Land gegangen waren, seit sie ihre Verlobung gelöst hatten. Mitunter war der Schmerz darüber, dass sie ihn verlassen hatte, noch so frisch wie am ersten Tag. Verdammt, er hätte lügen müssen, wenn er behaupten wollte, dass er ohne sie nicht einsam war.

„Hallo, meine Schöne“, sagte er.

Allsún öffnete den Mund, als ob sie sprechen wollte, schloss ihn jedoch nach ein paar Sekunden wieder. Sie sagte kein Wort. Stattdessen drehte sie sich um und rannte davon.

Scheiße.

Sie lief schneller, als er für möglich gehalten hätte, die Treppe hoch. Er rannte hinter ihr her, ohne jede Rücksicht auf sein kaputtes Bein. Wie zum Teufel konnte sie so fit sein? Sie war gerade erst aus einem traumatisch bedingten Koma erwacht, und man hatte sie bis über beide Ohren mit Drogen abgefüllt. Andererseits war Allsún schon immer für eine Überraschung gut gewesen. Zur Hölle, er hätte mit allem gerechnet, aber ganz gewiss nicht damit, dass sie plötzlich am Tatort auftauchen würde, noch immer im Patientenhemd. Nur zwei Stunden zuvor hatte er noch an ihrem Bett gesessen, während sie friedlich schlief.

Allsún war schnell, und er war verletzt, aber seine Beine waren noch immer erheblich länger als ihre. Er holte sie ein, als sie gerade durch die Eingangstür nach draußen entwischen wollte, umschlang ihre Taille mit seinen Armen und hob sie hoch.

Sie trat wie wild um sich und trommelte mit den Fäusten auf ihn ein. „Lass mich los!“, kreischte sie.

David schleifte sie zurück ins Haus und schloss die zerbrochene Tür hinter ihnen.

Allsún wehrte sich immer noch heftig gegen seine Umarmung. „Lass! Mich! Los!“, schrie sie im Rhythmus ihrer Schläge.

David hatte Mühe, sich das Lachen zu verbeißen. Sie war so winzig im Vergleich zu ihm, und das war schon immer so gewesen. Glaubte sie ernsthaft, dass sie ihn abschütteln konnte? „Willst du mich auf den Arm nehmen? Du erwachst aus einem Koma, in das du gefallen bist, nachdem man dich gefoltert hat, tauchst plötzlich an dem mit Leichen übersäten Schauplatz eines Verbrechens auf und erwartest ernsthaft, dass ich dich einfach so laufen lasse?"

Sie versuchte, ihm ihre Ellbogen in die Schulter zu rammen. „Ja."

„Mach dich nicht lächerlich, Allie. Du gehst nirgendwo hin. Wie zum Teufel soll ich wissen, dass du nicht völlig verrückt geworden bist?"

„Es geht mir bestens." Sie drückte sich von ihm weg, knurrend vor Anstrengung.

Aber trotz ihrer Feenmacht würde sie sich nie mit seiner Stärke messen können. Allein durch den Größenunterschied zwischen ihnen war er zweifellos im Vorteil.

Er lockerte seinen Griff und drehte sie zu sich herum, damit sie ihm ins Gesicht schauen konnte. Sie war so leicht, wog nach der langen Zeit im Krankenbett noch weniger als früher.

„Lass mich los." Sie trat ihn hart gegen das Schienbein. Himmel auch, tat das weh! Er biss sich auf die Unterlippe und unterdrückte den Fluch, der ihm auf der Zunge lag. Allsún hatte nie besonders kräftige Arme gehabt, aber ihre Beine machten das locker wett. Er hielt sie von sich weggestreckt und drückte sie gegen die nächstgelegene Wand. Dort lehnte er sich mit seinem Gewicht gegen sie, sodass sie ihn nicht treten konnte.

Aber jetzt hatte er ganz andere Probleme. Verdammt, es brachte ihn fast um, ihren Körper so nah an seinem zu spüren. Er wurde hart, als ihre Hüften sich gegen ihn pressten, und wünschte sich nichts sehnlicher, als sie leidenschaftlich und fordernd zu küssen und seine Hände über ihren Leib gleiten zu lassen, um sich wirklich und wahrhaftig daran zu erinnern, wie sie sich anfühlte.

Nein. Das durfte er nicht. Sie wollte ihn nicht auf diese Weise, nicht mehr.

„Lass mich los", sagte sie wieder.

Er hielt sie weiter fest. Es kostete ihn so gut wie keine Kraft, und wenn er ehrlich war, hätte er sie am liebsten für immer so fest an sich gedrückt. „Ich lasse dich erst los, wenn du versprichst, nicht wegzulaufen."

Sie versuchte immer noch, ihn von sich wegzuschieben. „Ich verspreche gar nichts."

Als er sie immer noch nicht losließ, verzog sich ihr süßes Gesicht zu einer finsteren Grimasse, und er wusste genau, was ihm jetzt blühte. Sie tat, was sie immer machte, wenn sie mehr als sauer auf ihn war. Sie nannte ihn bei seinem vollen Namen.

Sie holte tief Luft und betonte ebenso ärgerlich wie präzise jedes einzelne Wort. „David Jonathan Matthew Aronowitz, wenn du mich jetzt nicht auf der Stelle loslässt, dann schwöre ich, dass ich …"

„Allsún, du musst mir zuhören", unterbrach er sie. „Es ist wirklich wichtig."

Sie starrte ihn weiter wütend an, und ihm wurde klar, dass er gegen ihre Sturheit nicht ankommen würde. Wenn er nicht wenigstens ein bisschen nachgab, würde sie stundenlang so weitermachen. Und wenn sie richtig sauer war, Junge, Junge, dann musste er sich ganz schön warm anziehen. Allsún war zwar nur eine Halb-Elfe, aber diese Hälfte war ganz und gar Elfe. Und Elfen mochten ja meist süße kleine Dinger sein, aber man tat gut daran, sie nicht gegen sich aufzubringen. Wie Allsún gerade wieder demonstrierte.

Langsam ließ er sie an der Wand nach unten gleiten, bis ihre Füße den Boden berührten. Aber er gab sie nicht komplett frei, nur gerade genug, um ihren Zorn abzukühlen.

Sie funkelte ihn jetzt etwas weniger finster an. „Ich kann nicht bleiben, David. Ich bin hergekommen, um dieser Familie zu helfen. Doch du weißt, dass ich mich um die Lebenden kümmere. Die Toten sind deine Sache. Und da du die Situation hier im Griff hast, ist es für mich höchste Zeit, von hier zu verschwinden und endlich dieses Klinikhemd loszuwerden."

Auf keinen Fall würde er sie gehen lassen, nicht, wenn da draußen Dämonen lauerten, die wussten, was sie wirklich war. „Allie, hör mir zu. Wir müssen reden."

Sie wich seinem Blick aus. „Es gibt für uns nichts zu reden."

„Wirklich nicht?" Sein Ton war spöttisch. „Gar nichts? Was ist denn zum Beispiel mit der Tatsache, dass du einen Monat lang im Koma gelegen hast und jetzt plötzlich wach und am Tatort eines Gemetzels bist? Wie zum Teufel bist du hierhergekommen? Wie konntest du das Krankenhaus verlassen? Jace war dorthin unterwegs, um über dich zu wachen, nachdem ich weg war."

Endlich sah sie ihn direkt an. „Außer mir war niemand da, als ich aufgewacht bin, also bin ich einfach abgehauen, okay? Ich war plötzlich wach. Ich lag in einem Krankenhausbett mit einem Tropf im Arm, und da wollte ich nicht mehr bleiben, also habe ich den Zugang herausgezogen und bin gegangen."

David starrte sie für einen Moment fassungslos an. Das meinte sie jetzt nicht ernst, oder? „Du bist also aufgewacht, hast deinen Zugang herausgezogen und beschlossen, dich nur mit einem dünnen Klinikhemdchen bekleidet in die eiskalte Rochester-Nacht davonzumachen, um mir an den Schauplatz eines Verbrechens zu folgen? Warum hast du nicht gewartet, bis ein Doktor dich untersucht und dir grünes Licht gibt? Sofern du wirklich wieder gesund bist."

Sie überging seine letzte Frage. „Dir gefolgt? Ich hatte nicht die leiseste Ahnung, dass du hier bist, okay? Ich wachte auf und hatte eines dieser Gefühle, wie ich sie manchmal habe. Ich wusste, dass hier in der Gegend jemand in Schwierigkeiten steckt und dass diese Probleme mit Dämonen zu tun haben. Ich habe auf meine Sinne gehört, ein Taxi angehalten und mich hierherfahren lassen. Mit dir habe ich überhaupt nicht gerechnet. Sonst wäre ich nicht gekommen."

„Ich bin der einzige Dämonenjäger in der Stadt, und du hast nicht damit gerechnet, mich hier anzutreffen?"

Sie warf ihm einen beredten Blick zu, der ungefähr so viel sagte wie: Sei nicht so ein verdammter Arsch!

David konnte sie nur weiter anstarren, ungläubig und alarmiert. Offenbar hatte sie sich, ohne auch nur eine Sekunde nachzudenken, in dieses gefährliche Abenteuer gestürzt. Noch ein Grund, sie vorerst nicht aus den Augen zu lassen. Sie brauchte Zeit, um wieder einen klaren Kopf zu bekommen. „Soweit ich weiß, jagst du doch keine Dämonen mehr. Oder hat sich da was geändert?"

Ihre Miene verfinsterte sich wieder. „Ich habe keine Dämonen gejagt, in Ordnung? Ich habe in den vergangenen fünf Jahren überhaupt nichts gejagt. Aber als ich aufgewacht bin, hatte ich dieses überwältigende Gefühl, dass jemand in Gefahr ist, und ich konnte es nicht ignorieren. Ich habe noch nie so einen derart starken Sog gespürt. Ich wusste, dass ich ihm folgen muss, und meine Sinne haben mich hierhergeführt."

„Und was genau hattest du hier vor?", erkundigte er sich vorsichtig. „Im Alleingang und ohne Waffen, mit nichts als diesem Klinikfähnchen am Leib einen Dämon bezwingen?"

Er lockerte seinen Griff jetzt so weit, dass sie sich befreien konnte. Sobald er sie nicht mehr in seinen Armen spürte, vermisste er das Gefühl ihres Körpers an seinem. Er packte ihre Hand, um Allsún am Weggehen zu hindern, aber sie riss sich mit einem Ruck los.

„Ich hatte noch nicht so weit gedacht, okay? Lass mich einfach in Ruhe. Was kümmert es dich überhaupt, was ich mache?"

Davids Kinnlade klappte herunter. „Was es *mich* kümmert?", rief er dann. „*Ich* habe fast rund um die Uhr an deinem Bett gesessen, seit du ins Krankenhaus gekommen bist. *Ich* habe dich aus dieser grässlichen Lagerhalle getragen, in der Robert dich gefoltert hat. *Daran* erinnerst du dich doch, oder?"

Sie hielt seinem Blick stand. „Die Folter werde ich niemals vergessen, auch wenn ich es gern möchte."

Schweigen senkte sich zwischen sie. Es gab so viele Dinge, die er sagen wollte, aber er wusste nicht, wo er anfangen sollte.

Es war Allsún, die die Stille brach. „Nachdem die Medikamente abgebaut waren, habe ich mich sehr schnell wieder an alles erinnert."

David konnte es immer noch nicht glauben. Sie war einfach so aus dem Koma erwacht? Ausgerechnet in der Nacht, in der er herausgefunden hatte, dass ihr Leben in Gefahr war?

Nein. Zu viele Zufälle. Ihre Elfensinne versuchten ganz offensichtlich, ihr etwas mitzuteilen.

Allsún ließ entnervt die Hände zur Seite fallen. „Ja, ich habe kapiert, dass das blöd von mir war. Bist du jetzt zufrieden? Und ich sehe klar und deutlich, dass ich hier nicht gebraucht werde. Und mit dem Gemetzel da unten", sie schaute zu der Treppe, die in den Keller führte, „kannst du dich befassen. Nachdem du ja nun die Execution Underground mit all ihrem schicken Equipment auf deiner Seite hast, ist so was sicher kein Problem für dich."

David entging nicht ihr leicht verächtlicher Ton, als sie die Execution Underground erwähnte. War sie etwa immer noch sauer auf seinen Arbeitgeber? Nach all diesen Jahren? Allsún hatte ihn verlassen, nachdem er sich der Execution Underground angeschlossen hatte. Sie war nicht damit einverstanden gewesen, dass er bei den Huntern unterschrieb. Und er konnte es ihr kaum verübeln. Verdammt, er hätte damals mehr Rücksicht auf ihre Gefühle nehmen sollen. Das wusste er heute. Aber er war so jung und naiv gewesen, so wild darauf, die Welt zu retten, dass er seine Beziehung dafür aufs Spiel setzte. Im ersten Jahr war jeder Tag ohne sie schlimmer gewesen als der davor. Inzwischen versuchte er, sich einzureden, dass sein Gemütszustand deutlich besser geworden war, dass er sich nicht mehr ununterbrochen nach ihr sehnte und im Grunde alles mit ihm okay war. Doch wem wollte er eigentlich etwas vormachen? Schließlich brachte es ihn fast um, so wie jetzt mit ihr zusammen zu sein. In einem mentalen Kraftakt verdrängte er seine Gefühle für sie und sperrte sie an einen Ort, wo sie nicht mehr so wehtun konnten. Es gab keinen Weg zurück, und er konnte es sich nicht leisten, seinen Empfindungen nachzuhängen.

Sie riss ihren Blick von der Treppe los. „Wie auch immer, ich gehe jetzt", verkündete sie und wandte sich zur Tür.

David stellte sich ihr in den Weg. „Das kann ich nicht zulassen."

Sie verschränkte die Arme vor der Brust. „Warum nicht?"

„Weil ich auf dich aufpassen muss."

Sie verzog spöttisch den Mund. „Ich bin absolut in der Lage, selbst auf mich aufzupassen. Und falls es dir nicht aufgefallen sein sollte: Der psychotische Mörder hat mich erst entführt und gefoltert, nachdem du und Jace euch in Frankies Rudel gedrängt habt. Davor ging es mir prächtig."

David zuckte schmerzlich berührt zusammen. Ihm war völlig klar, dass es seine Schuld war. Allsún hing einfach nur freundschaftlich mit den Werwölfen ab, als er und Jace im K9 aufgetaucht waren, dem Club von Frankie Amato, die nicht nur Jaces' Freundin war, sondern auch Rochesters Rudelführerin. Er hatte Robert in Allsúns Leben gebracht. Darauf brauchte sie ihn nicht extra hinzuweisen. „Ja, das war mein Fehler. Umso mehr Grund, dich jetzt besser zu beschützen. Ich weiß, dass du dich wehren kannst, Allsún, aber gönn dir wenigstens ein paar Tage, um dich zu erholen, nach allem, was du durchgemacht hast. Erlaub mir, auf dich aufzupassen."

Sie versuchte, sich an ihm vorbeizuschieben, aber wohin sie sich auch drehte, er war immer schon da. „Ich brauche keinen Aufpasser. Robert ist doch tot, oder? Wenn ich mich recht erinnere, hat Jace ihn umgebracht."

David nickte. „Ja, Jace hat ihn getötet."

Ihre verkrampften Schultern entspannten sich. „Gut. Dann bin ich ja jetzt vollkommen in Sicherheit, soweit ich das sehe."

Ohne Vorwarnung duckte sie sich unter seinem Arm durch und machte Anstalten, sich erneut aus seinem Leben zu entfernen.

„Vor ein paar Tagen ist ein Dämon in deinen Psychiater gefahren."

Allsún erstarrte. Sie blieb einen Moment im Türrahmen stehen, als könne sie sich nicht recht entscheiden, ob sie gehen oder bleiben wollte. Schließlich drehte sie sich um. „Jetzt hast du meine volle Aufmerksamkeit", sagte sie.

David atmete erleichtert durch. Vielleicht konnte er sie nun davon überzeugen, dass sie in seiner Nähe vorerst besser aufgehoben war. „Ich habe mir den Dämon heute Abend vorgeknöpft."

Sie schlang sich die Arme um den Körper, als müsse sie sich beim Zuhören mit aller Kraft zusammenreißen. „Und?"

Seine Züge verhärteten sich, als er daran dachte, wie dieser dämonische Abschaum Allsún bedroht hatte. „Und ich habe ihn getötet."

„Gut." Sie wandte sich erneut zum Gehen.

„Aber er wusste über dich Bescheid, Allie. Er wusste, dass du die letzte Elfe diesseits der Apfelinsel bist."

Sie drehte sich wieder zu ihm um, und er konnte an ihrem Blick erkennen, dass sie sich der Tragweite seiner Neuigkeit bewusst war. Wenn dieser Dämon auch nur einem anderen von ihr erzählt hatte – und nach den letzten Worten des Doktors zu schließen, waren es sehr viel mehr gewesen –, würde sich diese Information unter der Höllenbrut wie ein Lauffeuer verbreiten.

Als natürliche Feinde der Dämonen hatten die Elfen einen jahrhundertelangen ununterbrochenen Krieg gegen sie geführt. Aber kurz vor Davids und Allsúns Trennung war es zu einer Art Massenauszug der Elfen gekommen. Sie waren auf die Apfelinsel zurückgekehrt, also in eine Dimension, die ausschließlich von Feen bevölkert wurde, eine komplett andere Welt. Seit damals hatte David viele Nachforschungen angestellt, und soweit er es beurteilen konnte, waren alle vollblütigen Elfen von der Erde verschwunden, und Allsún war das einzige Halbblut, das nicht auf die Insel gegangen war. Nachdem sie die Jagd aufgegeben hatte, war sie vom Radar der Dämonen verschwunden. Aber nun wussten diese Kreaturen, dass sie immer noch da war. Und jede einzelne würde versuchen, sie zu erlegen.

Ihre Stimme klang jetzt ängstlich. „A...aber ich bin nur halbblütig. Das muss er doch gesehen haben. Er ..."

David unterbrach sie, bevor sie sich noch mehr in Panik reden konnte. „Allie, du weißt doch, dass das die Dämonen einen Dreck kümmert. Für sie sind alle Feen gleich. Du bist ihr Feind, Punkt. Außerdem: Findest du es nicht auch merkwürdig, dass du ausgerechnet heute Nacht aus deinem Koma erwacht bist? Das kann ja wohl kein Zufall sein, oder?"

„Verflucht", flüsterte Allsún. Ein Anflug des irischen Akzents ihrer Mutter hatte sich in ihre Stimme geschlichen. Das passierte immer, wenn sie durcheinander war. „Was mache ich denn jetzt?"

Er ging auf sie zu, bis er nur noch einen halben Meter von ihr entfernt war, und musterte von oben herab ihren zarten Körper. Das Krankenhaushemd bedeckte kaum ihre Blöße, und noch immer schaffte ihre Nähe es, ihn vollkommen zu elektrisieren. Sein Verlangen nach ihr kehrte mit Macht zurück. Nein, das war nicht ganz richtig. Eigentlich war es nie wirklich verschwunden. Gott, wie er sie vermisst hatte.

„Bleib bei mir. Erlaube mir, dich zu beschützen." Er sprach, als wäre dies nur eine vorübergehende Situation, als ginge es nur darum, sie in Sicherheit zu bringen, bis sie einen Weg fanden, sie wieder vor den Dämonen zu verstecken. Aber tief in seinem Inneren wollte er so viel mehr. Ihr so nahe zu sein und dabei zu wissen, dass sie ihn nicht mehr wollte – das war für ihn die süßeste Form der Folter, himmlisch und schmerzhaft zugleich.

Sie schüttelte den Kopf. „Du weißt, dass das nicht geht, David."

„Warum nicht?"

Sie starrte auf den Boden, um ihn nicht ansehen zu müssen. „Vielleicht bin ich ja die einzige Person auf der Welt, die keine Lust darauf hat, Zeit mit ihrem Exverlobten zu verbringen, aber du musst mir diese Laune schon verzeihen."

Verdammt. Das hatte gesessen. Äußerlich blieb er ruhig, aber sein Inneres wand sich vor Schmerzen. Am liebsten hätte er laut aufgeschrien, gequält von tausend Gefühlen, die er nie würde rauslassen dürfen. Er wollte ihr so gern sagen, dass er kein Exverlobter bleiben musste und dass ihn nichts auf der Welt glücklicher machen würde, als wieder mit ihr zusammenzukommen. Doch stattdessen begnügte er sich mit der Feststellung: „Es ist aber notwendig. Wenigstens für ein paar Tage, bis du dich hundertprozentig erholt hast und wieder imstande bist, selbst mit den Dämonen fertigzuwerden."

„Na schön", gab sie nach. „Aber ich möchte von Anfang an klarstellen, dass das *kein* Grund ist, so zu tun, als sei alles zwischen uns in bester Ordnung."

Ein scharfer Schmerz traf ihn wie ein Messerstich ins Herz, aber er behielt sein Pokerface.

Als er nicht antwortete, fuhr sie fort. „Ich unterstelle dir ja auch gar keine Hintergedanken, aber wir sollten doch beide erwachsen genug sein, um uns von vornherein darauf zu einigen, die Vergangenheit ruhen zu lassen. Alles andere zieht uns nur beide runter. Also, ich bleibe ein paar

Tage bei dir, so lange, bis ich wieder richtig fit bin und wir mehr über die aktuelle Situation herausgefunden haben, aber nur, wenn klar ist, dass wir Freunde sind und nicht mehr. Okay?"

Sie streckte den Arm aus, offenbar wollte sie den Deal per Handschlag besiegeln. Er starrte sie sprachlos an. Wie waren sie bloß an diesen Punkt gelangt? Wie hatte ihre Beziehung so schiefgehen können? Sie waren doch zusammen aufgewachsen, waren von frühester Jugend an Freunde gewesen.

Der Sommer, bevor David in die Oberstufe der Highschool kam, hatte dann alles geändert. Allsún war mit ihrer Mutter in Irland gewesen, und David hatte die Ferien genutzt, um sich mit Jace, der für einen Kurzurlaub vom Execution-Underground-Training nach Hause gekommen war, wie ein Idiot aufzuführen und in Schwierigkeiten zu geraten. Als Jace wieder weg war, war er dazu übergegangen, seine Zeit mit schlechten Zeichentrickfilmen zu verbringen. Allsún sollte erst am letzten Ferientag zurückkommen, und David sehnte den Schulanfang herbei wie ein ausgehungerter Mann einen saftigen Hamburger. Er war nie ein Bücherwurm gewesen, geschweige denn ein Musterschüler, auch wenn Allsún ihn zum Lesen animiert hatte, aber weiter war sein Interesse am Lesen und Lernen nie gegangen. Nein, seine freudige Erwartung des ersten Schultags bezog sich ausschließlich darauf, dass er Allsún endlich wiedersehen würde. Er hatte schließlich den ganzen Sommer über die Tage gezählt, bis er ihr seine Gedanken über das Buch mitteilen konnte, das sie ihm dagelassen hatte.

Aber all das spielte keine Rolle mehr, als er den ersten Blick auf sie warf.

Die schlaksige Allsún mit der etwas zu großen Brille, der Zahnspange und dem unzähmbaren Lockenschopf war zu einem hinreißenden Mädchen erblüht, auf das jeder Junge an der Highschool scharf war. Über den Sommer hin hatte sich ihre Figur an genau den richtigen Stellen gerundet. Ihre Hüften zeigten sanfte Kurven, und auch ihre bis dato nichtexistenten Brüste hatten sich überaus erfreulich entwickelt. Die Zahnspange war verschwunden und hatte einem perfekten Lächeln Platz gemacht, und ihre Mutter war endlich eingeknickt und hatte ihr Kontaktlinsen gekauft. Sogar die früher so wilde Mähne fiel nun in weichen, seidigen Locken über ihre Schultern, und nicht ein widerspenstiges Haar war zu sehen.

Was immer da im irischen Trinkwasser gewesen sein mochte, David war begeistert davon.

Anfangs glaubte er tatsächlich, er könne seinen Augen nicht trauen. Er hatte ja schon immer gefunden, dass Allsún schön war, trotz ihres Strebertums, aber jetzt hatte sie sich über Nacht von seiner besten Freundin in das Mädchen verwandelt, das ihm nicht mehr aus dem Kopf ging.

Bis heute kam er sich ein bisschen oberflächlich vor, weil sich sein romantisches Interesse an Allsún erst Bahn brach, nachdem sich ihre äußere Schönheit ihrer inneren angepasst hatte, aber er war eben ein typischer Teenager gewesen. Inzwischen, als erwachsener Mann, wusste er, dass er sich auf jeden Fall in sie verliebt hätte, auch wenn sie weiter ein schlaksiger Nerd geblieben wäre.

Als sie damals nach diesem Sommer in die Eingangshalle der Brighton Highschool kam, ließ er drei Bücher auf einmal fallen, wie ein kompletter Trottel.

Ein Lächeln breitete sich über ihr Gesicht, als sie ihn sah, und sie warf ihren Rucksack auf den Boden und rannte quer durch die Halle auf ihn zu, um sich in seine Arme zu werfen. „Hallo, du Mistkerl. Ich habe dich vermisst."

Er brauchte eine Weile, bis er antworten konnte, denn er musste noch immer mit der Tatsache klarkommen, dass seine beste Freundin, die ihn nie nervös gemacht hatte, plötzlich das einzige Mädchen an der Schule war, das er gern flachgelegt hätte. Verdammt, das ging so was von gar nicht.

Im folgenden Jahr waren sie endlos umeinander herumgetanzt, ein unsicherer Flirt, bei dem sie einen Schritt vorwärts machten und zwei zurück. Mal fühlten sie sich wohl miteinander, dann wieder gingen sie sich tagelang aus dem Weg. In gewisser Weise kam es David falsch vor, ein Mädchen küssen und berühren zu wollen, das immer wie eine Schwester für ihn gewesen war. Allein der Gedanke daran schien seinen Magen in einen nervösen Knoten zu verwandeln. Er wollte Allsún nicht verletzen, und erst recht nicht wollte er, dass eine Romanze ihre langjährige Freundschaft zerstörte. Aber ihre Freundschaft hatte sich bereits in dem Moment verändert, in dem er spürte, dass er sich körperlich zu Allsún hingezogen fühlte. Und auch sie hatte garantiert gemerkt, dass er sie nun mit anderen Augen sah.

Er wünschte, er hätte sagen können, dass er ihr Herz beim Abschlussball erobert hatte oder bei einer ähnlich kitschigen Gelegenheit, wie die Typen in *Sixteen Candles* und all diesen anderen Achtzigerjahre-Filmen, die sie sich so gern anschaute. Aber er war nicht mit einer Geburtstagstorte aufgetaucht, um ihr seine Liebe zu erklären, und auch nicht mit dem Rasenmäher vor ihrem Fenster herumgefahren, und er hatte auch keinen plärrenden Gettoblaster vor ihr Fenster gehalten oder sonst etwas von diesen lächerlichen Dingen gemacht, die sie im Kino immer zu Tränen rührten.

Eines Abends, als sie zum Abendessen bei ihm war und seine Großmutter längst im Bett lag, hatte er es einfach getan. Mitten im Satz. Ohne Vorwarnung.

Allsún erzählte ihm gerade, dass seine Großmutter angeboten hatte, ihr das Kochen beizubringen, als er plötzlich, ohne zu wissen, wie ihm geschah, eine Hand in ihren Nacken legte. Er zog sie auf seinen Schoß und küsste sie so heftig, dass sich die Welt um ihn zu drehen begann. Sie erwiderte seinen Kuss, und damit war die Sache besiegelt.

Seither waren sie nicht mehr „nur Freunde" gewesen.

Damals dachte er, dass dieses eine Jahr in der Schule, als er sie so sehr wollte, sich aber nicht dazu durchringen konnte, entsprechend aktiv zu werden, die schlimmste vorstellbare Folter war. Aber das war gar nichts gewesen im Vergleich zu der Qual, sie jetzt wieder um sich zu haben. Denn nachdem er Allsún inzwischen in- und auswendig kannte, wollte er sie mehr als alles andere, liebte sie mehr als alles andere und wusste, wie großartig es war, mit ihr zusammen zu sein. Und vor allem wusste er, wie gern er damit aufhören würde, all seine Wünsche in sich hineinzufressen. Wie sehr er sich danach sehnte, dass zwischen ihnen alles wieder so sein würde, wie es einmal gewesen war.

Damals hatte er lange nicht gewusst, was ihm entging. Doch jetzt wusste er es ganz genau, und das ungestillte Verlangen nach ihr würde ihn noch umbringen.

Aber das war ihm egal.

Er würde sich mit Freuden jeden Tag eigenhändig foltern, wenn er sie nur sehen konnte.

Mit so viel falscher Begeisterung, wie er nur aufbringen konnte, zwang er ein Lächeln auf sein Gesicht und streckte ebenfalls den Arm aus. Sie schüttelten einander die Hände.

„Freunde?", fragte sie.

Er knirschte unhörbar mit den Zähnen. „Freunde und nicht mehr", log er dann.

5. KAPITEL

F*reunde!* Warum zum Teufel musste sie unbedingt diesen Begriff wählen? Sie bereute ihre Worte, sobald sie sie gesagt hatte, und Davids bereitwillige Zustimmung traf sie wie ein unvermuteter Schlag in den Magen. Sie machte sich selbst etwas vor, wenn sie dachte, dass sie und David jemals „nur Freunde" sein könnten.

Sie hatte ihn schon immer sehr gern gehabt, von dem Moment an, in dem ihr klar geworden war, dass doch nicht alle Jungs Läuse hatten, bis sie alt genug war, um ihre wahren Gefühle zu verstehen und sich einzugestehen, dass sie ihn liebte.

Allsún ließ ihren Blick über seine kraftvolle Gestalt wandern. Mit seiner eindrucksvollen Körpergröße von zwei Metern und Muskeln, die einen Großteil der männlichen Weltbevölkerung beschämen mussten, war er buchstäblich der Inbegriff des großen, dunklen, gut aussehenden Helden. Er pflegte den Bad-Boy-Look, der so gut zu seinen Harley-Lederklamotten passte. Seine dunkelbraunen Augen waren beinahe schwarz, und sie hatte das Gefühl, in ihren Tiefen fast zu ertrinken. Und als er sie kurz zuvor festgehalten hatte, fühlten seine großen männlichen Hände sich auf ihrem Körper so göttlich an wie früher. Sie spürte die Hitze zwischen ihren Beinen, als sie sich vorstellte, was er mit diesen Händen alles tun konnte.

Nein. Sie schüttelte den Kopf, um die unangebrachten Gedanken zu vertreiben. Sie liebte ihn nicht, nicht mehr. Dieses Kapitel ihres Lebens war abgeschlossen, und sie hatte alle Erinnerungen, die guten wie die schlechten, hinter sich gelassen. Sie liebte David nicht. Sie kannte ihn ja kaum noch. Abgesehen von ihrer kurzen Begegnung neulich im Club hatte sie ihn seit Jahren nicht mehr gesehen, geschweige denn gesprochen.

Sie betrachtete seine scharf geschnittenen Züge, die hohen Wangenknochen, das kantige Kinn, und musste zugeben, dass es sich mit David verhielt wie mit einem edlen, teuren Whiskey: Er wurde mit den Jahren immer besser.

Plötzlich fühlte sie sich befangen und ein bisschen verlegen. Sie bezweifelte stark, dass David gerade dasselbe über sie dachte. Sie blickte an sich herab und wurde sich erst jetzt ihrer Aufmachung bewusst. Ein Krankenhausnachthemd war kein besonders schmeichelhaftes Kleidungsstück, und nach der frischen Brise zu urteilen, die sie im Rücken spürte, war ihr Hintern zur allgemeinen Besichtigung freigegeben. Ihre Locken waren vermutlich seit Ewigkeiten nicht mehr gekämmt worden.

Und nun stand sie hier vor David und sah aus, wie etwas, das eine ihrer Katzen erst verdaut und dann auf dem Teppich wieder ausgewürgt hatte. Eigentlich sollte ihr das vollkommen egal sein, aber ein winziger Teil von ihr hoffte doch, dass David noch immer der Mann war, den sie einst hatte heiraten wollen. Der Mann, der sich um sie gekümmert hatte, wenn sie die Grippe hatte, und der sie tröstete, wenn ihr schlecht war, und ihr versicherte, dass sie trotzdem noch hübsch war. Er dachte vermutlich, dass er sie in bereits jedem noch so jämmerlichen Zustand gesehen hatte. Aber verdammt, sie hatte es doch immer fertiggebracht, sich wenigstens einen Hauch Farbe ins Gesicht zu schminken, bevor er sie besuchen kam.

David zog sein Handy aus der Hosentasche und fing an, eine SMS zu schreiben. „Wir sollten dich so schnell wie möglich in meine Wohnung schaffen, damit du dich waschen und umziehen kannst.“

„Wem schreibst du denn da?“, wollte sie wissen.

„Jace. Er versucht seit zwanzig Minuten verzweifelt, mich zu erreichen, vermutlich fragt er sich, warum du nicht im Krankenhaus warst, als er dort eintraf. Jemand muss auf dich aufpassen, während ich den Job hier zu Ende bringe. Er kann dich zu mir bringen.“

„Moment mal. Ich habe zugestimmt, *bei dir* zu bleiben, aber es war nicht die Rede davon, mich einzusperren.“

„Ich will nicht, dass du dir noch mal anschauen musst, was da unten im Keller ist.“

Allsún rollte entnervt mit den Augen. Sie war keine zerbrechliche Porzellanpuppe, und das wusste er ganz genau. „Es sind Leichen, David. So was habe ich schon mal gesehen.“

„Du hast nicht gesehen, was hinten in der Ecke liegt, und glaub mir, Allie, du willst es auch nicht sehen.“

Sie verschränkte die Arme vor dem Körper. „Ich habe im Laufe der Jahre viele grauenhafte Dinge gesehen. Das weißt du doch. Bestimmt war Schlimmeres dabei als das, was sich da unten befindet. Erinnerst du dich an diesen Kobold, der Jagd auf Teenager-Mädchen gemacht hat?“

Seine Miene wurde grimmig. „Es ist noch furchtbarer.“

Allsún sah ihn erschrocken an. Sie konnte sich ganz ehrlich nichts Schlimmeres vorstellen. Sie war kein Schwächling, und doch brachte sie es nicht fertig, sich so von den Opfern zu distanzieren wie David. Als dieser Fall mit dem Kobold abgeschlossen war, hatte sie stundenlang geweint. Da half auch nicht das Wissen, dass sie den Opfern zu ihrem Recht verholfen und den Täter bestraft hatten. Der Schmerz der Angehörigen und der grässliche, unfaire Tod der Mädchen ließen sie einfach nicht los.

„David, was immer es ist … nach allem, was mit Robert passiert ist, komme ich bestimmt damit zurecht." Egal, wie sie sich fühlte, sie würde auf keinen Fall zulassen, dass er sie wie ein Kind behandelte. Je eher sie ihm demonstrieren konnte, dass sie wieder voll bei Kräften war, körperlich wie seelisch, desto besser. Sie musste so schnell wie möglich aus seinem Leben verschwinden.

Er schüttelte den Kopf. „Allie, ich kenne dich, und du kannst mir getrost glauben, wenn ich sage, dass du mit dem, was da unten ist, nicht zurechtkommst. Wir wissen doch beide, dass du hart im Nehmen bist, das brauchst du mir doch nicht zu beweisen. Nicht dieses Mal."

„Na schön. Wenn du mich nicht helfen lässt und einfach nur vorhast, mich als … Gefangene zu betrachten, dann gehe ich eben."

Sie musste ohnehin zusehen, dass sie von ihm wegkam. Doch als sie versuchte, sich an ihm vorbeizuwinden, fasste er sie am Handgelenk. Ein prickelnder Stromstoß schien durch sie hindurchzuschießen, direkt in ihr Herz und dann weiter zu der erneut auflodernden Hitze zwischen ihren Schenkeln. Die Spannung, die allein durch seine Berührung zwischen ihnen knisterte, war atemberaubend und eine machtvolle Erinnerung an alles, was sie einst miteinander getan hatten.

Nach der Überraschung zu urteilen, die kurz in Davids Augen aufblitzte, hatte er es ebenfalls gespürt.

Sie zwang sich dazu, ihm ihr Handgelenk zu entziehen, und bedachte ihn mit einem ihrer typischen strengen Blicke. Mit ihnen hatte sie ihn immer wissen lassen, dass er kurz davor war, sie auf die Palme zu bringen – und dass er es schwer bereuen würde, wenn er so weitermachte.

Schließlich wussten sie beide, dass es nichts Fürchterlicheres gab als eine aufgebrachte Elfe. Und das Letzte, was sie jetzt gebrauchen konnte, war der Herzschmerz, den er ihr nach all diesen Jahren offenbar immer noch zufügen konnte.

David stieß einen tiefen Seufzer aus und versuchte nachzuverhandeln. „Der springende Punkt ist doch, dass du nicht hier sein solltest. Du musst dich ausruhen. Du musst heilen."

„Ich hatte einen Monat Zeit zu heilen, David. Es geht mir gut. Die Medikamente in meinem Blut sind abgebaut, und die Wunden, die Robert mir zugefügt hat, verschwunden." Sie zuckte leicht zusammen, als sie seinen Namen aussprach. Der Gedanke an das, was Robert ihr angetan hatte, verfolgte sie noch immer. „Außerdem will ich der Sache hier ebenfalls auf den Grund gehen. Ich muss wissen, warum mein Instinkt mich hergebracht hat."

Der Schmerz in seinem Gesicht schnitt ihr ins Herz. Sie konnte ihm ansehen, wie schuldig er sich fühlte.

Er presste die Lippen zusammen, bis sie eine dünne Linie bildeten, und seufzte noch einmal. „Na gut, wenn du unbedingt willst, dann bleib. Aber du hältst dich nur dort auf, wo ich dich sehen kann, in Ordnung? Ich lasse nicht zu, dass dir etwas passiert. Nicht noch einmal."

Entschlossen starrte David auf Allsún hinab. Er hatte zugestimmt, dass sie blieb, aber er wollte noch immer nicht, dass sie die Gräuel im Keller sah. Nach allem, was sie bereits durchgemacht hatte, sollte sich nicht auch noch dieses Schreckensbild in ihr Gedächtnis einbrennen.

Das Summen seines Handys unterbrach ihr Wortgefecht. Sie drehte sich von ihm weg, als er das Telefon aus der Tasche zog. Auf dem Display leuchtete Jace' Name auf.

Er drückte die Annahmetaste. „Ja?"

„Ich muss dir etwas sagen, was dich nicht gerade glücklich machen wird." Jace sprach langsam, als wäre er nicht sicher, ob er die Worte wirklich über die Lippen bringen wollte. „Frankie und ich sind im Krankenhaus, und … Allsún ist nicht hier."

Davids sah zu Allsún hin, die nervös im Flur auf und ab lief. „Ja, ich weiß, J. Sie ist hier aufgetaucht. Am Tatort."

Ein Schwall finsterer Flüche drang durch die Leitung. „Und du hättest mich verdammt noch mal nicht kurz anrufen können, um mir das zu erzählen? Frankie und ich haben uns vor Angst, dass dieser Dämon sie sich geschnappt haben könnte, fast in die Hose gemacht. Ich versuche seit Ewigkeiten, dich zu erreichen."

„Tut mir leid. Sie ist gerade erst angekommen."

„Nun ja, auf jeden Fall fällt mir ein verfluchter Stein vom Herzen. Abgesehen davon: Hast du etwas entdeckt?"

David biss sich auf die Unterlippe. Oh ja, er hatte etwas gefunden. Etwas, was menschliche Augen niemals sehen sollten, was so böse war, dass es ihm den Magen umdrehte und das Herz brach.

„Ja, habe ich. Ich erzähle dir auf der Versammlung davon."

Jace schwieg. David wusste, dass er auf eine Erklärung wartete.

„J., es tut mir leid, Mann. Aber ich kann jetzt nicht … Es ist einfach zu böse. Gib mir noch ein bisschen Zeit."

Der Albtraum, den er eine Etage tiefer vorgefunden hatte, stieg erneut vor seinem geistigen Auge auf. Diese armen Menschen.

„Na gut, dann sehe ich dich auf der Versammlung. Erledige den Job, David. Den Opfern zuliebe."

David nickte. „Ja."

Ein leises Klicken, und die Leitung war tot.

Allsún hörte auf, im Kreis zu laufen, und sah ihn an, die Arme vor der Brust verschränkt. „So, verrätst du mir jetzt, was da unten noch ist, oder lässt du mich ebenfalls im Dunkeln tappen?“

„Du willst nicht wissen, was da unten noch ist, Allsún.“

„Wenn ich dir helfen soll, dann …“

Er hob eine Hand, um sie zu unterbrechen. „Wer hat etwas davon gesagt, dass du mir helfen sollst?“

Sie runzelte die Stirn und deutete auf sich selbst. „Ich habe das gesagt. Wenn du dich weigerst, mich von deiner Seite zu lassen, dann musst du dich damit abfinden, dass ich zusammen mit dir an dem Fall arbeite.“

„Das kann ich nicht erlauben. Dieser Fall ist anders als die anderen.“

„Wie anders kann er denn sein, David?“

Er schüttelte den Kopf. Er kannte Allsún, und er verstand vollkommen, warum sie bei diesem Job mitmachen wollte. Früher war sie eine großartige Dämonenjägerin gewesen. Sie hatten als Team zusammengearbeitet, und mit ihrer Feenmacht und seinen Exorzisten-Fähigkeiten waren sie praktisch unbesiegbar gewesen. Aber das war, bevor er Mitglied der Execution Underground wurde und Allsún zu dem Schluss kam, dass ihr dieser Lebensstil nicht mehr gefiel.

„Allsún, der Dämon hat diese Familie massakriert. Du weißt, dass das kein typisches Verhalten ist.“

„Es ist auch nicht typisch für mich, Vorahnungen über dämonische Aktivitäten zu haben, jedenfalls nicht, seit ich aufgehört habe zu jagen. Aber in diesem Fall hatte ich welche, und diese waren so stark, dass sie mich aus meinem Koma geweckt haben. Das bedeutet ja wohl, dass ich irgendwie aktiv werden soll. Wenn du an meiner Stelle wärst, würdest du es ebenso sehen."

Damit hatte sie ihn. Natürlich würde er im umgekehrten Fall definitiv an den Ermittlungen beteiligt sein wollen. Nun ja, wollen war vielleicht das falsche Wort. Niemand *wollte* etwas mit Dämonen zu tun haben. Wenn sie sich trotzdem darauf einließen, dann weil sie sich dazu verpflichtet fühlten. Aber Allsún hatte dieser Pflicht vor Jahren abgeschworen.

„Und wer hat noch mal gesagt: Das kann doch jemand anders machen? Du wolltest mich davon überzeugen, dass es nicht meine Aufgabe ist, Menschen vor Dämonen zu schützen, obwohl ich mit dieser besonderen Gabe geboren wurde. Und jetzt auf einmal fühlst du dich berufen, weil du *Gefühle* hattest? Du bist eine Heuchlerin."

„Hör auf, in der Vergangenheit herumzugraben." Allsún stürmte an ihm vorbei und die Stufen hinunter, ohne dass er sie aufhalten konnte. Am Fuß der Treppe angekommen, bog sie um die Ecke in den Teil des Kellers, den sie vorher nicht hatte einsehen können. David hörte einen langgezogenen, keuchenden Atemzug. *Verflucht.*

Er rannte die Treppe hinunter. Sein schlimmes Bein brannte bei jedem Schritt.

Als er Allsún erreichte, sah er, dass ihre Wangen nass waren. Er trat hinter sie und zog sie eng an sich. Obwohl der Anblick ihrer Tränen ihn tief erschütterte, genoss er doch das Gefühl, sie wieder in den Armen zu halten. Gott, wie sehr hatte er es vermisst, sie so zu umfangen, ihr so nah zu sein. Für einen Moment standen sie beieinander, dann löste sie sich von ihm, trat einen Schritt zurück und wischte sich energisch über das Gesicht, um die Tränenspuren zu entfernen.

Er räusperte sich. „Ich habe dir ja gesagt, dass es der reine Horror ist."

Horror? Das war eine maßlose Untertreibung. Was die Dämonen den Menschen angetan hatten, bevor sie sie umbrachten, war abscheulich, krank und verdorben. Nur das ultimativ Böse konnte für etwas derart Widerwärtiges verantwortlich sein. Jeder, der auch nur einen Funken Menschlichkeit in sich trug, hätte wohl wenigstens ein bisschen Gnade gezeigt.

Allsún schaute ihn an. Ihre Lippen zitterten kaum wahrnehmbar. „Also, was machen wir jetzt?" Sie kämpfte um ihre Fassung. Er konnte sehen, wie ihr Gesicht sich veränderte, als sie sich dazu zwang, sich ganz auf die Arbeit zu konzentrieren.

Sie atmete tief durch. „Früher, als wir beide ein Team waren, hätten wir die Beweise mitgenommen, die wir brauchten, die Polizei gerufen und dann allein weiterermittelt. Aber jetzt ... Du weißt schon, da du doch Teil der Execution Underground bist ..."

„Dasselbe Vorgehen", gab David zurück. „Wir machen Fotos vom Tatort, die bearbeitet und falls nötig ans Hauptquartier geschickt werden. Aber in der Zwischenzeit fängt die Rochester Division mit den Ermittlungen an. Wir müssen uns jetzt allerdings beeilen. Lass uns ein paar Stichproben nehmen und dann schnellstens verschwinden. Kann ja sein, dass einer der Nachbarn etwas gehört und die Bullen verständigt hat."

„Glaube ich nicht, dann wären die schon längst hier." Sie tat seine Befürchtungen mit einem Schulterzucken ab. „Und was hast du vor, wenn wir hier fertig sind? Willst du mich etwa mit zu dieser Versammlung nehmen?"

„Ja, und dann bringe ich die anderen Hunter auf den Stand der Dinge."

Sie rümpfte missbilligend die Nase. „Die anderen Hunter? Wie viele von denen gibt es denn? Jace und du, das sind schon mal zwei."

Er hatte ihr Vorurteil gegen die Jäger vergessen. Während Allsún sehr dafür war, Dämonen zu jagen, war sie doch misstrauisch gegenüber der Execution Underground und ihrer Politik. Das war einer der vielen Gründe gewesen, aus denen sie nicht wollte, dass er der Organisation beitrat. „Wir sind insgesamt sechs, mich mitgezählt."

Allsúns Augen weiteten sich, als könne sie nicht recht glauben, was sie hörte. „Es überrascht mich nicht, dass Jace dazugehört. Mir war immer klar, dass ihr beide es irgendwann ins selbe Team schaffen würdet, oder wie immer man eure Einheit nennt. Und ich weiß auch, dass er seinen Teil dazu beigetragen hat, dich anzuwerben."

„Lass deinen Ärger nicht an Jace aus. Es ist nicht seine Schuld, dass ich bei der Execution Underground unterschrieben habe."

„Er ist jetzt mit Frankie zusammen, stimmt's?"

David nickte. „Ja, die beiden sind ein Paar."

Allsún erwiderte sein Nicken. „Gut. Ich bin froh, dass er sie glücklich macht. Frankie ist mir eine gute Freundin gewesen." Sie zögerte, bevor sie mit Bedacht weitersprach. „Ich empfinde keinen Groll gegenüber Jace. Das alles ist jetzt … was? Fünf Jahre her."

Er öffnete schon den Mund, um ihr ganz präzise mitzuteilen, wie viele Jahre, Monate und Tage es her war, aber sie hob die Hand, um ihn am Reden zu hindern. „Nein, nenn mir nicht die genauen Zahlen. Such einfach deine Beweise zusammen. Ich weiß nicht, wie lange ich es noch aushalte, hier herumzustehen. Diese arme Familie."

Er klappte den Mund wieder zu und schluckte die Worte, die ihm auf der Zunge lagen, herunter.

Dann ließ er einen prüfenden Blick über den Schauplatz des Verbrechens schweifen. Er wusste nicht mal genau, wo er mit seiner Suche anfangen sollte. So schrecklich die Vorstellung auch war, er musste das, was hier geschehen war, im Kopf rekonstruieren. Die Art und Weise, wie der Dämon seine Morde ausgeführt hatte, gab ihm möglicherweise einen Hinweis auf dessen kranke Motive. Zwar kam ihm das Ganze irgendwie vor, wie in Teeblättern zu lesen, denn der Versuch, erbarmungslose Gewalt zu verstehen, war fast immer fruchtlos. Aber wenn auch nur der Hauch einer Chance bestand, dass sich etwas ergab, was ihm helfen würde, diese mörderische Höllenbrut zu finden, dann musste er es tun.

Nach dem, was Father O'Reilly Damon berichtet hatte, hatte die Mutter ihn angerufen und behauptet, ihr Mann sei von einem Dämon besessen. David ging zu der zusammengesunkenen Frauenleiche in der Kellerecke hinüber. Das Handy mit dem zerbrochenen Display, das neben ihrer ausgestreckten Hand auf dem Boden lag, bestätigte diese Annahme. Der Ehemann war zuletzt gestorben. Das Messer in seiner Hand war der Beleg dafür, dass der Dämon ihn dazu gebracht hatte, sich die eigene Kehle aufzuschlitzen. Dann hatte die Höllenkreatur sich zweifellos in körperloser Form aus dem Staub gemacht, um in den nächsten erreichbaren Menschen zu fahren. David würde jede Wette eingehen, dass ein unglückseliger Nachbar der Familie der neueste Fleischanzug des Dämons war. Glücklicherweise wechselten die Biester ihre Menschen nur, wenn sie unbedingt mussten. Die Prozedur schwächte sie und tat ihnen höllisch weh. In gewisser Weise waren sie wie anhängliche Parasiten, die ihr Wirtstier am liebsten nie mehr losließen.

Jetzt wusste er, wie die Eltern gestorben waren, was schon mal weiterhalf. Aber in welcher Reihenfolge waren die Kinder getötet worden, und hatte das irgendeine Bedeutung? Und warum hatte der Dämon sich ausgerechnet diese Familie ausgesucht?

Sein Blick wanderte zwischen dem unfassbaren Grauen auf der anderen Seite des Kellers und dem Körper des ausgeweideten Teenagers hin und her. Aus den furchtbaren Dingen, die mit dem Baby gemacht worden waren, ließ sich schließen, dass der Dämon sich auf das kleine Mädchen fokussiert hatte. Die Unschuld des Kindes spielte also zweifellos eine wichtige Rolle bei seinen Plänen. Was sonst konnte so ein Biest zu einem Baby locken? David ging noch einmal zu den Überresten des kleinen Wesens, auch wenn er all seine Selbstbeherrschung aufbringen musste, sich nicht noch einmal in den Mülleimer zu übergeben. Diesen Beweis musste er übrigens noch verschwinden lassen, um keine DNS am Tatort zu hinterlassen.

Er suchte mit scharfem Blick systematisch die nähere Umgebung des toten Kindes ab und stutzte, als er etwas Rotes aufblitzen sah. Ein kleiner Blutfleck an der Kante eines Stuhls. Er ging darauf zu, um ihn näher in Augenschein zu nehmen. Blondes Haar klebte in der geronnenen Flüssigkeit. Ja, danach hatte er gesucht. Nur die Mutter war blond, aber sie lag mehrere Schritte entfernt. Noch einmal durchmaß David den Raum, zog sein Taschentuch hervor und hockte sich neben die Leiche der Frau. Auf ihrer Stirn war keine Wunde zu sehen, doch sie hatte als Einzige blondes Haar. Er wickelte sich rasch den Stoff um die Hand und kippte dann ihren Kopf nach vorn. Mit einem grässlichen

Plumps fiel er ihr auf die Brust, wie nur totes Fleisch fallen kann. David versuchte, die Wut zu unterdrücken, die in ihm aufstieg, und sich ganz auf seine Aufgabe zu konzentrieren.

Er beugte sich vor und untersuchte behutsam den Hinterkopf der Frau, bis er schließlich … Bingo! Ein blutiger Kratzer zwischen ihren Haaren bestätigte seinen Verdacht. Die Frau hatte instinktiv versucht, ihr Kind zu retten, wie jede Mutter es tun würde. Plötzlich lief die grauenvolle Szene, wie es gewesen sein musste, vor Davids innerem Auge ab. Diese arme Frau hatte die furchtbaren Dinge mit ansehen müssen, die ihr Mann mit ihrem süßen Baby machte. Bei dem Gedanken an den Schmerz, den sie durchleiden musste, wurde ihm schlecht, und er konnte sich nur zu gut vorstellen, wie ihre unkontrollierten Schreie durch das Haus gellten, während ihr Mann das Kind marterte. Sie hatte sich auf ihn gestürzt, um ihn daran zu hindern, aber der Dämon hatte sie mit seiner übernatürlichen Kraft weggeschleudert, und als sie fiel, schlug sie sich den Kopf an der Stuhlkante auf.

Aber warum hatte er sie da nicht einfach umgebracht, als sie ihm so lästig wurde? Ihre Leiche und das Telefon befanden sich auf der anderen Seite des Raums, und auf dem Teppich waren keine Blutspuren, die darauf hindeuteten, dass sie erst nach ihrem Tod dorthin gebracht worden war. Der Dämon hatte also eindeutig beschlossen, sie nicht sofort zu ermorden. Warum ließ er sie zuerst am Leben?

Weil er *wollte*, dass sie ihm zusah …

Die Puzzleteile fügten sich in Davids Kopf zusammen, während er seine Theorie Schritt für Schritt entwickelte. Aber im Hintergrund seines Bewusstseins nagte noch eine Frage an ihm. Warum war die Frau davon überzeugt, dass ihr Mann besessen war? Zweifellos war sie fassungslos, dass er zu solch entsetzlicher Gewalt fähig war, doch warum hatte sie gerade diesen Begriff gewählt? Sie sagte nicht, dass er durchgedreht oder verrückt geworden wäre. Sie sagte, er wäre besessen, was nur bedeuten konnte, dass der Dämon auf irgendeine Weise seine Identität preisgegeben hatte. Seine roten Augen hätte er ihr nur gezeigt, wenn sie es geschafft hätte, ihm wehzutun. Doch das war ausgeschlossen, es sei denn, sie hätte Weihwasser oder ein gesegnetes Objekt zur Hand gehabt. Ziemlich unwahrscheinlich, obwohl die Familie religiös war.

Er dachte an all die schlechten Fantasyfilme, die er sich über die Jahre hinweg angesehen hatte und in denen Dämonen auf die absurdeste Weise dargestellt wurden. Vermutlich hatte die Frau ihr gesamtes Wissen über die dämonische Welt aus solchen Streifen bezogen. Was konnte die Kreatur getan haben, um sie auf die richtige Spur …

Wieder fiel ein Puzzleteil an die richtige Stelle. *Latein.* Der Dämon musste Latein oder eine andere tote Sprache gesprochen haben, die ihr Ehemann nicht beherrschte. Das war eine der wenigen Dinge, die diese Filme korrekt darstellten. Und wenn der Dämon Latein gesprochen hatte, dann hieß das, dass er eine Art dämonisches Ritual vollzogen hatte. Das erklärte auch den entweihten Zustand der Babyleiche. Der unfassbare Horror dessen, was sich hier abgespielt haben musste, traf David wie ein Tritt in die Eier.

Das Blutvergießen war nur Nebensache bei dem Ritual gewesen. Der Dämon wollte Angst schüren. Deshalb hatte er die Mutter und den Vater – solange dieser besessen und außerstande war, seinen Körper zu kontrollieren – dazu gezwungen, den Mord an ihren beiden Kindern mit anzusehen, damit er ihre Angst in sich hineinfressen konnte.

David vergrub seine Wut tief in seinem Inneren, wo sie sich zu einem gewaltigen Knäuel zusammenballte, das ihn eines Tages vermutlich umbringen würde. Doch darum konnte er sich jetzt nicht kümmern, erst musste er sich auf seine Pflichten konzentrieren. Fotos hatte er bereits gemacht, nun brauchte er noch einige Proben, um sie ins Labor zu schicken. Wenn er ein paar Schwefelspuren fand, die der Dämon zurückgelassen hatte, konnten die Forensiker sie analysieren und ihm einen Hinweis geben, welchen Typ von Dämon er demnächst foltern würde. Er holte das Labor-Kit aus der Innentasche seiner Lederjacke und erledigte rasch den üblichen CSI-Kram: Er wischte über die Wunden der Opfer und unter ihren Fingernägeln entlang, nahm Haarproben und sammelte alles, was ihm irgendwie weiterhelfen könnte.

Als er fertig war, schaute er ein letztes Mal auf die Leichen.

Wieder wurde ihm schlecht vor Zorn, als er an die Qualen dachte, die diese armen Menschen hatten ertragen müssen. Er würde das dämonische Stück Dreck finden, das das hier angerichtet hatte, und dann würde er es leiden lassen und jede Minute davon genießen.

Sammael goss das Blut über den Altar, während er seine Beschwörungen murmelte. Die uralten Symbole, die auf die Wand vor ihm gemalt waren, glühten orangefarben auf. Das leibhaftige Höllenfeuer.

„Sprich zu mir, Herrin“, summte er.

Für einen Augenblick blieb es still, dann erfüllte ein süßes, befriedigtes Fauchen den Raum. Seine Herrin war so mächtig, dass es keiner Worte von ihr bedurfte. Er konnte spüren, wie ihre Präsenz sich verdichtete. Der Zeitpunkt ihrer Ankunft rückte näher und näher.

Sobald die Herrin hier war, würden sie beide langsam ihre Feinde massakrieren, einen nach dem anderen, und zwar dann, wenn sie es am wenigsten erwarteten. Die Herrin würde sich die kleine Elfenschlampe selbst vornehmen, und wenn sie mit ihr fertig wäre, dann könnte er die Elfe endlich, nach all diesen Jahren, aufschlitzen und sie dann von innen heraus verschlingen. Oh, was würde das für ein Spaß werden!

Der Anblick des schmerzverzerrten Gesichts des Exorzisten wäre unbezahlbar.

Der Exorzist würde natürlich ungeheuer wütend über den Verlust seiner Liebsten sein und einen Kampf vom Zaun brechen, aber sie würden gewinnen. David Aronowitz war für die meisten Dämonen – ihn selbst eingeschlossen, so ungern er das auch zugab – ein machtvoller und tödlicher Gegner. Aber dieses armselige Exemplar von einem Helden hatte keine Chance gegen ein Wesen, das so groß, so gewaltig und so todbringend war wie die Herrin.

Ein Jammer, dass die Herrin den Exorzisten ganz für sich allein wollte.

Für Sammael wäre es das höchste der Gefühle, den einzigen Sterblichen umbringen zu dürfen, der die Kinder der Hölle in Furcht und Schrecken versetzen konnte.

Er erinnerte sich mit Freuden daran, wie der Pulsschlag der Familienmitglieder sich unter seinen Fingerspitzen angefühlt hatte, an ihre letzten Atemzüge, bevor sie in die Dunkelheit versanken und ihre Macht auf ihn überging. Aber die süße Qual ihres Todes und die wahnsinnige Angst in den Augen der Eltern, als sie ihre Kinder sterben sahen, waren gar nichts im Vergleich zu der Belohnung, die ihm winkte, weil er die Befehle seiner Herrin so akribisch befolgt hatte.

Er hatte sich Zeit gelassen, geduldig gewartet, bis der richtige Moment gekommen war, und nun war es endlich so weit. Sie würden entkommen. Sie würden *alle* entkommen, und wenn sich die Tore der Hölle öffneten, hätten sie ihr chaotisches Paradies auf Erden.

Ein machtvolles Wispern ertönte, und die Herrin kam noch ein Stück näher an die Oberfläche. Er konnte ihre gewaltige Energie förmlich unter seinen Füßen spüren.

Und dann wusste er, was er brauchte. Zwei weitere Familien. Nur noch zwei, und dann wäre die Herrin frei, um aus der Hölle aufzusteigen.

6. KAPITEL

Sie hatten noch nicht mal den halben Weg zum Hauptquartier von Davids Division hinter sich gebracht, als Allsún sicher war, dass an ihrer Nase und ihren Zehen Eiszapfen hingen. Zwar hatte David ihr seine Harley-Jacke gegeben und sogar die Socken ausgezogen, die er in seinen riesigen Motorradstiefeln trug, um sie ihr anzuziehen, aber trotzdem konnte man nicht behaupten, dass sie warm eingepackt war. Es war nun mal, wie David zutreffend bemerkt hatte, verdammt kalt draußen. Unter dem Ersatz-Motorradhelm pfiff ihr der Winterwind um die Ohren. Sie bogen um die nächste Ecke, und Allsún erschauderte. Aber diesmal lag es nicht an der Kälte.

Sie wurde das Bild dieses armen, unschuldigen Babys einfach nicht los. Wie konnte irgendwer – oder irgend*was* – so brutale Dinge mit einem Kind machen? Was den Erwachsenen und dem Teenager angetan worden war, war entsetzlich, aber das Baby …

Sie schüttelte den Kopf. So ein Gemetzel hatte sie noch nie gesehen. David hatte recht gehabt. Dies war bei Weitem das Schlimmste, was sie je an einem Tatort erlebt hatte. Sie konnte sich nichts Fürchterlicheres vorstellen. In ihrem Magen bildete sich ein Knoten, und ihr Inneres krampfte sich nervös zusammen. Eine Welle der Übelkeit schwappte durch ihren Körper.

Nein, das stimmte nicht ganz. Sie konnte sich etwas Fürchterlicheres vorstellen, etwas, was noch beängstigender war und was sie sich in Wahrheit nicht einmal vorzustellen brauchte, weil sie sich daran erinnern konnte. Es war so schrecklich, dass sie es nicht fertigbrachte, David davon zu erzählen.

Allsún atmete die kalte Winterluft tief ein, um ihre Nerven zu beruhigen. Sie würde tun, was sie konnte, um ihm zu helfen. Sie wusste nicht, ob sie es ertragen könnte, wenn noch eine Mutter ihr unschuldiges Kind verlor. Unwillkürlich klammerte sie sich fester um Davids Taille.

„Alles klar da hinten?“, brüllte er gegen den Fahrtwind.

Sie musste sich vorbeugen, um in die Nähe seines Ohrs zu kommen. Schließlich saß sie auf dem Teil des Sattels, der von David und anderen Motorradfahrern gern als *Pussy-Pad* bezeichnet wurde. Sie hätte sich vielleicht darüber aufgeregt, wie sexistisch dieser Ausdruck war, aber sie wusste, dass sie bei David damit an der falschen Adresse war. Wie oft hatte er versucht, sie dazu zu überreden, sich ein eigenes Motorrad zuzulegen, damit er ihr das Fahren beibringen konnte? Aber nerdige Mädchen wie sie waren nun mal nicht zur heißen Motorradbraut bestimmt. Sie mochte nicht mal ohne *Sissybar* hinten mitfahren und war heilfroh, dass David die gepolsterte Rückenlehne von seiner Honda abmontiert und an der Super Glide angebracht hatte, auch wenn sie wusste, dass das Ding nicht für sie gedacht war. Bei diesem Gedanken runzelte sie die Stirn. Sie beschloss, nicht weiter darüber nachzugrübeln, für wen genau der bequeme Soziussitz gedacht war.

„Ja, es geht mir gut!“, schrie sie über seine Schulter.

Auch wenn das eine ziemlich dicke Lüge war.

Die grässlichen Bilder gingen ihr einfach nicht aus dem Kopf. Sie wusste von ihren früheren Erfahrungen, dass die Erinnerungen an grauenvolle Tatorte oft mit der Zeit verblassten. Aber manche Szenen ließen sich nicht auslöschen. Sie selbst kannte einige Beispiele dafür und hatte Dinge gesehen, die so schlimm waren, dass sie sich für immer in ihr Gedächtnis gebrannt hatten. Das Massaker an dieser Familie gehörte jetzt wohl dazu. Wieder überlief sie ein Schauder. Die Situation war schon jetzt völlig verfahren, und das in vielerlei Hinsicht. Als sie an diesem Abend im Krankenhaus aufgewacht war, hätte sie nie für möglich gehalten, sich ein paar Stunden später auf dem Sozius von Davids Motorrad wiederzufinden, auf dem Weg zu einer Versammlung der Execution Underground.

Und doch war genau das jetzt der Fall. Nahm man dann noch den unerklärlichen Sog dazu, der sie aus ihrem tiefen Drogenschlaf aufgeschreckt und an den Schauplatz eines widerwärtigen Verbrechens gebracht hatte, plus Davids Enthüllung, dass die Dämonen ihre Fährte gefunden hatten, konnte man wohl behaupten, dass sie ziemlich tief in der Patsche saß. Sie schloss die Augen und hielt sich an David fest. Nur ein paar Tage. Sobald es ihr besser ging, würden sich die Dinge schon wieder normalisieren. Sie und David würden erneut getrennte Wege gehen, und sie hätte dann nur noch dieses kleine Problem mit den Dämonenhorden, die sie verfolgten. Vielleicht könnte sie sich ja sogar wieder mit Tom, ihrem Exverlobten, vertragen. Wer wusste das schon?

Noch eine Kurve, und sie hatten ein verlassen wirkendes Lagerhaus erreicht. Sie parkten hinter einem Hummer, dessen Motor noch lief. David nahm seinen Helm ab. Allsún folgte seinem Beispiel, als sich die vorderen Türen des Hummers öffneten.

Jace und Frankie stiegen aus, und über Jace' Gesicht flog ein Ausdruck der Erleichterung, als er sie und David entdeckte. Er seufzte einmal tief aus. „Ich bin vor Sorge fast verrückt geworden, bis ich dich endlich auf dem Handy erreicht habe", sagte er zu David. Die beiden Männer gingen aufeinander zu und begrüßten sich mit einer raschen Umarmung.

„Tut mir leid, ich habe bis über beide Ohren in der Scheiße gesteckt", erwiderte David. „Danke, dass du ins Krankenhaus gefahren bist, um auf sie aufzupassen, auch wenn sie gar nicht da war." Der Blick, den er ihr zuwarf, war gleichzeitig streng und neckisch.

„Schnee von gestern. Alles ist gut." Frankie kam um die andere Seite des Wagens herum. Sie lächelte übers ganze Gesicht und zog Allsún in eine herzliche Umarmung.

Allsún erwiderte die Begrüßung mit ebenso viel Wärme. Es tat so gut, ein freundliches Gesicht zu sehen. Na ja, also eines, das nicht ihrem Ex gehörte.

Frankie löste sich von ihr, noch immer lächelnd, und trat einen Schritt zurück. Allsún musterte sie prüfend. Sie konnte nicht exakt sagen, warum, aber es kam ihr vor, als hätte ihre Freundin sich verändert. Unter Frankies Augen zeichneten sich dunkle Ringe ab, als ob sie nicht genug schlief, und zwischen ihren Brauen hatte sich eine kleine Sorgenfalte gegraben.

„Danke, dass du Jace begleitet hast, um nach ihr zu sehen, Frankie", sagte David.

Allsún schüttelte den Kopf. „Meine Güte, das klingt ja, als ob ich ständig einen Babysitter bräuchte." Sie funkelte David verärgert an. Sie hasste es, wie ein hilfloses Opfer behandelt zu werden.

Frankie legte ihr begütigend die Hand auf die Schulter. „Es hat uns keine Mühe gemacht. Außerdem würde jeder ein bisschen Hilfe brauchen, der so lange mit Robert allein sein musste."

David zuckte zusammen, und Allsún konnte an seinen Augen erkennen, wie seine Schuldgefühle ihn wieder einholten.

„Ich gehe dann mal rein, damit ich mir nicht noch mehr von Damons Genörgel anhören muss, als uns ohnehin schon blüht", verkündete Jace und warf Frankie seine Autoschlüssel zu. Sie fing sie mit einer Hand auf, und er grinste von einem Ohr zum anderen. „Ich liebe dich, Prinzessin."

Frankie errötete, und Allsún wandte diskret die Augen ab. Die Liebe, die die Luft zwischen den beiden förmlich zum Knistern brachte, war atemberaubend. Allsún spürte einen leisen Stich der Eifersucht. Sie wünschte sich, auch sie hätte etwas so Schönes in ihrem Leben. Sie schaute zu David, der ihren Blick erwiderte, und ihr tat das Herz weh. Denn sie *hatte* einmal etwas so Schönes in ihrem Leben gehabt, aber davon waren nichts als quälende Erinnerungen übrig.

Der Moment verging so schnell, wie er gekommen war, und Jace rannte in das Lagerhaus.

„Ich versuche, nicht zu lange da drin zu bleiben", sagte David zu Allsún. „Bleibst du so lange bei Frankie?"

Sie nickte.

Er sah sie vielsagend an. „Nicht weglaufen."

„Wenn ich weglaufen wollte, wäre ich nicht hier."

Er sah Frankie an, und sie nickte ihm beruhigend zu. Ohne ein weiteres Wort drehte er sich um und folgte Jace nach drinnen.

Allsún blickte ihm nach, bis er verschwunden war, und atmete tief aus. Während sie auf die geschlossene Tür starrte, senkte sich ein kurzes Schweigen über die Frauen.

Dann räusperte sich Frankie. „Ich kann mir vorstellen, dass es nicht besonders angenehm ist, so viel Zeit mit seinem Exverlobten verbringen zu müssen."

Allsún nickte. „Das kannst du laut sagen."

„Los, steigen wir ins Auto. Du musst halb erfroren sein."

Allsún ließ sich ohne Widerrede von Frankie in den Hummer schieben. Sie konnte ihre Zehen schon nicht mehr spüren. Sie rutschte auf den Rücksitz, und Frankie setzte sich neben sie. Sobald die Tür geschlossen war, füllte wohlige Wärme das Innere des Wagens. Allsún seufzte erleichtert auf. Schon bald fingen ihre Finger und Zehen an zu prickeln, ein Zeichen, dass wieder Leben in sie kam.

„Ich bin ja so froh, dass du das ganze Martyrium mit Robert einigermaßen gut überstanden hast."

„Wenn du nicht gewesen wärst, hätte er mich umgebracht. Du hast mich gerettet."

Frankie winkte abwehrend mit der Hand. „Auf keinen Fall. Ich habe doch nichts getan, als mich ebenfalls entführen zu lassen. Jace und David waren fürs Retten zuständig."

„Nun ja, egal wie es letztlich dazu kam, ich bin dir jedenfalls sehr dankbar."

„David war völlig außer sich vor Sorge. Jace sagte, dass er ihn noch nie so rasend wütend erlebt hat. Dass er dich wegen seiner Beinverletzung nicht schon früher befreien konnte, hat das Ganze für ihn natürlich noch schlimmer gemacht."

Allsún hob fragend eine Braue. „Was für eine Beinverletzung?"

„Oh, ich dachte, das wüsstest du. Bevor du entführt wurdest, hatten wir drei einen Zusammenstoß mit Robert." Sie schwieg, als ob nicht sicher wäre, ob sie weitererzählen wollte. Doch dann seufzte sie und fuhr fort. „Robert hat David von diesem Gerüst im Manhattan Square Park geworfen."

Allsún wusste, dass kein normaler Sterblicher so einen tiefen und harten Fall überleben würde. „Ich bin froh, dass er in Ordnung ist", stieß sie entsetzt hervor.

„Ich bin nicht sicher, wie *in Ordnung* er ist, schließlich humpelt er ständig. Das ist dir doch sicher aufgefallen. Jace sagt, David ist nicht besonders vernünftig mit der Verletzung umgegangen. Aber vermutlich überspielt er das Ganze, wenn du in der Nähe bist. Du weißt schon, dieses ewige Macho-Gehabe, von dem die Jungs einfach nicht lassen können."

Allsún nickte, obwohl ihr keine Verletzung aufgefallen war, und biss sich auf die Unterlippe. Wenn sie ehrlich mit sich selbst war, musste sie zugeben, dass das wohl daran lag, dass sie viel zu sehr damit beschäftig gewesen war, Davids sexy Hintern in diesen ledernen Motorradüberhosen zu betrachten.

Sie schob die Hände zwischen ihre Knie, um sie zu wärmen. „Und du und Jace, was ist mit euch?"

Frankie lächelte, aber in ihren Augen war ein Anflug von Traurigkeit. „Oh ja, wir."

Allsún rang mit sich, ob sie weiterfragen sollte, denn es war wirklich nicht zu übersehen, dass Frankie ziemlich durcheinander war. Doch die Rudelführerin war eine gute Freundin, die für sie da gewesen war, als sie es am meisten gebraucht hatte. Und dies hier war ihre Chance, sich dafür zu revanchieren. Frankie brauchte offensichtlich jemanden, dem sie sich anvertrauen konnte. „Willst du darüber sprechen?"

Frankie starrte auf ihre Hände, die sie in ihrem Schoß verschränkt hatte, und wich Allsúns Blick aus. „Es ist schwer zu sagen. Ich liebe Jace, und ich weiß, dass er mich liebt, aber ich frage mich, ob das genug ist."

„Warum sollte es nicht genug sein? Wenn ihr euch wirklich liebt, dann findet ihr euren Weg zueinander, auch wenn die Straße mal nicht im besten Zustand ist."

Jetzt sah Frankie sie an. Ihre Schultern schienen vom Gewicht ihrer Zweifel nach unten gedrückt zu werden. „So wie du und David?"

Wieder biss sich Allsún auf die Unterlippe.

Frankie hatte einen wunden Punkt getroffen. Sie und David hatten sich geliebt, ach was, sie waren völlig verrückt aufeinander gewesen, so wie Jace und Frankie jetzt, oder vielleicht sogar noch mehr, weil sie sich schon so lange und gut kannten. Und doch waren sie aus irgendeinem Grund nicht zusammengeblieben. Alles war plötzlich so schnell den Bach runtergegangen.

Sie verdrängte den Gedanken daran. Nein, das war etwas anderes.

„Das ist natürlich ein berechtigter Einwand, aber nur, weil David und ich nicht durchgehalten haben, heißt das ja nicht, dass es bei dir und Jace genauso laufen muss."

„Ich weiß ja nicht mal genau, was zwischen euch eigentlich passiert ist."

„Glaub mir, du willst es gar nicht so genau wissen."

„Ich bin so unsicher, was die Zukunft betrifft." Frankies Schultern schienen noch tiefer zu sinken.

„Was immer du für Bedenken hast, ich bin sicher, dass du darüber hinwegkommst."

Frankie schüttelte den Kopf. „Es ist keine Sache, die man überwinden kann. Es ist etwas von Dauer."

Allsún betrachtete Frankie im Licht der Straßenlaterne, das ins Auto fiel, und stellte Vermutungen an, was ihre Freundin so durcheinandergebracht haben mochte. Dabei fiel ihr auf, dass Frankie trotz ihres offensichtlichen Kummers einfach wunderschön aussah.

Moment mal.

Dieses ganze Ding mit Frankie und Jace hatte begonnen, als Frankie ihre Paarungszeremonie schwänzte und das Rudelmitglied sitzen ließ, das schon lange dazu bestimmt war, ihr Partner zu sein. Soweit Allsún wusste, hatten Frankie und Jace sich in derselben Nacht getroffen. Allsúns Augen weiteten sich. *Oh, verdammt.* Sinn und Zweck der Zeremonie war es, potenzielle Alphas für das Rudel zu zeugen. Kein Wunder, dass von Frankie bei aller Niedergeschlagenheit dieses ganz besondere Strahlen ausging.

Allsúns Blick wanderte zu Frankies Körpermitte. Noch war keine eindeutige Wölbung zu sehen, aber der normalerweise flache, muskulöse Bauch zeigte doch eine neue, nun ja, Rundlichkeit. Allsún legte sich rasch eine Hand auf den Mund, um nicht hörbar nach Luft zu schnappen, und ließ sie dann langsam wieder sinken. „O mein Gott. Frankie, bist du schwanger?“

Frankie zog ihren Mantel enger um sich und nickte. „Mit Zwillingen.“

Jetzt musste Allsún doch nach Luft schnappen, und einen Moment lang fehlten ihr die Worte. „Herzlichen Glückwunsch!“, sagte sie dann. „Woher weißt du, dass es Zwillinge sind?“

Frankie starrte auf den Boden und zuckte mit den Schultern. „Ein Wolf weiß so etwas.“

„Hast du es Jace schon gesagt? Oder ist es das, was dir Kummer bereitet?“

Frankie schüttelte den Kopf, und in ihren dunkelbraunen Augen glänzten Tränen. „Ich habe Angst, es ihm zu sagen. Es ist ja nicht so, dass wir schon eine Ewigkeit zusammen sind, verstehst du? Ein Baby ist schon eine ziemlich große Verantwortung, aber gleich *zwei*? Ich habe keine Ahnung, wie er reagieren wird.“ Sie legte eine Hand auf ihren Bauch. „Nach meiner Rechnung bin ich erst in der achten Woche, aber ich passe schon jetzt nicht mehr in meine Salsa-Kleider. Ich werde bestimmt unglaublich dick werden." Sie lächelte ein bisschen, aber dann kamen schon wieder Tränen.

Allsún rutschte zu ihr hin und zog ihre Freundin in eine enge Umarmung.

„Du wirst nicht unglaublich dick sein, sondern schwanger. Das ist ein Unterschied. Du erschaffst Leben. Das wird eine wunderbare Erfahrung sein – beängstigend, aber wunderbar. Du liebst Jace. Ja, diese Schwangerschaft wird euer Leben und eure Beziehung verändern, aber nur zum Besseren. Es wird bestimmt nicht einfach sein, doch am Ende macht es dich stärker. Und ganz ehrlich, ich glaube, dass aus Jace ein toller Daddy wird. Du etwa nicht? Er ist schon fast übertrieben loyal, und das ist eine gute Eigenschaft für einen Familienvater. Ich bin sicher, dass er dich und deine Babys um jeden Preis und gegen alles und jeden beschützen wird. Er wird für euch drei gut sorgen."

Ein leises Lächeln zuckte um Frankies Mund. „Ja, ich glaube auch, dass er ein großartiger Dad sein wird."

Allsún lächelte. Tief in ihrem Inneren wünschte sie sich, in Frankies Situation zu sein. Sie hatte schon Kinder gewollt, als sie und David noch zusammen waren. Das war vor fünf Jahren gewesen. Seither war der Kinderwunsch immer intensiver geworden, und sie konnte inzwischen keine schwangere Frau und kein neugeborenes Baby mehr anschauen, ohne eine eifersüchtige Sehnsucht zu verspüren. Himmel, was war sie doch für eine grässliche Person.

Sie nahm Frankies Hand, drückte sie und sah ihrer Freundin tief in die Augen. „Ich freue mich so für dich, Frankie. Du brauchst keine Angst zu haben. Jace wird die Neuigkeit viel besser aufnehmen, als du denkst." Sie drückte Frankie noch einmal an sich.

Sie hatte nicht gelogen. Sie freute sich wirklich für Frankie, und doch konnte ein Teil von ihr nicht anders, als sich im Selbstmitleid zu suhlen, auch wenn sie sich selbst dafür hasste.

Was für eine grausame Ironie! Wenn Frankie bloß den wahren Grund kennen würde, aus dem sie David verlassen hatte, abgesehen von seinem Beitritt zur Execution Underground.

„Wirst du es Jace bald erzählen?"

Frankie nickte. „Ich kann es nicht mehr lange hinausschieben. Ich bin ständig müde, stopfe alles in mich rein, was in Reichweite ist, und da es Zwillinge werden, bin ich sicher, dass mein Bauch schon bald nicht mehr zu übersehen ist." Sie ließ Allsúns Hand los und starrte durchs Fenster nach draußen. Dann schlang sie die Arme um ihren Körper, als müsste sie mühsam um Fassung ringen. „Ich sage es ihm, aber was ist, wenn er mich verlässt? Wir sind noch nicht lange zusammen. Er mag mich ja lieben, aber ich bezweifle, dass irgendjemand so früh in einer Beziehung bereit ist, die Verantwortung für ein Kind zu übernehmen. Verdammt, ich bin nicht mal sicher, dass *ich* dazu bereit bin, doch gleichzeitig würde ich diese Kleinen um nichts in der Welt aufgeben. Was ist, wenn meine Schwangerschaft ihn vertreibt? Was soll ich dann machen?"

„Glaubst du denn wirklich, dass er weggehen könnte? So ein Typ ist Jace nicht, das weiß ich von David. So, wie ich es verstanden habe, hatte er eine ziemlich schreckliche Kindheit. Sein Vater hat ihn erst verprügelt und ist dann abgehauen. Das würde Jace seinen eigenen Kindern niemals antun, und auch dich würde er niemals einfach so im Stich lassen. Man spürt doch, wie viel du ihm bedeutest."

Ein schüchternes Lächeln erhellte Frankies Miene. „Ich hätte nie gedacht, dass ich jemanden so tief lieben kann. Manchmal kommt es mir fast unwirklich vor, wie schnell das alles passiert ist."

Allsún legte eine Hand auf Frankies Arm. „Alles wird gut. Versprochen."

Zum ersten Mal in all seinen Jahren bei der Execution Underground kam David zu spät zu einer Versammlung. Normalerweise war er immer der Erste, bereit, Damons Befehle zu empfangen. Außerdem hatte er inoffiziell dafür zu sorgen, dass sich Jace nicht mehr als zwanzig Minuten verspätete, was nur durch eine ganze Reihe ungeduldiger Telefonate und SMS zu erreichen war. Doch diesmal war es anders.

Er drückte die Tür zur Lagerhalle auf.

„Du bist zu spät. Ich hoffe, dafür gibt es einen guten Grund", bemerkte Damon.

David ging ans andere Tischende und setzte sich hin. Dann beugte er sich vor, stützte die Ellbogen auf die Platte und legte den Kopf in die Hände.

Sein Teamkollege Trent Garrison, dessen Spezialität alle Gestaltwandler außer Werwölfen waren, legte eine Hand auf seine Schulter. „David, ist alles okay?"

Wortlos zog David seine Beretta aus dem Halfter und legte sie auf den Tisch, dann legte er die anderen Waffen ab. Egal, wie sehr er es auch versuchte, er konnte die Bilder der Opfer nicht mehr aus dem Kopf kriegen. Das viele Blut und das verstümmelte kleine Mädchen. Sein Magen krampfte sich zusammen. Allein bei dem Gedanken an das Gemetzel wurde ihm schlecht.

„Ich glaub, mich laust der Affe." Ash – eigentlich Ashley – Deveraux, Medium und Geisterjäger der Division, lehnte sich auf seinem Stuhl zurück und beäugte David skeptisch. „Wenn du tatsächlich eine Pistole mit dir herumträgst, mache ich mir ein wenig Sorgen“, fügte er in seinem schleppenden Louisiana-Akzent hinzu.

„Schluss jetzt“, sagte Damon. „Da David und Jace nun endlich da sind, sollten wir anfangen.“ Er nahm Davids Waffen vom Tisch und legte sie in die große Plastiktonne, die sie zum Sammeln der Waffen benutzten, wenn sie sich in den Kontrollraum zurückzogen, eine kleine versteckte Kammer, in der all ihre Supercomputer untergebracht waren und die Technik, die sie mit dem geheimen Operationszentrum der Division verband.

Geräuschvoll schoben die Männer ihre Stühle über den Betonboden zurück und standen auf. Damon sah David an, und seine Augen verengten sich zu schmalen Schlitzen. David war nicht sicher, ob das hieß, dass Damon sauer war oder beunruhigt.

Die Lippen seines Vorgesetzten formten lautlos eine Frage. „Bist du in Ordnung?“

David nickte knapp. Die Ereignisse der letzten Stunden lasteten schwer auf seinen Schultern. Er war froh, dass Damon den Wink verstand und nicht weiter nachhakte.

David folgte seinen Kollegen ans Ende der Lagerhalle, wo er Ash dabei half, sieben Holzpaletten zur Seite zu schieben, bis sie den Weg zu einem in der Wand versteckten Tastenfeld freigeräumt hatten. Damon gab den Code ein, stellte die Tonne mit den Waffen in das dafür vorgesehene Fach und trat als Erster durch den geheimen Eingang und durch den Sicherheitsscanner. Die anderen folgten ihm einer nach dem anderen, bis sich schließlich alle in dem kleinen Kontrollraum drängelten. Die Männer nahmen ihre üblichen Plätze ein. Als alle sechs saßen, räusperte sich Damon und sah David an.

„Willst du anfangen, da du uns ja offensichtlich etwas Wichtiges mitzuteilen hast?“

David schüttelte den Kopf. „Lass uns das Schlimmste bis zuletzt aufheben.“

Zu seinem Erstaunen folgte Damon dem Vorschlag, ohne weiter in ihn zu dringen. Damon wandte seine Aufmerksamkeit Jace zu. „Hast du etwas für uns?“

Jace schüttelte den Kopf. *„Nada, mi capitán.* Nichts zu melden. Die Wölfe benehmen sich unter meiner Aufsicht und mit Frankies Hilfe. Abtrünnige sind hier in letzter Zeit nicht aufgetaucht, offenbar wirken die Gerüchte über Robert noch immer abschreckend. Wenn sie hören, was mit ihm passiert ist, dann wollen sie es nicht riskieren, dem knallharten Jäger Jace McCannon zu begegnen.“ Er grinste selbstgefällig.

Damon sah nicht so aus, als sei er auch nur ansatzweise beeindruckt. „Bist du sicher, dass du sie unter Kontrolle hast?“

Jace verschränkte die Arme vor der Brust. „Klar, zweifelst du etwa an meinem Wort?“

Damon ignorierte die Frage. „Und was ist, wenn du nicht da bist?“

Jace beugte sich aufgebracht vor.

Und schon sind wir wieder bei einem verbalen Schwanzvergleich, dachte David und seufzte müde. Für ihn gab es Wichtigeres, um das er sich Gedanken machte. Zum Beispiel die Tatsache, dass ihnen wohl bald jede Menge dämonischer Mist um die Ohren fliegen würde. Weil seine Exverlobte die einzige Elfe außerhalb einer seltsamen jenseitigen Feendimension war, würden alle Dämonen hinter ihr her sein.

„Was zum Teufel willst du mir eigentlich sagen?", fragte Jace.

Damon stieß ein wütendes Knurren aus. „Antworte einfach auf meine verdammte Frage."

Jace starrte ihn finster an. „Die Lage wäre wohl ein bisschen unstabiler ohne mich, aber da ist nichts, was Frankie nicht in den Griff kriegen würde. Warum?"

Damon starrte ebenso finster zurück, und hätte David es nicht besser gewusst, hätte er geglaubt, dass Damon Jace jeden Augenblick feuern würde.

Trotz des kalten Feuers, das in seinen Augen loderte, blieb Damons Stimme ruhig. „Das Hauptquartier bittet darum, dass du einen Ausflug nach New York machst, um bei einer Jagd zu helfen. Sie brauchen jemanden mit deiner Erfahrung, um die Aktion zu leiten. Kann ich darauf zählen, dass du die Sache nicht vermasselst?"

Jace' Miene verfinsterte sich noch mehr, aber er nickte. „Klar, kriege ich hin."

Offenkundig heilfroh, mit Jace durch zu sein, drehte Damon seinen Bürostuhl so, dass er Shane anschauen konnte. „Gibt's bei dir was Neues?"

Shane rückte seine Brille zurecht. „Tja, scheint so, als braut sich – und das soll jetzt kein Wortspiel sein – in den Hexenzirkeln etwas zusammen. Es gibt da einige Aktivität, aber bislang nichts, auf das ich den Finger legen könnte. Ich bin mir noch nicht sicher, wie wichtig das Ganze tatsächlich ist."

Damon klopfte mit seinem Kugelschreiber auf den Stapel mit Berichten, der vor ihm lag. „Brauchst du irgendwas?"

„Im Moment nicht. Ich halte euch auf dem Laufenden."

Damon machte sich auf einem leeren Blatt Papier ein paar Notizen. „Was ist mit dir, Ash? Wie läuft es in der alten psychiatrischen Anstalt?"

„Langsam“, erwiderte Ash gedehnt. „Es gibt dort genug Seelen, die zur Ruhe gebracht werden müssen, um einen Hunter jahrelang damit zu beschäftigen.“

Damon hob eine Braue. „Überwiegend gutartige Geister?“

Ash lachte leise. „Zur Hölle, nein. Die seelisch Kranken sind gemarterte Seelen, die im Leben schon schlecht behandelt wurden. Und als Geister haben sie noch mehr Probleme. Ich ertrinke förmlich in Poltergeistern.“

Damon machte sich kopfschüttelnd weitere Notizen. „Nicht das, was ich zu hören hoffte, aber bleib dran. Sieh nur zu, dass nicht wieder irgendwelche jugendlichen Blödmänner ihre Freundinnen dorthin bringen, um sie zu beeindrucken.“

Ash salutierte ironisch. „Zu Befehl. Der Ort ist nicht sicher. Für keinen.“

Damon wandte sich Trent zu. „Und du?“

Trent grinste wie die Katze, die gerade den Kanarienvogel verschluckt hat. Was immer er hatte, er brannte regelrecht darauf, es zu erzählen. „Ihr werdet es nicht glauben, bei all den scheußlichen Biestern, mit denen ich es normalerweise zu tun habe, aber gestern habe ich einen Schwein-Wandler gefunden.“

Ein paar Sekunden lang herrschte Schweigen, dann brachen Jace, Shane und Ash in brüllendes Gelächter aus. Sogar um Damons Mund zuckte die Andeutung eines Lächelns.

Trent grinste übers ganze Gesicht. „Das ist kein Scherz, und dieser Typ hatte auch in menschlicher Gestalt die schweineähnlichste Nase, die ich je gesehen habe.“

„Du hast das arme Schwein doch nicht getötet, oder?“, stieß Ash zwischen zwei Lachanfällen hervor. „Das klingt, als ob er es so schon schlimm genug getroffen hat. Was für eine Sauerei."

Trent wedelte geringschätzig mit der Hand. „Ach wo, ich habe ihn nicht getötet. Es gab keinen Anlass. Er hat niemandem etwas getan. Der jämmerliche Kerl hat nicht mal diese krassen Hauer wie manches Wildschwein." Trent wandte sich wieder an Damon. „Jimmy von der Polizeistation hat mich in dieser Sache angerufen. Anscheinend haben sie eine Schweinefarm außerhalb der Stadt durchsucht, und in einem der Koben fanden sie diesen Typen, von Kopf bis Fuß mit Schlamm bedeckt. Jimmy fand, das sei seltsam genug, um mich zu alarmieren. Ich habe die Sache dann geregelt." Er zuckte mit den Schultern. „Abgesehen davon profitiere ich ebenfalls noch von dem Schock, den Roberts Ende hervorgerufen hat. Auch Gestaltwandler, die keine Werwölfe sind, machen momentan offenbar einen Bogen um Rochester."

Jace grinste selbstgefällig.

Nachdem die Heiterkeit über Trents Schwein-Wandler sich gelegt hatte, schauten alle zu David hin. Keiner sagte etwas, auch Damon nicht. Ein unausgesprochenes Wissen lag in der Luft. David musste es für seine Hunter-Kollegen, die einzigen Männer, die er Freunde nannte, nicht eigens aussprechen. Sie ahnten auch ohne Worte, dass das, was er ihnen jetzt zeigen würde, eine Tragödie war.

Er griff in seine Tasche, zog sein Handy hervor und reichte es Shane. „Die Fotos vom Tatort sind da drin. Kannst du sie auf den großen Monitor bringen, damit jeder sieht, womit wir es hier zu tun haben?"

Shane nickte, nahm das Mobiltelefon und holte ein Kabel aus seiner Umhängetasche. Er verband das Handy rasch mit dem Hauptsystem und fing an, die Bilder aufzurufen. Als sich seine Augen weiteten und das Blut aus seinem Gesicht wich, wusste David, dass er sie gesehen hatte. Als alle Fotos hochgeladen waren, gab Shane ihm das Handy zurück. Dann schüttelte er den Kopf, als gefiele ihm nicht, was er zu sagen hatte. „Äh … Leute, ihr solltet euch jetzt besser auf etwas gefasst machen.“ Er drückte eine Taste, und die erste Szene vom Tatort erschien auf dem Display.

„Oh, verdammt“, murmelte Ash.

Auch Trent fluchte leise vor sich hin.

Jace hieb mit der Faust auf den Tisch. „Dämonische Arschlöcher.“

Damon starrte wie gebannt auf den Monitor. Sein Blick war jetzt eisig, und nichts als reine Professionalität sprach aus ihm. David wusste, dass Damon sich so weit wie möglich von den Dingen distanzierte, mit denen sie es zu tun hatten. Er versuchte, stets objektiv zu bleiben. David brachte das nicht fertig. Er konnte nicht unbeteiligt bleiben, wenn es um so grauenhafte Verbrechen ging. Egal, wie sehr er sich darum bemühte.

Die anderen Fotos tauchten auf dem Screen auf, alle paar Sekunden ein neues.

David massierte seine Schläfen. „Das letzte Bild ist das schlimmste.“

Als die Nahaufnahme des kleinen Mädchens den Bildschirm füllte, erhoben sich erneut Flüche und Rufe des Abscheus.

„Schalt das Ding ab, Shane.“

Als Shane zögerte, der Aufforderung nachzukommen, erhob Jace sich, marschierte quer durch den Raum und drückte fluchend den Ausschalter. Der Bildschirm wurde schwarz. Jace drehte sich um, sodass er den Rest der Gruppe im Blick hatte. „Okay, David ist vielleicht zu nett, um es zu sagen, daher werde ich es für ihn tun." Er deutete anklagend mit dem Finger auf Damon. „Das ist jetzt das zweite tote Baby, mit dem wir es zu tun haben. Und David hat uns alle gewarnt, dass es wieder passieren würde." Jace zeigte mit dem Finger nacheinander auf jeden einzelnen Mann. „Er hat uns verdammt noch mal gewarnt, und wir haben nicht auf ihn gehört."

„Das stimmt", sagte Trent und sah David an. „Tut mir leid, dass wir dich nicht ernst genommen haben, Mann."

David nahm die Entschuldigung mit einem Nicken an. „Abgesehen von dieser Riesenscheiße habe ich noch mehr Neuigkeiten." Er stieß einen tiefen Seufzer aus. „Allsún ist aufgewacht."

„Aber das ist doch eine *gute* Nachricht, oder?", fragte Shane.

David kämpfte mit sich, ob er alle Karten auf den Tisch legen sollte. Bislang wussten nur Jace und Frankie, dass Allsún eine Halb-Elfe war. Es war nicht so, dass er befürchtete, seine Teamkollegen würden sie jagen. Die Feen waren keine Feinde der Execution Underground, denn auch sie beschützten Menschen vor Dämonen. Aber wollte er wirklich, dass das Hauptquartier Wind von ihrer Herkunft bekam? Er spielte alle möglichen Szenarien im Kopf durch und kam zu dem Schluss, dass er das Hauptquartier involvieren *wollte*. Vielleicht bestand ja die vage Chance, dass man ihm dort helfen konnte, Allsún besser zu beschützen.

„Schon, aber bevor ich auf dieses Gemetzel stieß, habe ich einen Dämon gestellt, der in den Psychiater gefahren war, der sich um sie kümmerte. Und sie ist in derselben Nacht aufgewacht, in der dieses kleine Stück Dreck mir erzählt hat, dass es weiß ... dass es herausgefunden hat, dass Allsún Halb-Elfe ist."

Damon starrte ihn an, als habe er plötzlich fünf Köpfe. „Sie ist eine Elfe? Und diese Information hast du mir vorenthalten?"

David war entschlossen, den Vorwurf nicht auf sich sitzen zu lassen. „Was spielt das denn für eine Rolle? Wir jagen keine Elfen."

„Was hast du mit dem Dämon gemacht, der dir das verraten hat? Hast du ihn exorziert?" Jace schraubte seinen Flachmann auf und nahm einen Zug von dem Bushmills, den er immer trank.

Verdammt, vor diesem Teil seines Berichts hatte er wirklich Muffe. „Nein, ich habe ihn nicht exorziert. Ich musste ihn töten. Es gab keine andere Möglichkeit. Ich stand vor der Wahl, entweder den Dämon auszutreiben und zu riskieren, dass er seinen Kumpel von Allsún erzählt, oder das Ding umzubringen und den Doktor gleich mit. Dann hat der Doc mich aufgefordert, ihn und den Dämon zu töten, denn ansonsten würde der Dämon ihn töten, und so tat ich, was getan werden musste. Wie sich herausstellte, war es aber zu spät. Zuletzt hat der Doc nämlich noch gesagt, dass der Dämon die übrige Höllenbrut schon informiert hat."

„Du hast einen unschuldigen Mann getötet? Und nicht einfach irgendeinen Mann, sondern einen bekannten und allseits respektierten Psychiater?" Damon murmelte einen unterdrückten Fluch. „Was zum Teufel hast du dir dabei gedacht?", fragte er dann. „Die ermordete Familie wird schon für genug Presserummel sorgen, und jetzt noch ein toter Unbeteiligter? Ich hätte dich für professioneller gehalten, David."

David legte die Hände vors Gesicht und seufzte. Er hatte jetzt überhaupt keinen Kopf für Damons Zorn. „Es gab nichts, was ich tun konnte. Der Dämon war bereits dabei, ihn umzubringen. Hätte ich ihm das einfach durchgehen lassen sollen? Da war es doch besser, diese Höllenkreatur zu töten, als sie mit einem Mord davonkommen zu lassen, nur damit sie sich gleich wieder den nächsten Körper sucht."

Er spürte, wie die Wut in ihm hochkochte. Damon hatte kein Recht, ihn vor seinen Kollegen derartig auseinanderzunehmen.

Damon stieß ein böses Knurren aus. „Darum geht es doch gar nicht, David", wetterte er dann. „Was ist mit seiner Familie? Oder der Polizei, wenn wir schon dabei sind? Für die bist *du* derjenige, der den Mann ermordet hat, *nicht* der Dämon. Wenn die Polizei diesen Fall knackt und dich als Schuldigen festnagelt ..."

David ballte seine Hände zu Fäusten. „Der Doktor konnte sich für ein paar Sekunden aus der Besessenheit lösen. Er hat mich dazu *aufgefordert*, ihn zu töten."

Damon schüttelte nur den Kopf. „So ein Verhalten traue ich vielleicht Jace zu, aber nicht dir."

„He! Warum zum Teufel werde ich jetzt da reingezogen?" Jace wirbelte mit seinem Stuhl herum und funkelte Damon verärgert an. „Falls du es vergessen haben solltest: Ich habe letzten Monat einen verdammten Serienmörder plattgemacht. Was hast du jetzt schon wieder an *mir* zu meckern?"

„Halt die Klappe", schnauzte Damon. „Wenn das Hauptquartier von dir und deiner Berserker-Aktion erfährt, dann sind wir alle geliefert. Du stehst noch immer auf meiner schwarzen Liste." Damon deutete mit einem Zeigefinger auf David. „Und jetzt habe ich wegen deiner genialen Maßnahmen ohnehin das Hauptquartier am Hals."

Verflucht. Sein Frust drückte David schier die Luft ab. Er hatte Damons Ansichten immer respektiert, aber zu viel war zu viel. Er kämpfte noch darum, seine Zunge im Zaum zu halten, als Damon schon weiterpolterte.

„Wenn auch nur *irgendwas* wegen deines unverantwortlichen Verhaltens schiefgeht …"

So. Das reichte jetzt.

David stand auf und trat auf Damon zu. „Hör mal, es ist mir verdammt egal, ob dir das Hauptquartier so nah auf die Pelle rückt, dass du ihre Fingerabdrücke im Stammhirn hast. Ich lasse keinen Dämon davonkommen. Er war dabei, diesen armen Mann umzubringen, also habe ich ihn getötet. Der Doktor wäre so oder so gestorben, und wenn du oder das Hauptquartier das nicht begreift, dann könnt ihr mich alle an meinem behaarten Arsch lecken."

Nach diesem Ausbruch starrten die beiden Männer einander schweigend an, als wollten sie einander am Sprechen hindern.

Trent räusperte sich in dem Bemühen, die Atmosphäre etwas aufzuheitern. „Fürs Protokoll: Ich habe seinen Arsch gesehen, und er ist *tatsächlich* ein bisschen behaart."

Jace brach in Lachen aus.

Damon warf ihm einen tödlichen Blick zu. „Findest du das etwa komisch?"

Ash hob langsam die Hand. Seine Bewegungen waren so schleppend wie sein Louisiana-Akzent. „Also, das *ist* tatsächlich ziemlich komisch."

David ignorierte die anderen und holte noch einmal zum Verbalschlag gegen Damon aus. „Mir fliegt gerade so viel um die Ohren, dass ich dich und deine Anschuldigungen so dringend brauche wie ein Loch im Kopf. Du bist Chef einer Division, weil du es so willst. Das heißt aber auch, dass du dich mit dem Hauptquartier und ihrem Mist abgeben musst, unabhängig davon, ob die Teammitglieder, die *du* dir ausgesucht hast, Versager sind. Was wir übrigens nicht sind. Ich kann mich momentan jedenfalls nicht mit deinen Problemen befassen.“ Er zog die Proben vom Tatort aus seiner Tasche und ließ sie vor Damon auf den Tisch fallen. „Schick dem HQ die Fotos und die Proben, und wenn sie sauer darüber sind, wie ich meinen Job mache, dann schmeiß mich raus und sag ihnen, dass sie mich mal kreuzweise können.“

Immer noch schäumend vor Wut und Frust, drehte er sich um und marschierte aus dem Kontrollraum. Es war ihm egal, dass Damon die Versammlung noch nicht für beendet erklärt hatte. Für ihn war sie vorbei.

Dr. Shane Grey war nicht sicher, welche Gruppe mehr Aggressionen zeigen würde: hungrige Wölfe, die um ihre Beute kämpften, oder seine Kollegen aus der Rochester Division. Er hätte auf die Hunter gewettet.

Er schaute David nach, der wutentbrannt aus dem Kontrollraum stürmte. Er konnte nicht behaupten, dass er ihm sein Verhalten verübelte. Shane verabscheute dramatische Auftritte und Konflikte, aber beides spielte in grob geschätzt achtzig Prozent ihrer Versammlungen eine Rolle. Vermutlich lag es in der Natur der Sache. Damon hatte für seine Gruppe einige der Besten auf ihrem jeweiligen Feld angeheuert. Die Elite unter den Jägern. Und alle führten sich auf wie die Alpha-Männchen, die sie waren. Zusammenstöße waren da vorprogrammiert – wie in der Tierwelt.

Zum aktuellen Fall konnte Shane nicht viel beitragen. Als Spezialist für das Okkulte, Hexenjäger und inoffizieller Technikbeauftragter der Division bekam er nicht viele Leichen zu sehen, es sei denn, er half seinen Kollegen bei einem der Fälle.

Jace war der Erste, der das Schweigen brach. „Nun, wenn ihm sonst keiner nachgeht, dann mache ich das." Er stapfte zur Tür, blieb kurz stehen, drehte sich dann noch einmal um und warf Damon einen finsteren Blick zu. „Du weißt, auf wessen Seite ich in dieser Sache stehe." Damit verschwand er in die Lagerhalle.

„Ich vermute mal, die Versammlung ist vorbei", sagte Ash und beäugte Damon vorsichtig.

Der machte eine wegwerfende Geste. „Meinetwegen. Haut verdammt noch mal ab."

Das brauchte er Ash und Trent nicht zweimal zu sagen. Die beiden machten sich in Windeseile davon.

Shane und Damon blieben allein zurück. Stille senkte sich über den Kontrollraum. Shane rief die Fotos vom Tatort noch einmal auf und gruppierte sie nebeneinander in Reihen. Dann stellte er sich vor die Aufnahmen, das Kinn in die Hand gestützt, und musterte sie aufmerksam, eine nach der anderen. Beim letzten Bild blieb sein Blick hängen. Sein Magen krampfte sich schmerzhaft zusammen. So viel niederträchtiger Hass, ausgeschüttet über ein kleines, unschuldiges Baby. Aus dem Augenwinkel sah er, dass Damon ihn beobachtete.

Shane konzentrierte sich auf die blutige Schmierspur an der Wand neben dem Opfer. „Kommt dir das irgendwie bekannt vor?", fragte er.

Damon starrte eine Weile wortlos auf den Bildschirm. „Nein", erwiderte er dann. „Absolut nicht."

Shane verschränkte die Arme vor der Brust. „Hmm. Ich frage mich nämlich, ob irgendwo auf diesen Bildern womöglich das Symbol eines dämonischen Rituals zu sehen ist und wir es einfach nicht erkennen. Wenn es zu so einem Ausmaß von Gewalt zwischen Menschen kommt, dann deutet das normalerweise auf leidenschaftlichen Hass hin, und ich vermute, dass es bei Dämonen ähnlich sein könnte. Ich müsste mich natürlich noch ausführlicher mit dem Hintergrund der Opfer beschäftigen. Ich bezweifle allerdings, dass diese Leute in irgendeiner Weise in dämonisches Treiben involviert waren. Auf den ersten Blick sieht das nach einem ganz normalen Mittelstandshaushalt aus. Die klassische Kernfamilie."

„Außerdem ist das bereits der zweite Mord an einem Kleinkind, was nicht unbedingt auf ein persönliches Motiv hindeutet", gab Damon zu bedenken.

„Stimmt. Aber wenn es kein Hassverbrechen war, warum dann diese unfassbare Brutalität?"

Damon antwortete nicht. Stattdessen beäugte er Shane nachdenklich, als wolle er die Fähigkeiten seines Mitarbeiters abschätzen. Nun ja, so wie Shane ihn kannte, tat er das wahrscheinlich wirklich gerade.

Shane wandte sich wieder dem Bildschirm zu. „Ich würde mir die Bilder gern kopieren und mitnehmen, wenn das für dich okay ist. Vielleicht gibt es ja irgendeinen Bezug zu einem okkulten Ritual. Wenn ich den finde, kann ich David möglicherweise einen Hinweis auf das Motiv des Dämons geben."

„Wenn du bei Davids Ermittlungen helfen willst, hast du meine volle Unterstützung."

„Danke." Shane drückte ein paar Tasten und zog die Fotos dann rasch auf einen USB-Stick, den er in seine Tasche warf. „Ich halte dich auf dem Laufenden, ob ich was finde."

„Ja, sicher, alles klar", erwiderte Damon.

Shane verstand die knappe Antwort als Wink, sich davonzumachen. Es war offensichtlich, dass Damon nach der turbulenten Versammlung erst mal herunterkommen musste. Shane schnappte sich seine Umhängetasche, ging aus dem Raum und holte seine einfache Neun-Millimeter-Pistole und ein Buch aus der Waffentonne. Er wog den schweren Wälzer in den Händen. Wann immer er ihn öffnete, konnte er die zerknitterten, vom Alter leicht vergilbten Seiten riechen. Er hatte das umfassende Werk vor vielen Jahren auf einem Flohmarkt daheim in Las Vegas entdeckt, als er noch ein Teenager war. Inzwischen enthielt es nicht nur unbezahlbare Informationen über die okkulte Welt, sondern auch jede Menge Notizen über Shanes persönliche Erfahrungen mit Hexen, Hexenmeistern und deren Zaubersprüchen. Sehr viele Berufsjahre hatte er zwar noch nicht auf dem Buckel, schließlich war er das jüngste Mitglied der Rochester Division, aber Shane war ein gründlicher Dokumentar.

Wenn es irgendeine Verbindung zwischen der jüngsten dämonischen Aktivität und dem Okkulten gab, dann würde er sie finden. Da war er ganz sicher.

7. KAPITEL

Ein lautes Knarren aus dem Lagerhaus schreckte Allsún und Frankie aus ihrer Unterhaltung. David kam aus der Tür, dicht gefolgt von Jace. Frankie stieg schnell aus dem Auto und lief den Männern entgegen, Allsún tat es ihr gleich.

Bei Jace' Anblick verzogen sich Frankies zusammengepresste Lippen zu einem aufrichtigen Lächeln. „Die Versammlung ist vorbei", verkündete er. „Wollen wir los, Prinzessin?" Er legte einen Arm um ihre Schultern und küsste sie kurz auf den Kopf.

„Ich bin bereit." Ein schnelles Winken zum Abschied, dann gingen die beiden zum Hummer.

„Frankie!", rief Allsún ihr nach.

Frankie schaute über ihre Schulter zurück. „Ja?"

„Ruf mich an, wenn du irgendwas brauchst."

Frankie lächelte ihr zu. „Mach ich."

Grinsend beobachtete Allsún, wie Frankie nach Jace' Hand griff. Wenn ihre übernatürlichen Ohren sie nicht trogen, hatte ihre Freundin ihm gerade „Hey, wir müssen reden" zugeraunt, bevor sie sich auf den Beifahrersitz schwang.

Der Hummer fuhr an ihnen vorbei. David setzte sich auf die Super Glide und schloss seinen Helm. Dann reichte er Allsún den Ersatzhelm. Sie setzte ihn auf und sah zu, wie David den Kickständer wegtrat. Mit einer Geste forderte er sie auf, sich hinter ihn zu setzen. Sie kannte ihn gut genug, um seine Miene zu deuten. David war miserabel gelaunt.

„Lief die Versammlung nicht gut?", fragte sie und schwang ihr rechtes Bein über den Sitz.

Sie war wirklich froh, dass Davids Jacke ihr so groß war. Ansonsten wäre ihr Hintern ihm Fahrtwind dank des dummen Krankenhaushemds für jedermann zu sehen gewesen.

„Sie war eine völlige Katastrophe", erwiderte er. „Aber zumindest sind die Proben gleich ans HQ gegangen, sodass wir die Ergebnisse bis morgen Abend haben sollten."

„Und was machen wir bis dahin?" Allsún klammerte sich fest an ihn, als er die Maschine startete.

„Bis dahin haben wir keinerlei Spuren, daher werden wir so lange bei mir warten."

In ihrer Kehle bildete sich ein Klumpen. David lenkte das Motorrad auf die Straße, und Sekunden später rasten sie Richtung Innenstadt zu seiner Wohnung. Sosehr sie sich auch darum bemühte, sie konnte das nervöse Flattern in ihrem Bauch nicht abstellen. Sie sollte wieder in Davids Apartment zurückkehren? Na, toll. Die Nacht wurde von Minute zu Minute besser.

Der Ausdruck *total überwältigt* traf nicht einmal ansatzweise das Ausmaß ihrer Verblüffung, als sie kurz darauf Davids Wohnung betrat. Ungläubig ließ sie ihren Blick über die sauber gewischten Arbeitsplatten schweifen, auf denen keine einzige leere Bierflasche herumstand. Der Boden sah aus, als sei er frisch gesaugt worden, und auch sonst gab es hier offenbar kein einziges Staubkorn. Unsicher, ob sie ihren Augen trauen sollte, blieb sie einen Moment in der geöffneten Tür stehen. Dieses Apartment barg so viele Erinnerungen. Erinnerungen, an die sie jetzt nicht denken wollte. Sie wusste nicht, welche schlimmer waren: die glücklichen, die sie vermissen ließen, was sie einmal hatte – oder die schlimmen, die ihr schmerzhaft ins Gedächtnis riefen, wie furchtbar schief es am Ende gelaufen war.

„Anscheinend hast du gelernt, wie der Staubsauger funktioniert“, sagte sie, zog die Tür hinter sich zu und ging weiter ins Wohnzimmer. Warum war er nicht so ordentlich gewesen, als sie mit ihm zusammen gewesen war? *Männer!*

„Ich habe schon immer gewusst, wie man aufräumt. Ich habe es nur vorgezogen, dir bewundernd auf deinen süßen kleinen Po zu starren, während du mit flatterndem Staubtuch durchs Apartment getanzt bist und überall gewischt hast. Deshalb habe ich nie selbst sauber gemacht.“

Sie errötete und versuchte, ihr Gesicht vor ihm zu verbergen, obwohl er sie gar nicht ansah. Sie wollte ihn nicht wissen lassen, dass seine Worte und der Gedanke, dass er sie einmal begehrt hatte, ein Feuer in ihr entflammte, das seit Jahren nicht mehr entfacht worden war. Sie holte tief Luft und rief sich zur Vernunft. Sie waren nur noch Freunde, und sie hatte kurz vor ihrer Entführung gerade erst eine Beziehung mit einem anderen Mann beendet. Sie war nicht bereit für eine neue Verbindung. Noch nicht.

„Mir war nicht bewusst, dass du so ein Chauvinist bist“, neckte sie ihn.

„Du hast schon immer gern Fremdwörter benutzt, um mich zu verwirren – jedenfalls als wir Teenager waren.“

Sie lachte. „Als ob du nicht schon hunderte Male gehört hättest, wie ich dir den Begriff an den Kopf geworfen habe.“

Er grinste und deutete einladend aufs Sofa.

Sie durchquerte den Raum und setzte sich.

„Willst du was trinken?“ Er ging in die Küche, wo sie ihn dank des offenen Grundrisses der Wohnung weiterhin sehen konnte, und öffnete die Tür des Edelstahlkühlschranks.

„Gern. Ein Glas Wasser bitte.“

Er holte einen Krug aus dem Kühlschrank, nahm ein Glas aus dem Schrank, füllte es mit Eis und goss Wasser dazu.

Dann schnappte er sich noch rasch ein Bier und trug alles zum Sofa. Dogfish 90 Minute IPA. Das war immer schon seine Lieblingsmarke gewesen, seit er während seiner Collegezeit ein Interesse für Craft-Biere entwickelt hatte. Er öffnete die Flasche mit einem fischförmigen Öffner, den er am Schlüsselring trug, nahm einen Schluck und ließ sich dann gegenüber von Allsún auf dem Couchtisch nieder. Sie trank ihr Wasser.

Er räusperte sich. „Also … wir müssen dringend über diese Dämonensache sprechen."

Sie zuckte mit den Schultern. „Ich wüsste nicht, was es da zu reden gibt. Er hat sich für mich interessiert, weil ich die letzte Elfe diesseits der Apfelinsel bin, stimmt's?"

Er nickte und trank noch einen Schluck. „Soweit ich weiß schon. Ich musste den kleinen Wichser töten, bevor ich mehr herausfinden konnte. Ich wollte nicht, dass er in die Hölle zurückkehrt und die Information an seine schwefelfressenden Kumpel weitergibt. Aber dazu war es offenbar schon zu spät, jedenfalls hat der Doc mir vor seinem Tod gesagt, dass der Dämon seine Entdeckung schon weitererzählt hat."

Bestürzt schüttelte Allsún den Kopf und unterdrückte einen Fluch. Der arme Doktor tat ihr schrecklich leid, außerdem hatte sie furchtbare Angst, denn natürlich würde sie nun auf Schritt und Tritt von Dämonen gejagt werden, wohin auch immer sie ging. Das würde ihr Leben ganz schön durcheinanderbringen. Sie musste ab sofort bei allem, was sie tat, auf der Hut sein. Verzweifelt versuchte sie, ihre aufsteigende Panik niederzukämpfen und einen klaren Kopf zu bewahren. Schließlich war ihr das während ihrer Jahre als Jägerin auch immer gelungen. „Gibt es denn nichts, was wir tun können? Du weißt doch genau, wie

Dämonen ticken, wenn es um Feen geht. Sie wollen uns untergehen sehen, und das um jeden Preis. Sie würden bis zum Letzten gehen und sich völlig verausgaben, um uns zu zerstören. Sie werden nicht aufgeben, bevor sie mich haben oder ich tot bin. Ich habe keine Ahnung, wie ich ihnen aus dem Weg gehen soll. Du kannst mich schließlich nicht in jeder Minute eines jeden Tages beschützen, und das will ich auch gar nicht. Es gibt keinen Ort, an dem ich mich …" Ein Geistesblitz durchzuckte sie, und der Rest des Satzes erstarb auf ihren Lippen.

Sie hatte sagen wollen, dass es keinen Ort gab, an dem sie sich verstecken konnte, aber das stimmte nicht. Es gab sehr wohl einen solchen Ort, nämlich dort, wo die anderen Elfen sich verbargen: auf der Apfelinsel.

„Alles in Ordnung, Allsún? Allie?" David wedelte mit der Hand vor ihrem Gesicht herum.

Sie fuhr aus ihren Gedanken hoch. „Tut mir leid. Mir ist der Ernst der Lage nur gerade erst richtig bewusst geworden."

Ernst war gar kein Ausdruck. Die Lage war bitterernst. Todernst. Der einzige Ort, an dem sie sich noch sicher fühlen konnte, war in der Tat die Apfelinsel. Es gab nur ein Problem: Um dorthin zu gelangen, brauchte man mehr Magie, als sie noch besaß. Sie brauchte dafür ihre komplette Magie, ihr „Licht", sonst würde sie die Feendimension nie erreichen. Aber sie hatte David vor Jahren unwissentlich einen Teil davon geschenkt, der ihr nun fehlte. Das „Licht" war die Essenz einer Elfe, die Quelle ihrer Macht, die Grundlage ihrer Magie. Nachdem sie und David sich getrennt hatten, hatte Allsún kurz erwogen, dauerhaft auf die Insel zu ziehen, um Rochester und ihren Erinnerungen zu entfliehen und unter ihresgleichen zu sein. Doch sie hatte auf die harte Tour herausfinden müssen, dass sie nicht mehr imstande war, die Apfelinsel zu betreten. Es war ihr trotz wiederholter Versuche nicht gelungen, die Magie zu erzeugen, die nötig war, um das Portal zu öffnen. Offenbar war ein Aspekt des Elfendaseins, den ihre Mutter allerdings bis zu ihrem Tod nie erwähnt hatte, dass die Hälfte des „Lichts" auf den Lebenspartner einer Elfe überging – also auf das erste Wesen, mit dem sie Sex hatte. Für Elfen, die mit einer anderen Elfe schliefen und sich damit fürs Leben banden, war das eine tolle Sache. Dadurch, dass sie jeweils eine Hälfte ihrer Magie tauschten, wurde ihre Macht noch größer. Aber für ein Halbblut wie sie, das sich mit einem Menschen zusammentat, funktionierte das Prinzip weniger gut. Oh, es wäre nicht weiter schwer, ihr „Licht" zurückzubekommen – sofern sie wieder mit David ins Bett gehen würde. Doch das wollte sie definitiv *nicht*.

Wie es aussah, hatte sie die Wahl zwischen Pest und Cholera.

Entweder, sie musste eine alte Beziehung auffrischen, die ihr Leben am Ende in Gefahr gebracht hatte. Oder sie musste in Kauf nehmen, für den Rest ihrer Tage von Dämonen gejagt zu werden.

Beides würde sie letztlich umbringen. Und sie konnte David auf keinen Fall über ihre verfahrene Situation aufklären. Nicht nach der Drohung, die sie vor so vielen Jahren erhalten hatte. Allein bei dem Gedanken daran lief ihr ein Schauder über den Rücken.

David räusperte sich schon wieder. „Ich glaube, es wäre das Beste, wenn wir so viele Informationen wie möglich zusammentragen, um keine überhastete Entscheidung zu treffen."

„Hast du einen Vorschlag, wie wir das anstellen sollen?"

„Nun ja, ich glaube, dass alles, was heute passiert ist, irgendwie zusammenhängt. Ich sage es gern noch einmal: Es kann kein Zufall sein, dass du ausgerechnet an dem Abend aufwachst, an dem der Dämon mir erzählt, dass er hinter dir her ist. Und dann tauchst du auch noch ausgerechnet an dem Tatort auf, an dem ich gerade arbeite. Es muss da eine Verbindung geben. Daher glaube ich, dass wir uns an diese arme Familie halten sollten. Je mehr wir über das herausfinden, was ihr passiert ist, desto mehr erfahren wir über die Sache mit dir und den Dämonen."

Sie nickte. „Ich bin geneigt, dir zuzustimmen."

David hob sein Bier wie zum Trinkspruch. „Auf das weitere Vorgehen und darauf, dass wir uns in diesem Punkt einig sind."

Allsún hob ebenfalls ihr Glas und berührte damit seine Flasche. „Na ja, wir haben doch andauernd gemeinsam gejagt. Da überrascht es mich eigentlich nicht, dass wir immer noch in ähnlichen Bahnen denken."

Er trank noch einen Schluck von seinem Bier und stellte die Flasche dann neben sich auf den Couchtisch.

Sie war seiner Bewegung mit den Augen gefolgt und bemerkte den Roman, der ebenfalls auf dem Tisch lag. „Du liest immer noch?", fragte sie.

„Selbstverständlich. Schließlich hast du mich auf den Geschmack gebracht."

Sie lachte. „Ich muss zugeben, dass ich mich immer gefragt habe, ob du das nicht nur machst, um mich zu beeindrucken oder meine Aufmerksamkeit zu erregen."

Er grinste. „Zuerst schon, aber dann habe ich angefangen, es tatsächlich zu mögen."

„Und was hast du in letzter Zeit so gelesen?"

„Liebesgeschichten."

Sie lachte wieder. „Nein, im Ernst. Was liest du dieser Tage?"

„Ich meine das ernst. Ich lese Liebesromane." Er deutete auf das Buch neben sich. Sie nahm es näher in Augenschein und lächelte, als sie den Autorennamen las. Nora Roberts. Gute Wahl. Früher hatte er vor allem Thriller und Abenteuerromane gelesen, manchmal sogar Gesellschaftsromane, und er besaß eine bunt zusammengewürfelte Sammlung an Sachbüchern. Aber Romances, wie sie sie liebte, schienen nie sein Fall gewesen zu sein.

„Hmm. Warum auf einmal Liebesromane?"

Er zuckte mit den Schultern und schaute auf seine Füße. „Weil sie so wenig mit dem wirklichen Leben zu tun haben. Es ist wie eine Flucht. In diesen Romane gibt es immer ein Happy End. Der Junge schafft es immer, das Mädchen zu kriegen, manchmal nicht ganz so, wie er sich das vorgestellt hat, aber am Ende bleibt sie immer bei ihm." Er hob den Kopf und sah ihr ins Gesicht.

Als ihre Blicke sich trafen, durchzuckte sie eine pulsierende Hitze wie ein elektrischer Schlag, und sie wandte sich rasch ab. Sie griff nach dem Buch und blätterte wahllos darin herum, denn alles war besser, als in seine dunkelbraunen Augen zu schauen. „Ich wette, Jace übergießt dich deshalb mit Hohn und Spott."

„Ich erzähle ihm nichts davon. Ich lese nur hier zu Hause. Ich kann mich nicht konzentrieren, wenn es um mich herum nicht still ist. Wenn er mal fragt, was ich gerade lese, dann erzähle ich ihm irgendwas über einen Krimi oder etwas Literarisches, das ihn zu Tode langweilt, und er fragt garantiert nicht weiter."

Sie grinste. „Das muss ja bei den Damen super ankommen. Endlich mal ein Typ, der sensibel genug ist, um Liebesromane zu lesen."

Er sah sie direkt an, als wolle er sichergehen, dass sie ihm auch zuhörte. „Es gibt keine Frauen in meinem Leben."

„Oh." Sie war nicht sicher, was sie mit dieser Information anfangen sollte. „Du triffst dich also mit niemandem?" Sie wusste, dass sie ziemlich neugierig war, aber das scherte sie nicht.

„Nein. Nach dir gab es keine mehr."

Ihre Augen weiteten sich. „Überhaupt keine?", fragte sie entgeistert, obwohl sie sich nicht so anhören wollte.

Er zog missmutig die Brauen zusammen.

Hastig versuchte sie, ihren Fauxpas wiedergutzumachen. „Tut mir leid. Ich habe mich dumm ausgedrückt. Ich meine, ich bin einfach nur überrascht. Es ist ja schließlich nicht so, dass du kein guter Fang wärst. Ich spreche da aus Erfahrung."

Seine Miene hellte sich auf, und er nahm einen weiteren Schluck aus der Bierflasche. „Ich bin allein, weil ich es so will, nicht aus Mangel an Gelegenheiten." Er lachte leise. „Von denen hat es *sehr viele* gegeben. Ich habe längst den Überblick verloren."

„Wie bescheiden du doch bist", spöttelte sie und versuchte, unbeschwert zu klingen. Sie biss sich auf die Unterlippe. Von wegen unbeschwert. Tief in ihrem Inneren wollte sie jeder Frau die Augen auskratzen, die ihn auch nur zweimal ansah.

„Und was ist mit dir? Warst du mit jemandem zusammen?", wollte er wissen.

Sie dachte kurz daran, ihm zu erzählen, dass sie die ganze Zeit über Single gewesen war. Doch warum sollte sie lügen?

„Ja, war ich, aber wir haben uns getrennt, kurz bevor Robert mich entführt hat."

„Oh." In seinen Augen flackerte eine Traurigkeit auf, die ihr fast das Herz brach.

„Es war nichts Ernstes", fügte sie hinzu. Das *war* gelogen, aber sie hätte alles gesagt, um diesen Schmerz auf seinem Gesicht zu vertreiben. Und außerdem, nun ja, trotz Toms Antrag war es nicht *wirklich* ernst gewesen. Zumindest nicht, was sie betraf. Darum hatte sie ja auch Schluss gemacht, als Tom sie bat, sie zu heiraten. Sie und Tom, das konnte nichts für die Ewigkeit sein.

Wie auch, wenn sie doch immer noch in David verliebt war?

Sie schüttelte den Kopf. Nein, sie liebte ihn nicht. Das durfte sie nicht. Sie *hatte* ihn geliebt, damals, in der Vergangenheit. Aber sie war nie wirklich in Tom verliebt gewesen, auch wenn sie ein Jahr lang versucht hatte, sich das einzureden. Doch sein Heiratsantrag hatte die Wahrheit ans Licht gebracht, und sie konnte sich nicht länger etwas vormachen. Tom Dodd, Chefveterinär in Rochesters größtem Tierheim, wo sie als tiermedizinisch-technische Assistentin arbeitete, war ein guter Mann. In jeder Hinsicht alltagstauglich und harmlos.

Und das war gleichzeitig genau das, was sie nicht an ihm mochte und doch so sehr brauchte: Er war das komplette Gegenteil von David.

Sie hatte versucht, sich auf Toms angenehme Eigenschaften zu konzentrieren, die vom ersten Augenblick an evident gewesen waren: Er war liebenswürdig, freundlich und ein großartiger Tierarzt. Er liebte Tiere ebenso wie sie, vor allem Hunde, wohingegen sie eine Vorliebe für Katzen hatte. Er führte sie an den Freitagabenden gern zum Essen aus, und er war gut im Bett, auch wenn es ihm nie gelang, so ein atemberaubendes Feuerwerk in ihr zu entzünden wie David. Sie genoss es, Zeit mit ihm zu verbringen und so gewöhnliche Dinge zu tun, wie fernzusehen oder Karten zu spielen. Sie hätte eigentlich vor Glück jubeln sollen, als er sie bat, seine Frau zu werden. Doch stattdessen sagte sie ihm, dass sie ihn nicht heiraten könnte und Zeit brauchte, um einen so bedeutsamen Schritt zu vollziehen. Er erwiderte, dass ihre Beziehung keinen Sinn hätte, wenn sie ihn nicht heiraten würde, und dass sie sie in diesem Fall besser beenden sollten. Und das war es dann gewesen.

Der logisch denkende, rationale Teil ihres Gehirns wollte, dass sie Ja sagte und Tom heiratete. Mit ihm könnte sie das Leben führen, das sie sich immer gewünscht hatte: eine stabile, ausgeglichene Beziehung mit einem Ehemann, der sie liebte, einem weißen Gartenzaun und einem Minivan voller Kinder. Aber der andere, dumme Teil ihres Gehirns ließ keinen Zweifel daran, dass es völlig falsch wäre, sich an Tom zu binden. Und wenn sie ganz ehrlich mit sich selbst war, dann musste sie zugeben, dass Tom, so nett er auch war, eben letztlich doch *nur* genau das war: nämlich nett.

Durchschnittlich.

David war das Gegenteil von durchschnittlich. David war einmalig. Er fuhr coole Motorräder, und in seiner Freizeit spielte er nicht Karten, sondern mit öligen Maschinen und glänzenden neuen Waffen. David mochte Classic Rock und trank Craft-Bier. Tom mochte Smooth Jazz und Tonic Water. Tom war Tierarzt. David war Dämonenjäger und arbeitete als Exorzist bei einer streng geheimen Organisation.

Aber der größte Unterschied zwischen den beiden war ein anderer: Tom liebte Allsún als die stille, sanfte, menschliche Assistentin. Doch David hatte sie als temperamentvolle, lebenslustige Elfe geliebt, die regelmäßig mit ihm gegen die Höllenbrut zu Felde zog.

Nein. So durfte sie nicht denken.

„Dann ist es ja vielleicht ganz gut so." Davids Bemerkung riss sie aus ihren Gedanken.

Was zum Teufel meinte er damit? Sie stemmte eine Hand in die Hüfte und funkelte ihn etwas gereizter an als angemessen. „Warum?"

„Na ja, ich weiß doch, wie sehr du dir immer gewünscht hast, zu heiraten und Kinder zu kriegen, deshalb denke ich, dass etwas, was nicht wirklich ernst war, dich nicht glücklich gemacht hätte. Und daher finde ich, dass es wohl ganz gut so ist, dass es ein Ende gefunden hat."

Du hast recht. Ich war nicht sehr glücklich. Ich bin seit unserer Trennung nie mehr sehr glücklich gewesen. Sie schüttelte den Kopf, um diese aufmüpfigen – und völlig unsinnigen – Gedanken zu vertreiben. „Ich komme bestens damit zurecht. Er und ich hatten eine gute Beziehung, auch wenn sie nicht gehalten hat."

„Das ist gut." Schweigen senkte sich über sie, und er rutschte unbehaglich hin und her. „Äh … also, wenn du willst, kannst du heute Nacht mein Bett haben, und ich schlafe hier auf dem Sofa."

„Ähm … ja, klar. Ist gut."

„Ich habe noch ein paar von deinen Sachen hier, also brauchst du nicht erst in dein Apartment zu fahren."

Sie hätte sich fast verschluckt. „Du hast das ganze Zeug behalten?" Es hielt sie nicht mehr auf ihrem Platz. Sie stand auf, um ihr leeres Glas zur Spüle zu bringen, und streckte wortlos die Hand nach seiner nun leeren Bierflasche aus. Er reichte sie ihr mit einem hastigen „Danke", und sie ging damit in die Küche.

„Ich habe es nicht über mich gebracht, sie wegzugeben. Das wäre mir vorgekommen, als ob ich dich weggebe, und das wollte ich nicht."

Du bist derjenige, der es so gewollt hat. „Nun, unter den gegebenen Umständen bin ich natürlich froh, dass du alles aufgehoben hast."

Er nickte. „Ja. Stimmt. Fühl dich ganz wie zu Hause." Er stand auf, streifte sich die schweren Bikerstiefel von den Füßen und ließ sich aufs Sofa fallen. Dann schnappte er sich den Roman vom Couchtisch.

„Du siehst komisch aus, wenn du das liest."

„Vorhin hast du mich als Chauvinisten beschimpft, aber wer ist jetzt sexistisch?"

Sie verzog den Mund zu einem halben Grinsen. „Schon gut. Schuldig im Sinne der Anklage."

„Kann ich noch irgendwas für dich tun, bevor ich mich in meine Lektüre vertiefe? In der Schublade im Bad ist eine frische Zahnbürste, und wenn du willst, kannst du eins meiner T-Shirts als Nachthemd tragen."

„Mehr brauche ich wohl nicht. Danke. Dann werde ich jetzt mal … äh … ins Schlafzimmer gehen."

„Nimm dir gern irgendwas zum Lesen aus dem Regal." Er lehnte sich zurück und widmete sich wieder seinem Buch.

Sie schlurfte schmollend zum Schlafzimmer, und ihr wurde ganz weh ums Herz. Sie kam sich total fehl am Platz vor, hauptsächlich deshalb, weil das hier einmal ihr Zuhause gewesen war und sie sich jetzt überhaupt nicht zu Hause fühlte, ja, sie fühlte sich nicht einmal so, als ob sie überhaupt ein Zuhause hätte. Sie trat ins Schlafzimmer und betrachtete den Schrank, in dem immer noch ihre Sachen hingen, die offene Badezimmertür und … das Herz wurde ihr noch schwerer.

Da war das Bett, das sie und David geteilt hatten. Und in dem sie nun allein schlafen musste. Auf ihrer Haut bildete sich eine prickelnde Gänsehaut, und ihr stockte der Atem. Ein Gefühl der Beklommenheit machte sich in ihrem Körper breit. Es war alles zu viel für sie: David im Nebenzimmer und die Erinnerungen, die mit Macht über sie hereinbrachen. Ihr Blick flog zum Fenster.

Was sollte sie bloß tun? Sich über die Feuerleiter davonstehlen? Obwohl sie wusste, dass es objektiv nicht stimmte, fühlte sie sich in die Enge getrieben. Es kam ihr vor, als gäbe es nur noch zwei Möglichkeiten: Wenn sie jetzt ginge, dann würde sie für immer ohne ihr „Licht" und auf der Flucht vor den Dämonen sein. Und wenn sie bliebe, würde sie ihn verführen müssen, sofern ihr das gelang. Sie wünschte, sie könnte ihm einfach sagen, in welcher Zwickmühle sie steckte, aber das war ausgeschlossen. Sie würde seine Sicherheit gefährden, und das wollte sie um keinen Preis. Nicht, nach der Drohung, die sie einst bekommen hatte.

Wenn sie die Zeit zurückdrehen könnte, würde sie so vieles an jener Nacht ändern, in der sie Schluss gemacht hatten, aber *das* vor allem anderen. Sie und David hatten nie Geheimnisse voreinander gehabt, doch von dieser einen Sache durfte er nichts wissen – um ihrer beider Sicherheit willen. Aber sie wollte, nein *brauchte*, ihr „Licht", und der einzige Weg, es sich zurückzuholen, war David vorsätzlich zu verführen, ohne dass er jemals erfuhr, warum sie es tat. Die Emotionen, die dabei in ihr hochkommen würden, und der Schmerz, den sie David damit zufügte, wären verheerend für sie beide, aber wenn sie den Dämonen ein für alle Mal entkommen wollte, dann musste sie es tun.

In die Welt der Feen zurückzukehren, auf die Apfelinsel, wohin die Dämonen ihr nicht folgen konnten, war die einzige Lösung für sie. Aber das Letzte, was sie wollte, war mit David zu schlafen. Obwohl, wenn sie ganz ehrlich mit sich selbst war, dann war es vielleicht doch das, was sie sich am meisten wünschte. Körperlich fühlte sie sich noch immer so stark zu ihm hingezogen wie früher – oder sogar noch mehr, weil sie schon so lange ohne ihn war.

Doch er hatte sie klipp und klar wissen lassen, dass er kein romantisches Interesse mehr an ihr hatte. Sie waren nur Freunde. Falls er mit ihr schlief, dann höchstens aus Lust und nicht mehr. Dennoch konnte sie den Gedanken nicht ertragen, noch einmal mit ihm zusammen zu sein, nur um ihn erneut aufgeben zu müssen.

Sie zwang sich dazu, tief durchzuatmen, setzte sich auf die Bettkante und ließ sich in die weiche Matratze sinken. Sie vergrub das Gesicht in den Händen. Davids Duft stieg aus den Laken auf, in ihre Nase und in ihr Herz. Sie nahm ihn begierig in sich auf. Wie hatte das alles nur so schiefgehen können?

8. KAPITEL

David erinnerte sich noch gut daran, wie Allsún damals ins Apartment gewirbelt kam. Über ihren Schultern hingen jede Menge Einkaufstüten. Er starrte mit großen Augen auf seine einen Meter fünfzig große, fünfundvierzig Kilo leichte Freundin, die unter den überwältigenden Folgen ihrer „Einzelhandelstherapie", wie sie es nannte, fast völlig verschwand.

„Brauchst du Hilfe?"

Sie schüttelte den Kopf und stellte ihre Tüten ohne weitere Umstände auf die Kücheninsel. „Nein, danke. Ich glaube, ich komme klar."

Er stand trotzdem auf, ging zu ihr und schlang von hinten die Arme um sie. Er küsste sie auf den Kopf, auf die Wange und arbeitete sich an ihrem linken Arm entlang, bis er schließlich den großen Diamantring an ihrem Finger erreichte. Er nahm ihre linke Hand in seine und hob sie ins Licht. Die Strahlen fingen sich in den Facetten des Zweikaräters und warfen funkelnde Regenbogenreflexe an die Wände.

Er bedeckte seine Augen und tat so, als ob er Schmerzen habe. „Pass auf, Allie. Mit dem Ding kannst du jemanden nachhaltig blenden."

Sie lachte und bewunderte den perfekten Diamanten. „Drei Monate. Kannst du das glauben? In nur drei Monaten, von heute an gerechnet, schreiten wir gemeinsam zum Altar." Sie grinste über das ganze Gesicht. „Mrs David Aronowitz. Das hört sich doch einfach toll an."

Er lächelte. „Ich bin so froh, dass du dich entschlossen hast, meinen Namen anzunehmen. Und meine Großmutter wird geradezu aus dem Häuschen sein."

Allsún duckte sich unter seinen Armen durch, was ihr mit Leichtigkeit gelang, schließlich reichte sie ihm mit dem Scheitel gerade mal bis zur Brust. Sie wühlte in ihren Tüten und suchte dort nach etwas. „Du weißt doch, dass ich niemals etwas tun würde, was deiner Oma missfällt. Immerhin behandelt sie mich schon seit Jahren wie ein vollwertiges Familienmitglied."

David lächelte ihr zu und ging zum Sofa zurück.

„Ich muss dir was zeigen", sagte sie, kaum dass er wieder saß.

Er hob die Bierflasche, die vor ihm stand, und nahm einen Schluck. „Na, da bin ich ja mal gespannt."

Ein entschlossener Ausdruck huschte über ihr Gesicht. „Mach die Augen zu."

Er ließ sich tiefer ins Polster sinken. „Muss ich?"

Sie schaute ihn streng an, und ihre Lippen verzogen sich zu einem anbetungswürdig perfekten Schmollmund. „Ja. Wenn du es nicht tust, bricht mir das Herz." Sie lachte.

Er verdrehte die Augen. „Oh ja, klar, natürlich breche ich dir sonst das Herz."

Sie stampfte mit dem Fuß auf, lächelte aber dabei. „Im Ernst, David. Mach die Augen zu."

Er seufzte. „Ja, ja, schon gut." Er legte den Kopf zurück und schloss die Augen. Er hörte das Geräusch knisternder Tüten, und dann Allsúns leichte Schritte auf dem Teppich.

„Bist du bereit?", fragte sie aufgeregt.

Er nickte.

„Okay, dann darfst du die Augen jetzt wieder aufmachen."

David starrte auf das, was auf ihrer ausgestreckten Handfläche lag. Ein Paar Babyschuhe für ein kleines Mädchen.

Die winzigen schwarzen Stiefelchen waren mit pinkfarbenen Steppnähten verziert und mit Fransen besetzt.

Er öffnete schon den Mund, um sie zu fragen, was um alles in der Welt sie mit Babyschuhen anfangen wollte, aber sie redete hastig weiter.

„Shelley aus dem Büro hat sie für uns gekauft. Sind sie nicht zauberhaft? Wir haben neulich beim Mittagessen über die Hochzeit gesprochen, und ich habe ihr erzählt, dass ich mir schon immer eine Tochter gewünscht habe. Also hat sie mir diese Schühchen geschenkt. Sie meinte, sie wüsste zwar nicht, ob wir in absehbarer Zeit Nachwuchs planen oder ob wir überhaupt irgendwann eine Tochter haben würden, aber sie hat Sachen für ihre Nichte gekauft und konnte einfach nicht widerstehen, als sie diese Stiefel sah. Sie sehen nämlich genauso aus, wie die, die ich vor ein paar Wochen auf der Weihnachtsfeier anhatte, nur dass die hier schwarz sind statt braun."

Sie hielt ihm die Schuhe hin, bis er sie ihr aus der Hand nahm, und plapperte dabei ununterbrochen weiter. Er hätte ihrer Stimme stundenlang lauschen mögen, aber es gab etwas, was er ihr mitteilen musste.

„Und ich habe mir Gedanken darüber gemacht, wo wir uns niederlassen sollen, du weißt schon, jetzt, da die Hochzeit so kurz bevorsteht und …"

„Allie", sagte er.

Sie hörte ihm gar nicht zu und redete einfach weiter. „… ich weiß nicht, ob ich hier mitten in der Stadt wohnen bleiben will, wenn wir eine Familie gründen, und …"

„Allie", unterbrach er sie wieder, diesmal mit leicht erhobener Stimme.

Endlich verstummte sie und sah ihn an. „Ja?"

Er räusperte sich und wandte den Blick ab. „Wir haben schon darüber gesprochen, Allie, und je mehr ich darüber nachdenke, desto mehr glaube ich, dass Kinder keine so gute Idee sind.“ Er sah, wie das Licht in ihren Augen erlosch und das Lächeln auf ihren Lippen erstarb.

„Aber du wusstest doch, dass ich viele Kinder will. Das ist keine echte Neuigkeit für dich. Ich …“

David schüttelte den Kopf. „Ich finde, wir sollten uns in Ruhe zusammensetzen und überlegen, ob es für uns Sinn macht, Kinder zu haben. In Anbetracht unserer Berufe.“

Allsún blinzelte ein paarmal verständnislos. „Unserer *Berufe*? Was um Morganas willen soll das denn heißen! Ich bin tiermedizinisch-technische Assistentin. Wieso sollte uns das daran hindern, Kinder zu haben?“

David sah ihr ernst ins Gesicht. „Du weißt genau, dass das nicht der Beruf ist, von dem ich spreche.“

Sie erwiderte seinen Blick ungläubig, und ihr Mund war zu einem fassungslosen O gerundet, als könne sie einfach nicht begreifen, was er sagte.

„Dämonen, Allie. Dämonen. Wir sind beide Dämonenjäger. Wie könnten wir Kinder haben und sie wissentlich einem derartigen Risiko aussetzen? Diese Höllenkreaturen wären hinter unseren Babys her, bevor die überhaupt geboren sind.“

Allsún verschränkte die Arme vor der Brust und seufzte. „David, wir haben über das Thema doch bereits ausführlich diskutiert. Wir müssen nicht für den Rest unseres Lebens Dämonen jagen. Warum sollen nur wir beide die Bürde tragen, den Rest der Menschheit zu beschützen? Es gibt da draußen noch andere, die sich darum kümmern können. Warum können wir nicht einfach nur ein bisschen glücklich sein?“

David setzte sich jetzt ganz aufrecht hin und stützte die Ellbogen auf die Knie. „Du weißt genau, warum, Allie. Es gibt einen Grund dafür, dass wir mit den Gaben geboren wurden, die wir haben. Wir sind dazu berufen, sie zu nutzen. Es wäre selbstsüchtig von uns, nicht alles zu tun, was wir können, um andere zu retten."

Sie starrte ihn entsetzt an. „Selbstsüchtig? Du nennst mich selbstsüchtig?"

„Das habe ich nicht so gemeint. Ich meine …"

„Nein." Sie deutete anklagend mit einem Finger auf ihn. „Du hast dich sehr klar ausgedrückt. Du findest es selbstsüchtig von mir, dass ich dich heiraten und mit meiner kleinen Familie draußen vor der Stadt leben will. Jeder andere kann sich diesen spießigen Traum erfüllen, wenn er es möchte, aber ich darf das offenbar nicht. Wenn ich schon damit geschlagen bin, ein halber Mensch zu sein, dann will ich wenigstens auch was davon haben. Was ist denn so falsch daran, wenn wir danach streben, glücklich zu sein? Haben wir nicht schon genug für die Welt getan? Seit der Highschool jagen wir zusammen Dämonen."

„Ich weiß. Es ist nicht fair, aber so ist es nun mal. Die Dämonen werden niemals mit ihrem Treiben aufhören. Sie werden weiter in Menschen fahren, sie zu ihrem Vergnügen benutzen und ihre Körper reiten, bis sie tot sind. Sie lassen nichts von ihnen zurück als eine leere Hülle. Das dürfen wir einfach nicht zulassen, Allsún."

Sie schüttelte den Kopf und wandte den Blick ab. „Ich glaub es einfach nicht, David. Weißt du, was mit dir los ist? Du lässt dir von den Anwerbern dieser verfluchten Execution Underground etwas vormachen. Du hast immer Träume gehabt, du wolltest etwas Sinnvolles mit deinem Leben anfangen, und jetzt kommen diese Typen und reden dir ein, dass du kein Recht auf ein kleines Stück Glück hast. Nur, weil du mit einer ‚Gabe' geboren wurdest, die du dir nicht einmal ausgesucht hast. Es gibt andere Menschen mit denselben Fähigkeiten, die die Dämonen bekämpfen können. Überlass es denen, die tatsächlich in die Execution Underground eintreten wollen. Die kriegen das schon hin."

David konnte nicht glauben, dass sie seine Argumente nicht verstand. Die Execution Underground hatte recht. Er konnte den Gräueln nicht einfach den Rücken kehren und unschuldige Menschen sterben lassen. „Meine Fähigkeiten sind selten, das weißt du ganz genau."

Allsún ging zur Kücheninsel und fing an, ihre Einkaufstüten auszupacken. Sie knallte die Sachen etwas heftiger als nötig auf die Arbeitsplatte. „Du willst mir was von selten erzählen? Ich bin die einzige verfluchte Elfe, die es in dieser Dimension noch gibt, David. *Das* nenne ich selten."

Er biss die Zähne zusammen und versuchte, ruhig zu bleiben. Er war nicht wütend auf sie. Er war wütend auf die Situation, in der sie sich befanden. Sie hatten sich ihr Schicksal nicht ausgesucht und mussten diese Bürde dennoch tragen. Wie könnte er Allsún verübeln, dass sie sich ein normales Leben wünschte? Zum Teufel, er wünschte es sich ja auch! Aber sie musste doch wissen, dass er niemals in Frieden mit sich leben könnte, solange er wusste, dass unschuldige Menschen verletzt wurden und starben und Familien durch dämonische Besessenheit auseinandergerissen wurden und er etwas dagegen tun konnte. Für die meisten Menschen war es ein Ziel im Leben, sich eine komfortable Alterssicherung aufzubauen und irgendwann entspannt den Ruhestand zu genießen, aber er konnte tatsächlich etwas bewegen auf dieser Welt. Seine Begabung war die Karte, die Gott ihm gegeben hatte, und er konnte damit etwas erreichen.

Er ging in die Küche und stellte sich vor sie. „Gerade deshalb solltest du meinen Standpunkt verstehen können. Ich kann das Wohlergehen der anderen nicht einfach ignorieren, Allie."

„Und doch kannst du meins ignorieren. Was ist mit *mir*? Was ist mit dem, was *ich* vom Leben will? Ich werde bald deine Ehefrau sein, David. Und ob du das nun selbstsüchtig von mir findest oder nicht, aber dann musst du mir höchste Priorität einräumen. Ich muss für dich an erster Stelle kommen, vor allem anderen. Und das wird dir kaum gelingen, wenn du jeden Tag damit beschäftigt bist, die Welt zu retten. Du musst nicht immer der Held sein. Zum Teufel mit dem verdammten Schicksal. Mach dir dein eigenes. Versuch's mal mit dem freien Willen."

„Das habe ich", sagte er. „Und ich habe meine Entscheidung getroffen."

Allsún hielt mitten in der Bewegung inne und schaute zu ihm hoch. „Wie darf ich das denn verstehen?"

David atmete tief ein. Er wusste, dass sie nicht begeistert sein würde, und konnte nur hoffen, dass sie seinen Entschluss doch mittragen würde. Er räusperte sich. „Ich muss dir was zeigen."

Sie sah ihn schweigend an. Ihre Augen waren geweitet. Langsam drehte er sich um, bis er mit dem Rücken zu ihr stand, packte den Saum seines T-Shirts und zog es sich über den Kopf.

Allsún schnappte nach Luft. Er wusste nicht, was sie in diesem Moment für ein Gesicht machte. Vermutlich ließ sie ihren Blick über das schwarze Tribal-Tattoo gleiten, das noch so frisch war, dass die Haut an den Rändern leicht gerötet und geschwollen war. Das Symbol wies ihn als aktives Mitglied der Execution Underground aus. Nun gut, er war noch kein vollwertiges Mitglied, er hatte nur endlich zugestimmt, sich dem Training zu unterziehen. Aber wenn man der EU einmal beigetreten war, dann blieb man auch. Man beschloss nicht irgendwann während der Ausbildung, dass einem doch alles zu viel war. Nur die besten Kämpfer wurden überhaupt ausgewählt, und unter denen gab es keine Drückeberger. Es war eine gewichtige Entscheidung gewesen, aber letztendlich auch eine unvermeidliche.

Mit den Ressourcen der Execution Underground und nach dem Training, das sie anboten, würde er seine Fähigkeiten perfektionieren und erfolgreicher denn je Dämonen jagen können. Ganz zu schweigen von dem großzügigen Gehalt, das es ihm erlauben würde, die Dämonen in Vollzeit zur Strecke zu bringen, rund um die Uhr Menschen zu retten und Allsún gleichzeitig das komfortable Leben zu ermöglichen, das sie verdiente.

Sicher, sie würden sich vielleicht nicht alle ihre Träume erfüllen können, vor allem was die Kinderfrage betraf, denn er konnte den Gedanken nicht ertragen, ein Kind dieser Gefahr auszusetzen. Doch es wäre ein finanziell sorgenfreies, sinnvolles Leben. Allsún könnte weiter als tiermedizinisch-technische Assistentin arbeiten und sich um so viele Tiere kümmern, wie sie wollte, ohne dabei ans Geld denken zu müssen. Ihr Herz war so groß, dass sie am liebsten jeden Streuner bei sich aufgenommen hätte, und von ihm aus konnte sie das auch gerne tun, solange es sie nur glücklich machte. Sie hätten das perfekte Leben und dabei die Möglichkeit, durch die Opfer, die sie brachten, die Existenz anderer Menschen positiv zu beeinflussen.

Er sprach, ohne sie anzusehen. „Ich habe die Beitrittserklärung heute unterschrieben. Jetzt gibt es kein Zurück mehr. Ich musste das tun, Allie. Es ist meine Berufung."

Endlich drehte er sich um, um sie anzuschauen, und was er sah, schien sein Herz unter einer Steinlawine zu begraben.

Allsúns Augen waren düster. Sie war ganz offensichtlich den Tränen nahe und biss sich auf die Unterlippe. „Du hast dich der Execution Underground angeschlossen, ohne mir etwas davon zu sagen?"

Seine Schultern sackten nach unten. Warum musste sie das Ganze so negativ sehen? „Ich erzähle es dir doch gerade. Ich hatte nicht vor, ein Geheimnis daraus zu machen."

Sie rollte mit den Augen und stieß ein gezwungenes Lachen aus. „Ha! Oh ja, schon klar, du hast kein Geheimnis daraus gemacht. Als ich heute Morgen zur Arbeit gegangen bin und dir von meinem geplanten Einkaufsbummel mit Linda erzählt habe, hast du einfach nur versäumt, mir mitzuteilen, dass du in der Zwischenzeit einer internationale Geheimorganisation beitreten würdest, obwohl es unser Leben und unsere Beziehung für immer verändern wird. Aber nein, ein Geheimnis hast du nicht daraus gemacht."

David griff nach ihrer Hand, aber sie entzog sich ihm. „Allie, ich wusste es heute Morgen noch nicht, okay? Du wusstest, dass ich seit ein paar Monaten darüber nachdenke, und heute Morgen, nachdem du weg warst, habe ich mich endgültig entschieden."

„Ja, ich wusste, dass du darüber nachdenkst. Und du wusstest, dass ich nicht damit einverstanden bin. Habe ich denn dabei gar kein Wörtchen mitzureden? Wenn wir heiraten wollen, dann erwarte ich, in alle wichtigen Entscheidungen, die du triffst, einbezogen zu werden." Die Tränen, die sie so lange zurückgehalten hatte, kullerten ihr nun über die Wangen.

Er hatte das Gefühl, dass sein Herz zu einer schrumpeligen Rosine zusammenschrumpfte. Er konnte es nicht ertragen, wenn sie weinte. Sicher, sie stritten nicht oft, aber wie alle Paare gerieten auch sie gelegentlich aneinander. Und immer, wenn Allsún Tränen vergoss – vor allem wenn er wusste, dass sie seinetwegen flossen –, brachte es ihn fast um. „Allie, bitte nicht weinen. Ich dachte, du würdest meine Entscheidung verstehen. Ich habe eine Wahl getroffen und gehofft, dass du mich darin unterstützt." Er ging auf sie zu, aber sie wich zurück, um ihn auf Distanz zu halten.

„Oh ja, du hast deine Wahl getroffen. Du hast dich für dein verfluchtes Heldentum entschieden und dafür, die verdammte Welt zu retten – und gegen die Frau, die du angeblich liebst."

„Was heißt hier angeblich? Was soll das denn jetzt? *Natürlich* liebe ich dich."

Sie funkelte ihn an, ihr Blick anklagend und voller Schmerz. „Tust du das? Kaum zu glauben, eigentlich. Soweit ich weiß, trifft man wichtige Entscheidungen gemeinsam, wenn man sich liebt und die Angelegenheit beide betrifft. Man ist ehrlich und berücksichtigt die Bedürfnisse des anderen, statt sie zu ignorieren."

„Allsún, jetzt hör mir doch bitte mal zu."

„Nein, du hörst zu, David Jonathan Matthew Aronowitz. Du weißt, wie sehr ich mir eine Familie mit dir wünsche und wie sehr ich mir das *schon immer* gewünscht habe. Entweder rufst du die Execution Underground in dieser Minute an und sagst ihnen, sie können sich ihre Beitrittspapiere sonst wohin stecken, oder du schluckst die Kröte und lässt uns trotzdem ein normales Leben haben, mit weißem Gartenzaun und glücklichen Babys."

Er schüttelte den Kopf. „Allsún, du weißt, dass ich nichts davon tun kann. Ich bin bei der Execution Underground im Wort, und ich werde kein Kind in die Welt setzen, solange ich in einem derart gefährlichen Beruf arbeite. Ich setze meine – unsere – Babys keinem Risiko aus, und wenn das heißt, dass ich erst gar keine bekommen kann, dann ist das eben so."

„Ach, du bist also bei der Execution Underground im Wort? Und bei mir? Bist du da etwa nicht im Wort?"

„Allsún …"

„Du willst ernsthaft behaupten, dass dein Versprechen ihnen gegenüber schwerer wiegt als dein Versprechen mir gegenüber, obwohl du mir diesen Ring gegeben hast?" Sie hob die linke Hand und hielt ihm ihren Ringfinger unter die Nase.

„Meine Schöne …"

„Nein!", schrie Allsún. „Ich will das jetzt nicht hören. Ich will Kinder, David. Ich will eine große, glückliche Familie. Das wollte ich schon immer, und wenn du mir das nicht geben kannst, dann …" Ihre Stimme erstarb, als wüsste sie selbst nicht genau, was sie dann tun würde.

Sosehr er sich wünschte, sie glücklich zu machen, wusste er doch, dass ein Nachgeben außer Frage stand. Eine Schwangerschaft würde Allsún schrecklich verwundbar machen, und danach würden sich ihre Kinder in ständiger Gefahr befinden. Und er konnte auch nicht rund um die Uhr bei Allsún zu Hause bleiben, um sie zu beschützen. Sein Herz zog sich schmerzhaft zusammen. War ihr wirklich nicht klar, dass er sich diese Dinge ebenfalls wünschte? Aber ihm war eben auch klar, dass er sie nicht bekommen würde. „Du weißt, dass ich das nicht kann, Allsún."

Sie sah ihm ins Gesicht. In ihren Augen spiegelten sich zu gleichen Teilen rasende Wut und unsäglicher Schmerz. Ihr Blick traf ihn wie ein Schlag in den Magen und ließ ihn fast zurücktaumeln. „Es liegt nicht daran, dass du nicht kannst, David. Du *willst* es nicht. Du nennst mich selbstsüchtig, weil ich ein glückliches Leben führen will, aber du bis derjenige, der bereit ist, unser Glück zu opfern, damit du der tolle Held sein kannst, der die Welt rettet."

Sie drehte sich auf dem Absatz um und ging zur Tür. Er machte Anstalten, ihr zu folgen, aber sie hob abwehrend die Hand. „Spar dir die Mühe."

Sie zog ihren Verlobungsring vom Finger. Im gleichen Moment zersprang sein Herz in tausend Stücke wie ein Spiegel unter dem Aufprall eines Vorschlaghammers.

Allsún legte den Diamantring auf einen Beistelltisch neben der Tür. Noch immer wandte sie David den Rücken zu. „Für die anderen magst du ja ein Held sein, aber für mich bist du einfach nur der Mann, er mir das Herz gebrochen hat."

Ohne ein weiteres Wort öffnete sie die Tür und verschwand aus seinem Leben.

9. KAPITEL

David schloss die Augen und versuchte, die Flut der quälenden Erinnerungen zu stoppen, die über ihn hereinbrach. Er war nicht sicher, wie lange er das noch aushalten konnte. Seufzend schloss er das Buch, das er zu lesen versucht hatte, und ließ es auf den Couchtisch fallen. Normalerweise fiel es ihm leicht, sich in romantische Geschichten mit sicherem Happy End zu vertiefen, vor allem nach einer so harten Arbeitsnacht wie dieser. Doch jetzt, mit Allsún im Nebenzimmer, machte der Roman ihm nur schmerzhaft bewusst, was er alles verpasste, und weckte damit exakt die inneren Dämonen, die er sich durch die romantische Lektüre vom Leib halten wollte.

Verdammt. Mit diesen ganzen Gedanken im Kopf hier auf der Couch zu liegen war ungefähr so spaßig, wie splitternackt auf einem wilden Mustang zu reiten, während ein Elektroschocker direkt auf seine Eier zielte – und er meinte nicht die des Mustangs.

David gab sich die Schuld. An allem. Es war allein sein Fehler, dass Allsún krankenhausreif gefoltert worden war. Wenn er an dem Abend, an dem sie Schluss gemacht hatten, nicht so ein Mistkerl gewesen wäre, dann hätte sie ihn nie verlassen und er hätte sie besser beschützen können. Und sie wäre immer noch sein Mädchen. Seine Frau. Er war damals so ein Trottel gewesen. So festgefahren in seinem dämlichen Heldenkodex und seinem Wunsch, Menschen zu retten, dass er gar nicht merkte, dass er dadurch die einzige Frau, die ihm etwas bedeutete, für immer von sich stieß. Alles war seine Schuld. Auch jetzt wieder. Denn wäre er nicht so schwach gewesen und hätte früher eingegriffen, als Robert Allsún entführte, statt sein Bein zu pflegen, dann wäre sie jetzt vielleicht nicht in dieser gefährlichen Lage. Aber nun, da die Dämonen wussten, dass es noch jemanden aus der Elfen-Blutlinie gab, der nicht auf die Insel gegangen war, würden sie sie nie mehr in Ruhe lassen. Bis sie tot war.

Als er dann noch die Überreste des Familien-Massakers in diesem Keller fand, dachte er wirklich, dass die Nacht nicht mehr schlimmer werden könnte. Aber da hatte er sich geirrt. Die Tatsache, dass Allsún in seinem Bett lag, demselben Bett, in dem sie sich so oft geliebt hatten, machte alles noch viel, *viel* schlimmer.

Er konnte nur hoffen, dass sich morgen irgendetwas aus den Proben ergab, die er ans Hauptquartier geschickt hatte. Irgendeine Spur, die ihn zu dem Dämon führte, der die bedauernswerte Familie auf dem Gewissen hatte, und die ihm auch einen Hinweis gab, wie er Allsún vor all den Höllenwesen schützen konnte, denen jedes Mittel recht war, um sie zu finden.

Er lag auf dem Rücken und starrte an die Decke. Die Stille war ohrenbetäubend. War Allsún ebenfalls wach und ließ die Vergangenheit Revue passieren, oder schlief sie längst tief und fest? Wenn ja, konnte er es ihr nicht verübeln. Er selbst versank manchmal binnen Sekunden in Schlaf, wenn er nach einer verkorksten Jagd nachts nach Hause kam. Aber manchmal war es auch anders, und dann fand er einfach nicht zur Ruhe. Und er war nicht sicher, was schlimmer war: seine sich überschlagenden Gedanken oder die Albträume über die Gräuel, die er so oft zu sehen bekam.

„Hast du was zu lesen gefunden?" Er sprach so laut, dass sie ihn nebenan hören konnte, aber hoffentlich nicht laut genug, um sie zu wecken, falls sie bereits schlief.

„Äh, ja. Hab ich. Danke!“, rief sie zurück. Ihre Stimme klang hellwach. Erneut senkte sich Schweigen über das Apartment. Diesmal war Allsún diejenige, die es schließlich brach. „Hey, David.“

„Ja?“

Sie zögerte kurz, redete dann aber weiter. „Ich habe dich angelogen.“

Er runzelte die Stirn. Er konnte sich beim besten Willen nicht vorstellen, in welcher Hinsicht sie ihn belogen haben könnte. Ihre Unterhaltungen waren ziemlich geradeheraus gewesen, seit sie an seinem Tatort aufgetaucht war. „Worüber denn?“

Er hörte sie seufzen. „Meine letzte Beziehung war gar nicht so toll, auch wenn ich das gern gehabt hätte.“

David blinzelte ein paarmal, nicht sicher, was er darauf sagen sollte. Gab das Universum ihm etwa ein Zeichen? Wenn nicht, konnte es sich nur um einen unglaublich grausamen Scherz handeln. Denn was ihn betraf, gab es kein Wenn und Aber – er wollte wieder mit Allsún zusammen sein und würde jede noch so kleine Chance nutzen, sie erneut in seinen Armen halten zu können. Doch er hätte nicht damit gerechnet, dass sie es ihm so leicht machen würde. Das hier war praktisch eine unverblümte Einladung, sich eingehender nach ihrem Liebesleben zu erkundigen. Und es bot ihm die Gelegenheit, sie wissen zu lassen, dass er sie noch immer liebte, ehrte und schätzte und dass er sie wollte, und zwar in jeder Hinsicht. „Warum erzählst du mir das?“, war alles, was er stattdessen hervorbrachte.

Er schwang seine langen Beine von der Couch, stand auf und ging in sein Schlafzimmer. Allsún saß auf der Bettkante, hatte sich zurückgelehnt und stützte sich mit den Ellbogen auf der schwarz-weißen Bettdecke ab.

„Weiß ich auch nicht so genau. Ich glaube, weil du irgendwann mal mein bester Freund warst und ich gehofft habe, dass wir vielleicht immer noch so miteinander reden können wie früher."

Er verschränkte die Arme und lehnte sich an den Türrahmen. „Ja, klar. Warum genau warst du denn nicht richtig glücklich mit diesem Typen?" Er rechnete nicht wirklich damit, doch tief im Inneren hoffte er, dass ihre Antwort lauten würde: „Weil er nicht du war."

Sie zuckte mit den Schultern. „Es ist schwer, da so genau den Finger draufzulegen."

Er grinste. Na, wenn das keine Steilvorlage war. „Wenn es so klein ist, dass es dir schwerfällt, den Finger draufzulegen, sollte er wohl mal einen plastischen Chirurgen aufsuchen."

Sie funkelte ihn empört an, konnte sich aber den Anflug eines Grinsens nicht verkneifen. „Du weißt, dass ich das nicht so gemeint habe."

Er lachte leise. „Komm schon. Es war lustig."

Ihr Grinsen wurde breiter, aber sie antwortete nicht.

„So wie es klingt, hat eure Beziehung eine ganze Weile lang gehalten. Warum hast du nicht viel früher Schluss gemacht, wenn du nicht glücklich warst?"

„Keine Ahnung. Vermutlich wollte ich nicht mehr allein sein, oder vielleicht dachte ich auch, dass er jemand ist, den ich eigentlich lieben sollte, was mir aus irgendeinem Grund aber nicht gelungen ist." Sie klopfte einladend neben sich auf die Matratze.

Er ging zum Bett und setzte sich neben sie. „Wenn es um die Liebe geht, gibt es kein *sollte*. Entweder du liebst jemanden oder nicht. Und es gibt keinen Grund, sich deswegen Vorwürfe zu machen. Liebe ist ein Gefühl, das wir nicht kontrollieren können."

„Das weiß ich, es ist nur … Er war genauso, wie ich mir immer einen Mann gewünscht habe, aber als ich ihn dann hatte, merkte ich, dass es doch nicht das war, was ich wollte."

„Menschen haben das Recht, ihre Meinung zu ändern. Wer sagt denn, dass man es sich nicht anders überlegen darf? Wir verändern uns ständig. Wir entwickeln uns weiter. Von Minute zu Minute. Veränderung ist nichts, wovor du Angst haben musst."

„Es ist auch nicht so, dass ich mich davor fürchte. Ich habe wohl nur gerade herausgefunden, dass ich etwas will, von dem ich weiß, dass es nicht gut für mich ist. Und es gab in meinem Leben schon so viele Entscheidungen, die ich hinterher bitter bereut habe."

Er lachte kurz auf. „Also, wenn du dich nicht gerade nach Heroin verzehrst oder nach irgendetwas anderem, was unvermeidlich zur Selbstzerstörung führt, dann würde ich sagen, dass das, was du willst, immer auch das Beste für dich ist."

Sie schaute ihn an. „Das stimmt nicht. Denn in diesem Fall wäre es in der Tat selbstzerstörerisch. Das weiß ich aus Erfahrung."

„Wenn das so ist, dann solltest du besser die Finger davon lassen."

„Ja, sollte ich wohl."

„Führst du das noch weiter aus, oder ziehst du es vor, so kryptisch zu bleiben?" Er hob eine Hand und erwog, sie auf ihre Schulter zu legen, besann sich dann aber eines Besseren. Er wollte nicht, dass sie sich unbehaglich fühlte, und er wollte auch nicht den Eindruck erwecken, als würde er sich an sie heranmachen, während sie ihm ihr Herz ausschüttete. Obwohl er weiß Gott genau das gern getan hätte. Er hätte alles getan, um sie zurückzubekommen. Wäre er einer dieser Kerle, die ausschließlich mit dem Schwanz dachten, dann hätte er seine Trümpfe längst ausgespielt. Schließlich hatte er in ihrer Nähe praktisch immer eine Erektion. Und im Augenblick trennte ihn nichts außer seinem David-Bowie-T-Shirt, das sie übergezogen hatte, von ihrer zarten Haut, die er Zentimeter für Zentimeter liebkosen wollte.

Sie drehte sich zu ihm und wechselte das Thema. „Weißt du noch, wie wir uns das erste Mal gesehen haben?"

Er feixte. „Vermutlich glaubst du es mir nicht wirklich, wenn ich jetzt antworte: ‚Natürlich erinnere ich mich daran.' Aber, ja, ich weiß es noch. Was ist damit?"

Sie zuckte mit den Achseln und zog den Saum des alten T-Shirts über ihre Knie. „Ach, ich musste nur gerade daran denken. Ich glaube, ich habe mich damals nie richtig bei dir bedankt."

Er lachte in sich hinein. „Keine Ursache. Der Knabe verdiente eine Tracht Prügel. Kleiner Mistkerl."

„Er hatte mich schon seit Wochen drangsaliert. Es war so eine Erleichterung, endlich Ruhe vor ihm zu haben." Sie ließ sich mit ausgestreckten Armen rücklings aufs Bett fallen. „Ich hatte es generell nicht leicht in der Schule."

Er legte sich neben sie und rollte auf die Seite, sodass er ihr Gesicht sehen konnte, ihre perfekten rosigen Lippen, ihre zarten Wangenknochen, diese smaragdgrünen Augen, in denen er einfach versinken konnte. „Ich weiß."

Sie schaute ihn an. „Am schlimmsten war aber Lindie."

Er runzelte die Stirn, als sie seine Exfreundin erwähnte. Er hatte sie an der Highschool gedatet, was ein bedauerlicher Fehler gewesen war. „Ich dachte, sie war nur dieses eine Mal so eklig zu dir."

Allsún schüttelte den Kopf. „Oh, keineswegs. Sie schikanierte mich die ganze Zeit über, als ihr zusammen wart. Ich habe es nur nie übers Herz gebracht, dir davon zu erzählen.“ Sie wandte den Blick ab und starrte an die Decke. „Ich wusste ja, dass du sie liebst.“

Er stützte sich auf einen Ellbogen und sah sie mit verwirrter Miene an. „Wovon redest du denn da? Ich habe sie kein bisschen geliebt.“

„Warum warst du denn dann so lange mit ihr zusammen?“

Er grinste. „Allsún, ich war sechzehn. Was *glaubst* du denn, warum ich mit ihr gegangen bin? Ich wollte sie flachlegen.“

Sie errötete. „Oh. Ich dachte immer, dass du für sie dasselbe empfunden hast wie für mich.“

„Absolut nicht. Bei dir war es nie so.“

Sie starrte ihn mit offenem Mund an, und ihre Augen glänzten verdächtig. Er hätte schwören können, dass sie den Tränen nahe war, und spürte einen Stich im Herzen. Es tat ihm tatsächlich körperlich weh, wenn sie weinte. Hastig versuchte er wiedergutzumachen, was er eben so achtlos von sich gegeben hatte. „Ich meine doch nur, dass unsere Beziehung immer mehr war als eine Befriedigung meines jugendlichen Sextriebs. Du warst mein bester Freund, und gleichzeitig war ich bis über beide Ohren in dich verliebt. Und nicht, dass du mich falsch verstehst: Ich habe dich definitiv begehrt, und wie.“

Ich begehre dich noch immer. Ich will dich, und ich vermisse dich jeden Tag. Verdammt, wie gern würde er ihr das sagen.

Sie wischte sich rasch über die Augen. „Dafür hat es aber ziemlich lange gedauert, bis wir an den Punkt gekommen sind.“

„Ich wollte dich nicht drängen, etwas zu tun, für das du noch nicht bereit warst."

„Das war bestimmt nicht besonders spaßig für dich, oder?"

Ohne nachzudenken, streckte er die Hand nach ihr aus, berührte ihr Kinn und drehte es leicht zu sich, bis sie ihn anschaute. „Soll ich ganz ehrlich sein?"

Sie nickte.

„Es ist mir schrecklich schwergefallen, so lange zu warten, aber am Ende war es das wert. Allerdings hätte es mich nicht überrascht, wenn ich in der Zwischenzeit Schwielen an den Handflächen bekommen hätte."

Er lachte leise mit, während sie neben ihm nach Luft schnappte, weil sie so lachen musste. Sie hielt sich buchstäblich den Bauch und würde vermutlich später Muskelkater bekommen. Tränen liefen ihr übers Gesicht, und sie schien sich gar nicht beruhigen zu können.

David grinste übers ganze Gesicht. „Aber glaub mir, du warst das Warten wert."

Als sie sich endlich wieder gefasst hatte, drehte sie sich zu ihm um. Von ihrer vorher unübersehbaren Anspannung war nichts mehr zu spüren. Er liebte es, sie zum Lachen zu bringen. Das war schon immer eine seiner Lieblingsbeschäftigungen gewesen.

„Wir hatten sensationellen Sex", sagte sie.

Er wandte den Blick ab und versuchte, seine Stimme nicht vor Verlangen beben zu lassen. Er wurde noch härter, und er konnte nur beten, dass sie seine ziemlich deutliche Erregung nicht bemerkte. „Führe mich nicht in Versuchung."

Ihre Wangen liefen rosig an. *Hinreißend.*

„Was meinst du damit: Führe mich nicht in Versuchung?"

Er strich mit einer Hand über sein kurzgeschorenes Haar. Mann, er musste sich wirklich besser beherrschen. „Du weißt ganz genau, was ich meine. Führe mich nicht mit dem Vorschlag in Versuchung, dass wir ‚Freunde mit gewissen Extras' sein könnten."

Sie lachte. „Würdest du das denn wollen?"

Er hob eine Braue. „Das fragst du mich jetzt aber nicht im Ernst, oder?"

Sie rollte sich wieder auf den Rücken. „Doch. Ich hatte ja keine Ahnung."

Er glaubte ihr nicht eine Sekunde lang. Wie konnte ihr entgangen sein, dass er sie immer noch wollte? Es war doch mehr als offensichtlich. Zumindest hatte er das immer gedacht. Schließlich hatte nicht er Schluss gemacht, sondern sie. „Es ist ja nicht so, dass wir uns getrennt haben, weil wir uns nicht mehr zueinander hingezogen fühlten. Man teilt nicht so lange das Bett mit jemandem und hört dann plötzlich auf, ihn zu begehren. Es sei denn, man fängt irgendwann an, jemand anders zu begehren. Und wie ich dir bereits gesagt habe: So jemanden gibt es für mich nicht."

Noch immer vermied sie seinen Blick und schüttelte den Kopf. „Ich weiß nicht, was ich dazu sagen soll."

„Du brauchst gar nichts zu sagen." Er zögerte, nicht sicher, ob er ihr tatsächlich die Frage stellen sollte, die ihn gerade umtrieb. Ihm war klar, dass ihn das nicht das Geringste anging, aber dann siegte doch seine Neugier. Er räusperte sich. „Und … wie war er so im Bett, dein Ex?"

Allies Kopf fuhr zu ihm herum, und sie warf ihm einen verärgerten Blick zu. „Das geht dich verdammt noch mal nichts an."

Er wusste, dass er nicht hätte fragen sollen, aber die Sache beschäftigte ihn trotzdem. „Entschuldige bitte. Ich will nicht aufdringlich sein, aber immerhin war es mal meine Aufgabe, deine Muschi glücklich zu machen. Muss die Macht der Gewohnheit sein."

„David!" Sie schlug ihn auf den Arm, aber nicht sehr fest.

Er grinste jungenhaft. „Tut mir leid, ich konnte nicht widerstehen. Ich war einfach nur neugierig."

„Dann behalt deine Neugier gefälligst für dich."

Er nickte. Schweigen senkte sich über sie. Und dann … Nein, es war hoffnungslos. Er konnte sich nicht zurückhalten.

„Nun sag schon, wie war er im Bett?"

Sie verschränkte die Arme vor der Brust, und er konnte an ihrem Gesicht erkennen, dass sie immer noch nicht darüber reden wollte. „Warum, um alles in der Welt, sollte ich dir das erzählen?"

Er zuckte mit den Schultern. „Na ja, du willst doch, dass wir miteinander reden wie beste Freunde. Und du würdest deinem besten Freund doch wohl erzählen, wie dein Ex im Bett war?"

Sie verdrehte die Augen. „Aber du bist nicht nur ein Freund, du bist auch mein Ex. Mit dir über mein Liebesleben zu sprechen, scheint mir kaum der richtige Weg, um unsere Freundschaft wiederzubeleben."

David hob in spöttischer Ergebenheit die Hände. Aber so unbeteiligt er auch tat, so musste er sich doch eingestehen, dass es höllisch wehgetan hatte, als sie ihn als ihren Ex bezeichnete – wie ein Messerstich ins Herz. Er zwang sich zu einem leisen Lachen. „Schon gut, Botschaft angekommen. Ich will es aber immer noch wissen."

„Es war gut, okay?"

Er zog eine Grimasse. „Oh, *gut*. Das ist ein Wort, das man eigentlich nur hören will, wenn es das Wetter beschreibt."

Sie zeigte mit dem Finger auf ihn. „Sei nett."

„Ich war nicht bösartig. Ich habe nur die Wahrheit gesagt."

Allsún warf ihm ein kokettes Lächeln zu. „Na ja, nicht jeder kann so Erstaunliches mit seiner Zunge anstellen."

David konnte sich das Lachen nicht verkneifen. „Ach du Schande! Er konnte es dir nicht anständig mit dem Mund besorgen?"

„Das geht mir jetzt aber *viel* zu sehr ins Detail."

„Okay, ich frage nicht weiter."

Sie setzte sich auf. „Kannst du mich nicht was Normales fragen? Zum Beispiel, wie es mir beruflich so geht?"

„Wenn ich dich normale Sachen fragen würde, dann wäre ich nicht ich selbst."

„Du wärst immer noch du selbst, nur keine ganz so ordinäre Version."

Er setzte sich ebenfalls auf. „Humorvoller Tabubruch war immer mein Markenzeichen, aber wenn du dich damit besser fühlst, frage ich selbstverständlich normale Dinge. Wie geht es dir denn so beruflich?"

Sie stand auf und lief vor ihm hin und her, die Arme noch immer vor der Brust verschränkt. „Gut. Ich arbeite nach wie vor im selben Tierheim."

„Und ignorierst immer noch diesen Chefveterinär, von dem du behauptet hast, dass er dir nicht wirklich nachstellt? Ich habe den Kerl nie gemocht. Du hast zwar beteuert, dass er einfach nur nett zu dir ist, aber ich hatte immer den leisen Verdacht, dass er auf dich steht und nur zu viel Angst vor mir hat, um die Angelegenheit weiterzuverfolgen."

Allsún knabberte eine Weile an ihrer Unterlippe herum, bevor sie schließlich antwortete. „Soweit ich weiß, hat er immer noch eine Heidenangst vor dir, aber das hat ihn nicht davon abgehalten, mit mir zusammen zu sein."

David stieß einen Fluch aus. War das ihr Ernst? Er wollte sie sich mit überhaupt keinem anderen Mann vorstellen, aber erst recht nicht mit diesem verdammten Tierarzt. Der Kerl hatte Allsún, *seinem* Mädchen, schon immer schöne Augen gemacht, und allein deshalb konnte er ihn nicht ausstehen. Er versuchte, sich zu beherrschen und ihr zuliebe etwas Nettes zu sagen, aber er brachte es nicht über sich.

„Verdammt, Allie. *Das* ist der Typ, mit dem du geschlafen hast? Ausgerechnet ..."

Sie blieb stehen und schaute ihn verärgert an. „Hey, Tom ist ein guter Mensch. Du kennst ihn doch gar nicht."

Er unterdrückte einen weiteren Fluch. Er wusste, dass es ihre Entscheidung war, aber musste denn wirklich er es sein von all den Männern, die sie hätte haben können ... „Ich kenne ihn vielleicht nicht, aber ich weiß sehr wohl, dass er dich auf den Weihnachtsfeiern immer ziemlich eindeutig angestarrt hat, sogar wenn ich dabei war und obwohl wir verlobt waren. Das macht ihn in meinen Augen zu einem widerlichen Wicht."

„Er war nie ein widerlicher Wicht. Er war einfach verknallt in mich, und das hat dir nicht gefallen. Aber nachdem wir uns getrennt hatten, war es irgendwie ganz schön für mich, jemanden zu haben, der mir Aufmerksamkeit schenkte. Und als er mich gefragt hat, ob ich mit ihm ausgehen will, habe ich Ja gesagt."

Er sprang vom Bett auf und ging Richtung Wohnzimmer. Dabei fuhr er sich mit einer Hand über sein kurzgeschorenes Haar. Ein Teil von ihm wünschte, es wäre lang genug, um es sich zu raufen. In ihm tobte ein Gefühlssturm, und er wünschte sich, sich irgendwie Luft machen zu können. „Mann, ich hätte nie gedacht, dass ausgerechnet er bei meiner Frau landet."

Bevor er registrierte, was sie vorhatte, packte sie ihn am Arm und zog ihn zu sich herum, sodass er gezwungen war, ihr ins Gesicht zu schauen. „Deine Frau? Seit wann war ich dein Besitz?" Angewidert ließ sie ihn los.

„Das behaupte ich ja gar nicht. Mir war immer bewusst, dass du eine eigenständige Persönlichkeit bist, die tun und lassen kann, was sie will, aber kannst du nicht verstehen, dass ich dich immer noch als meine Frau betrachte? Ich habe dich viele Jahre lang geliebt, Allie. Länger als dieser Versager dich auch nur kennt."

Sie stieß ihm einen ausgestreckten Finger in die Brust. „Er ist kein Versager, und er hat mir gutgetan."

Sanft umfasste David ihr Handgelenk und zog ihre Hand dann an sein Herz. „Auch wenn er dir gutgetan hat, du hast ihn nicht so geliebt, wie du mich geliebt hast."

Sie riss sich von ihm los. „Leg mir keine Worte in den Mund. Nur, weil ich gesagt habe, dass es nichts Ernstes war, heißt das nicht, dass er mir nichts bedeutet hat."

„Ich will kein Mistkerl sein, Allie, ich versuche nur, dich dazu zu bringen, dir die Wahrheit einzugestehen. Du hast vorhin erzählt, dass eure Beziehung nichts Ernstes war. Ihr seid nicht mehr zusammen, also warst du auch nicht glücklich mit ihm."

Sie schüttelte den Kopf. „Glaub nicht, dass du weißt, wie meine Beziehung mit ihm war, nur weil wir ein paar Minuten lang darüber geredet haben."

„Kann sein, dass ich es nicht weiß, aber ich kenne dich, und ich weiß einfach, ob du glücklich bist oder nicht. Und wenn du über ihn sprichst, hört sich das nicht besonders glücklich an."

„Vielleicht habe ich nur keine Lust, mit dir über ihn zu reden", erwiderte sie.

„Und warum nicht? Weil es dich an das Riesending erinnert, das wir zusammen hatten? Weil du es immer noch vermisst?"

Ungläubig starrte sie ihn an. „Du legst mir schon wieder Worte in den Mund. Ich habe nie gesagt, dass ich vermisse, was wir hatten." Sie wich einen Schritt zurück, doch er folgte ihr, um die Lücke zwischen ihnen wieder zu schließen.

Sie wedelte abwehrend, wie um ihn zu verscheuchen, aber er fing ihre Hand ein und zog sie noch näher an sich. „Vielleicht sagst du es nicht ausdrücklich, aber ich kann es in deinem Gesicht lesen. Ich behaupte ja gar nicht, dass du die Beziehung wiederhaben willst, dazu gab es wohl zu viel böses Blut zwischen uns, aber versuch nicht, mir weiszumachen, dass das, was wir hatten, keine wunderbare Sache war. Wir waren verrückt aufeinander. Wahnsinnig verliebt. Schau mir in die Augen und sag, dass du das nicht wenigstens mit einem Teil deiner Seele vermisst."

Allsún öffnete den Mund, aber es kam kein Wort heraus. Ihm war klar gewesen, dass sie es nicht über die Lippen bringen würde.

Er schlang die Arme um sie, beugte sich vor und küsste sie heftig. Ihr Mund fühlte sich warm an, und sie schmeckte nach Erdbeeren. Einen Moment lang reagierte sie nicht, überließ alles ihm, doch dann schmiegte sie sich enger an ihn und erwiderte den Kuss mit fiebriger Leidenschaft. Eine Welle des Verlangens raste durch seinen Körper.

Plötzlich entzog sie ihm ihren Mund so rasch, wie er ihn erobert hatte. „Ich kann dir das nicht antun."

„Was denn antun?", flüsterte er. „Ich will das hier, und ich glaube, du willst es auch. Wir sind beide erwachsen. Was ist so schlimm daran?"

Sie legte ihre kleinen Hände auf seine Brust und schob ihn ein Stück von sich weg. „Aber ich kenne dich, David. Du bist nicht der Typ Mann, der unverbindlichen Sex hat."

„Wie meinst du das?"

Sie wandte den Blick ab. „Ich meine, dass du immer eine Beziehung willst, und das haben wir bereits versucht, und es hat nicht funktioniert."

Er versuchte, sie wieder an sich zu pressen, aber sie widersetzte sich. „Vielleicht habe ich mich ja verändert", meinte er.

„Das denke ich nicht." Sie löste sich ganz aus der Umarmung.

Instinktiv streckte er die Hände nach ihr aus, aber sie wich nur noch weiter zurück. „Mag sein, aber das ist dann ganz allein mein Problem, oder nicht?"

„Ich kann das nicht machen. Tut mir leid."

Er ließ seine Hände zur Seite fallen und die Schultern hängen. Er wusste, wann er besiegt war. Er hatte falschgelegen, ganz schrecklich falsch, als er angenommen hatte, dass sie ihn vielleicht doch noch lieben könnte, so wie er sie immer noch liebte. „Schon gut, Allie. Es war mein Fehler, das Thema überhaupt aufgebracht zu haben. Wenn du nicht willst, dann will ich auch nicht. Ich würde dich niemals bedrängen."

„Danke."

„Dann lasse ich dich jetzt schlafen, was? Wir hatten beide eine aufreibende Nacht."

Sie nickte. „Ja, ich schätze, das wäre das Beste."

Ihm schnürte sich die Kehle zusammen. Verdammt. Sie so nah bei sich zu haben, während er sie so wahnsinnig begehrte, war die süßeste und schlimmste Folter, die er sich vorstellen konnte. Er zwang sich zu einem Nicken. „Okay, dann lass ich dich mal allein. Nimm dir einfach, was immer du brauchst."

Er biss sich auf die Unterlippe und kämpfte seinen Frust, seinen Schmerz und seine Wut nieder. Er war seine Schuld, dass es so weit gekommen war, seine Schuld, dass sie ihn nicht mehr liebte. Er wollte ihr sagen, dass er ohne sie nicht leben konnte und dass er lieber sterben würde, als irgendetwas zu tun, für das sie ihn hasste. Doch alles, was er sagte, war: „Gute Nacht." Dann ging er aus dem Zimmer, um eine weitere einsame Nacht zu verbringen.

10. KAPITEL

Nachdem die Tür hinter David mit einem Klick ins Schloss gefallen war, warf sich Allsún bäuchlings auf das Bett. Tränen strömten ihr über das Gesicht. Sie krallte ihre Finger verzweifelt in die weiche Bettdecke. Was war da eben bloß passiert? Als ob sie nicht ohnehin schon genug am Hals hätte, aber nein, da war auch noch David und wusste verdammt genau, wie er sie rumkriegen konnte. Ein Teil von ihr hasste ihn regelrecht dafür, dass er sie so gut kannte und exakt die richtigen Worte fand, um ihr Herz zum Schmelzen zu bringen und dafür zu sorgen, dass er ihr unendlich fehlte.

Aber wie könnte sie wieder mit ihm zusammen sein, nach allem, was geschehen war?

Natürlich wollte sie ihn. Aber sie musste vollkommen ehrlich mit sich selbst sein, gerade jetzt, da sie sich ihrer Gefühle so sicher war. Denn es gab etwas, das sie noch mehr wollte als alles andere, sogar mehr als David: ein eigenes Kind. Seit sie ein kleines Mädchen war, träumte sie davon, eines Tages eine so wundervolle Mutter für dieses Kind zu sein, wie ihre eigene Mutter es für sie gewesen war. Sie liebte David, aber sie konnte diese brennende Sehnsucht in ihrer Brust nicht ignorieren; die Sehnsucht nach einem Baby. Nicht mal für ihn. Gleichzeitig gab sie ihm die Schuld an diesem Dilemma. Denn wenn sie damals nicht so gestritten hätten, wenn er an jenem Abend, an dem sie Schluss gemacht hatten, nicht all diese Dinge gesagt hätte, dann wäre sie vielleicht gar nicht erst aus seiner Wohnung gerannt. Und die schrecklichste Nacht ihres Lebens hätte sich womöglich vermeiden lassen. Sie versuchte, die Erinnerungen daran zu verdrängen, doch es gelang ihr nicht.

Die Vergangenheit holte sie ein, ohne dass sie etwas dagegen tun konnte. Schon konnte Allsún hören, wie ihre Absätze einst über den Asphalt geklackt waren. Sie war die Straße entlanggerannt, so schnell sie konnte. Tränen liefen ihr über die Wangen. Sie hatte bei ihrem hastigen Aufbruch von David sämtliche Einkaufstüten zurückgelassen, aber das war ihr egal. Der Wind brannte auf ihrem Gesicht, und sie behielt ihr Tempo bei, bis es ihr gelang, ein Taxi anzuhalten. Sie sprang auf den Rücksitz und zog die Tür mit einem energischen Ruck hinter sich zu.

Dann drehte sie sich langsam um und starrte durch die Heckscheibe auf den Bürgersteig. Ihr wurde das Herz noch schwerer, auch wenn sie das vor ein paar Minuten für ein Ding der Unmöglichkeit gehalten hätte. Er war ihr nicht gefolgt. Er hatte keinen Versuch unternommen, sie aufzuhalten. Nein, wie es aussah, ließ er sie ohne einen Hauch von Bedauern oder Reue über sein Verhalten aus seinem Leben verschwinden. Sie unterdrückte einen Schluchzer. Das konnte doch alles nicht wahr sein! Mit mechanischen Bewegungen bezahlte sie wenig später den Taxifahrer und schleppte sich die letzten Meter bis nach Hause.

Sie wusste nicht einmal genau, wie sie es bis dorthin schaffte, so erschöpft, wie sie sich in letzter Zeit oft fühlte, doch irgendetwas hielt sie aufrecht, bis sie vor ihrer Eingangstür stand. Sie schob den Schlüssel ins Schloss und rüttelte den Knauf erst nach links, dann nach rechts, um das alte Schloss zu überlisten, das ihre Mutter schon unzählige Male hatte austauschen wollen, wozu es aber dann doch nie gekommen war. Endlich sprang die Tür auf, und Allsún taumelte in das alte Gebäude.

Ihre Mutter war nicht da, das merkte sie gleich. Im ganzen Haus herrschte eine merkwürdige Stille. Aber das war jetzt nicht so wichtig. Wichtig war nur, dass sie so dumm gewesen war anzunehmen, dass David ihr folgen würde. Und dass er es nicht getan hatte. Damit hatte sie sich gründlich zum Affen gemacht. So viel also zu ihrem kindischen Verhalten, mit dem sie aus seiner Wohnung gestürmt war. Sie hätte ihm einfach die Wahrheit sagen sollen!

Sie verriegelte die Tür und schleppte sich völlig erschlagen in ihr Zimmer. Dort warf sie ihre Handtasche aufs Bett und ließ sich dann, ohne sich auch nur die Schuhe auszuziehen, auf die alte rote Decke fallen, die ihre Mutter für sie gestrickt hatte, als Allsún noch ein Baby war. Als sie das weiche, anschmiegsame Material unter sich spürte, ließ sie ihren Tränen freien Lauf und schluchzte hemmungslos. Sie atmete den Duft von Talkum und Babypuder ein – den Duft ihrer Mutter – und weinte sich die Augen aus. Was war sie doch für eine Idiotin! Wie hatte sie bloß glauben können, dass ein perfektes Leben auf sie wartete? Dass sie den Mann ihrer Träume finden, ihn heiraten und bis an ihr Ende vergnügt und glücklich mit ihm sein würde?

Vielleicht könnte sie ja doch wieder zu David zurückgehen. Oder war es jämmerlich, auch nur daran zu denken? Schließlich hatte er sie gebeten, bei ihm zu bleiben, und sie war diejenige gewesen, die davongerannt war. Er wusste nicht mal, wie verletzend seine Worte ausgerechnet jetzt für sie waren. Hätte er sie auch dann gesagt, wenn er Bescheid gewusst hätte? Oder sie zurückgenommen, wenn sie ihm nun davon erzählte?

Sie zitterte und kuschelte sich rasch unter die Bettdecke. Dann strich sie mit der rechten Hand über ihren kaum merklich gerundeten Bauch. Es war ihre erste Schwangerschaft, daher war noch kaum etwas zu sehen, obwohl sie bereits in der zwölften Woche war. Bislang hatte sie die leichte Wölbung unter weiter Kleidung problemlos verstecken können. Allsún wusste seit einigen Wochen, dass sie ein Kind erwartete, aber sie hatte noch keine Gelegenheit gefunden, es David zu erzählen. Sie wartete auf den perfekten Moment, um ihm die frohe Botschaft zu verkünden, aber egal, wie viele unterschiedliche Szenarien sie durchspielte, keines davon kam ihr richtig vor. Sie hatte gehofft, dass die Babyschuhe, die Shelley ihnen geschenkt hatte, ein guter Anlass wären, ihn wissen zu lassen, dass er in wenigen Monaten Vater sein würde.

Nun ja, das war wohl doch keine so tolle Idee gewesen. Er hatte ihr unmissverständlich zu verstehen gegeben, dass er keine Kinder mit ihr wollte. Wieder rieb sie über ihren Bauch. Sie hätte schwören können, dass er sich jedes Mal runder anfühlte. Lange würde sie ihren Zustand nicht mehr verbergen können.

Einmal mehr fragte sie sich, ob David diese Dinge auch dann gesagt hätte, wenn er gewusst hätte, dass sie sein Kind bereits unter dem Herzen trug. Ein Teil von ihr war ziemlich sicher, dass dem nicht so gewesen wäre. Doch was spielte das jetzt noch für eine Rolle? Er hatte es nun mal gesagt, und sie war wütend davongerauscht. Und selbst wenn sie nicht um ihrer selbst willen zu ihm zurückging – schließlich liebte sie ihn trotz allem –, sollte sie es vielleicht dem Baby zuliebe tun. Es brauchte einen Vater. Und David würde sein eigenes Kind niemals im Stich lassen, ganz gleich, wie wenig es in seine Lebensplanung passte.

Hinter sich hörte sie ein leises Knarren, als ob jemand ihr Zimmer betrat. Sie hatte so heftig und laut geschluchzt, dass sie nicht mal gemerkt hatte, wie ihre Mutter nach Hause gekommen war.

„Lass mich in Ruhe, Mom. Ich muss einfach ein bisschen allein sein.“ Ihre Stimme klang gedämpft unter dem Berg von Decken und Kissen hervor, in dem sie sich vergraben hatte.

Sie hörte weitere Schritte, aber die Stimme ihrer Mutter war nicht zu hören. Dann drückte eine warme Hand sanft auf ihre Schulter, verharrte dort für einen Moment, bis der Griff plötzlich fester und fester wurde …

„Autsch! Mom, das tut w…“

Ohne Vorwarnung wurde sie nach hinten geschleudert. Sie prallte mit dem Rücken an die Wand, ihr Hinterkopf knallte schmerzhaft gegen den Putz, und sie spürte, wie warmes Blut über ihr Haar lief.

Ihre Mutter stand neben dem Bett und hielt sie mit ausgestrecktem Arm an die Wand gepresst. Aus ihrem Mund höhnte eine entstellte Stimme. „Mommy ist nicht zu Hause.“

Allsúns Augen weiteten sich entsetzt, und sie rang mühsam nach Atem. Die Luft stank nach Schwefel.

Dämon.

Sie wand sich unter dem Griff des Dämons, versuchte mit allen Kräften, sich freizukämpfen, aber vergebens. Die Kreatur kam näher und verzerrte die sonst so freundliche Miene ihrer Mutter zu einer Grimasse aus purem Hass.

„Sieh an, sieh an, was haben wir denn da?“ Ein böses Grinsen zuckte über das Gesicht des Dämons. Er streckte die freie Hand aus und berührte Allsúns Bauch.

„David!“, schrie sie, obwohl sie wusste, dass es nutzlos war. David war nicht da. Er war ihr nicht gefolgt.

Der Dämon kicherte boshaft.

„Bitte, tu mir nichts. Bitte, hab Gnade. Ich bin schwanger.“

„Und genau deshalb werde ich absolut *keine* Gnade zeigen."

„Nein, bitte, tu es nicht. Bitte. Du kannst zurückkommen und mich umbringen, wenn das Baby geboren ist, aber bitte, tu mir jetzt nichts. Tu meinem Baby nichts. Bitte! Ich flehe dich an!"

„Glaubst du wirklich, dass dein Flehen dieses widerwärtige ungeborene Stück Dreck in deinem Leib retten kann? Seinetwegen bin ich schließlich hier."

Der Dämon schob langsam Allsúns Hemd nach oben und fuhr mit einer Hand über ihren nackten Bauch. Die vertraute Berührung ihrer Mutter in Verbindung mit dem Wissen um das absolut Böse, das sich unter deren Haut verbarg, jagte eine eisige Gänsehaut über Allsúns Körper. Sie erschauderte und versuchte, sich dem Dämon zu entziehen.

„*Du* weißt es vermutlich noch nicht, aber ich kann spüren, dass du einen Jungen bekommst. Ich kann bereits seine Macht fühlen. Er wird ein selbstgerechter Exorzist, genau wie sein Vater."

„Nein, das stimmt nicht. Er wird kein Exorzist. Er wird nicht diese Art von Leben führen."

„Du hast recht, das wird er nicht. Weil ich jetzt dafür sorge, dass er erst gar nicht zur Welt kommen wird."

Der Dämon machte eine Bewegung, als stieße er seine Hand tief in ihren Bauch hinein. Ein Schmerz, wie sie ihn nie zuvor gekannt hatte, fuhr durch Allsúns Leib. Sie schrie und wehrte sich nach Kräften gegen die Attacke, aber es nützte nichts. Sie spürte, wie die Hand des Dämons ihr Inneres packte und verdrehte. Und sie fühlte, wie die Lebenskraft des Babys langsam dahinschwand, als ob jemand eine Flamme gelöscht hätte, die in ihr loderte. Ihr Gesicht war nass vor Tränen, und zwischen ihren Beinen strömte

Blut hervor und färbte den Stoff ihrer Jeans in ein warmes, schwärzliches Rot.

Als ihre Schmerzensschreie dem Wimmern einer Kreatur mit gebrochenem Herzen wichen, gab der Dämon sie frei. Sie sackte auf dem Boden zusammen, in einer Lache von Blut. Die sich entfernenden Schritte ihrer Mutter dröhnten in ihren Ohren. Mit letzter Kraft kroch sie ans Fußende ihres Betts, zog die Handtasche zu sich herunter und tastete darin nach ihrem Handy.

Als sie die Nummer eingab, drehte sich bereits alles um sie.

„Notruf 9-1-1. Was haben Sie zu melden?"

Allsún versuchte zu sprechen, brachte aber nur ein schwaches Stöhnen über die Lippen.

„Hallo? Hallo? Ich kann Sie nicht hören. Bitte sprechen Sie lauter."

„Helfen Sie mir", presste Allsún keuchend hervor.

Vor ihren Augen tanzten immer größere schwarze Punkte, und dann verlor sie das Bewusstsein.

11. KAPITEL

Noch immer strömten Tränen über Allsúns Gesicht, während sie versuchte, die furchtbare Erinnerung zu vertreiben. Vom Verstand her wusste sie natürlich, dass die Ereignisse jener Nacht nicht Davids Schuld waren, aber das war egal. Denn was ihr ihre Vernunft sagte, war eine Sache, doch ihr Herz sagte etwas ganz anderes. Immer wieder träumte sie davon, dass David in dem Moment, in dem sie seinen Namen schrie, hereingestürmt kam und sie rettete, nur um beim Aufwachen festzustellen, dass nichts dergleichen geschehen war. Jedes Mal wenn sie aus diesem Traum hochschreckte, war David ebenso weit davon entfernt, das Grauen zu verhindern, wie in jener Nacht.

Es spielte keine Rolle, dass er nicht wissen konnte, was passieren würde, als sie seine Wohnung verließ. Für sie zählte allein der Gedanke, dass ihr Sohn vielleicht noch leben würde, wenn David sie nur genug geliebt hätte, um ihr nachzulaufen. Während sie nun, so lange Zeit nach diesem furchtbaren Ereignis, in seinem Bett lag, überrollte sie ein Gefühl tiefster Einsamkeit. Das waren die schlimmsten Momente, wenn sie nicht nur David vermisste, sondern auch das Baby, das sie verloren hatte, und auch ihre Mutter, die inzwischen gestorben war. Sie wünschte, sie könnte jemals wieder so zufrieden sein wie damals, bevor sie ihren Sohn verlor. Sie hätte ihn beschützen sollen, aber das war ihr nicht gelungen. Sie hatte als Mutter versagt.

Sein Tod war auch ihre Schuld, weil sie David nicht die Wahrheit gesagt hatte, sondern lieber weggerannt war. Sie hatte sich ihren Problemen nicht gestellt, auch wenn sie natürlich ebenso wenig wie David hatte ahnen können, was in dieser Nacht passieren würde. Noch jetzt, Jahre später, fühlte sie darüber so viel Schmerz. Gleichzeitig hatte sie kein wirkliches Ziel für ihre Vorwürfe, niemanden, den sie zur Verantwortung ziehen konnte. Was blieb, waren ihre eigenen Schuldgefühle.

Sie lag auf Davids Bett und gab sich ihrem grenzenlosen Kummer hin, weinte so lange, bis sie keine Tränen mehr hatte. Nicht nur über die Vergangenheit, sondern über all das, was in letzter Zeit über sie hereingebrochen war. Über die Dämonen und die brutal dahingemetzelte Familie und die schrecklichen Dinge, die Robert ihr angetan hatte. Als keine Tränen mehr fließen wollten, ging sie ins Badezimmer, um ihr Gesicht zu waschen und ihre geschwollenen Augen zu kühlen. Dann legte sie sich wieder hin. Doch egal wie lange sie sich hin und her wälzte, sie konnte keinen Schlaf finden.

Sie lauschte in die Stille hinein, ob David vielleicht noch wach war, und dachte an den Kuss, den sie geteilt hatten, und daran, dass sie etwas derartig Emotionales und Elektrisierendes zuletzt empfunden hatte, als sie sich das erste Mal geliebt hatten. Es ließ sich nicht leugnen, dass sie ihn körperlich begehrte. Sie war sich nur nicht sicher, ob sie mit den vielen unverarbeiteten Gefühlen klarkommen würde, wenn sie dieses Begehren zuließ.

Verdammt, allein dieser eine Kuss hatte einen Weinkrampf ausgelöst und die Erinnerung an all das heraufbeschworen, was sie so sehr bereute und gern zurückgenommen hätte. Das konnte doch nur ein Zeichen dafür sein, dass es eine ganz schlechte Idee wäre, mit ihm zu schlafen, oder nicht? Selbst, wenn sie dadurch ihr „Licht“ zurückbekäme.

Sie bemühte sich nach Kräften, dieser Argumentation zu folgen, doch ihr Herz erzählte ihr ganz andere Dinge. Ja, sie weinte aus vielen Gründen, aber vor allem deshalb, weil dieser Kuss ihr mit aller Macht verdeutlicht hatte, wie sehr David ihr wirklich fehlte.

Was in Morganas Namen machte sie da eigentlich?

Schließlich hat das ganze Unheil damit doch erst seinen Anfang genommen: Dass ich nicht meinem Herzen gefolgt bin.

„David?“, rief sie. Keine Antwort. Sie wischte sich ein letztes Mal mit dem Handrücken übers Gesicht und tapste ins Wohnzimmer. „David?“, sagte sie noch einmal.

Sie spähte in die Dunkelheit und sah, wie er sich rührte.

Einen Moment später saß er aufrecht. Er rieb sich den Schlaf aus den Augen und reckte sich. Dann wandte er sich ihr zu. „Hallo, Allie. Brauchst du etwas?“

„Ja, äh, das tue ich tatsächlich. Ich … habe meine Meinung geändert.“

Im nächsten Moment lag sie in seinen Armen, und er küsste sie leidenschaftlich. Sie schmiegte ihren Körper eng an seinen, und seine Erektion drückte gegen ihre Hüfte. Sie schob ihm ihr Becken entgegen, begierig, ihn in sich zu fühlen. Er stöhnte unter ihren Lippen und küsste sie noch härter, drängender und ließ seine Hand in ihren Nacken gleiten. Sanft umfasste er ihren Hinterkopf und hielt sie zärtlich fest, während ihre Münder miteinander verschmolzen.

Eine Energie, knisternd wie Elektrizität, vibrierte durch ihren Körper, und es war genau wie damals, als sie sich das erste Mal geküsst hatten. Zwischen ihren Schenkeln loderte es heiß auf. Seine pulsierende Erregung, so nah an ihrer Haut, jagte Wellen der Begierde durch sie, bis sie vor Verlangen bebte. Mit einer beiläufigen Bewegung riss er ihr das T-Shirt vom Leib. Ihre Brustwarzen richteten sich in der kühlen Luft auf, und ein lustvoller Schauer lief ihr über den Rücken.

Die ganze Situation mochte völlig verkorkst sein, und doch fühlte es sich in diesem Augenblick einfach nur richtig an, schoss es ihr durch den Kopf.

Ohne den Kuss zu unterbrechen, ließ sie ihre Hände über seine Seiten streichen, bis sie die Haut unter seinem Shirt berühren konnte. Er streckte sich, damit sie es ihm über den Kopf streifen konnte, schlang dann beide Arme um sie und ließ die Finger über ihren Rücken abwärts wandern bis zu ihrem Po. Dann hob er sie hoch, bettete sie rücklings auf die Couch und legte sich auf sie. Ungeduldig machte sie sich an seiner Gürtelschnalle zu schaffen.

Wieder drückte er seinen Mund auf ihren, leckte aufreizend an ihrer Unterlippe. „Noch nicht", flüsterte er. „Erst bist du dran."

Sie lächelte und küsste ihn erwartungsvoll. Sie hatte ganz vergessen, wie das war: ein Mann, der zunächst ihr Vergnügen bereiten wollte – und das nur zu gern mit dem Mund. Tom stand auf Blümchensex, für orale Spielereien war er zu konservativ. Plötzlich schoss ihr die Röte ins Gesicht, als sei das hier ihr erstes Mal, und sie erzitterte vor freudiger Erwartung.

David, der einen Pfad hauchfeiner Küsse zu ihrem Bauchnabel zog, hielt inne und sah hoch. „Kitzelt das?"

Sie schüttelte den Kopf. „Nein, ich musste nur gerade daran denken, wie lange es her ist, seit ein Mann das für mich getan hat."

Er hob eine Augenbraue. „Wer würde das nicht tun wollen? Du schmeckst göttlich."

Dann widmete er sich wieder seiner süßen Pflicht, küsste sie auf den Nabel und auf ihren Bauch, bis er schließlich das Gesicht zwischen ihren Oberschenkeln vergrub und sehr sanft ihre Klitoris zwischen die Lippen nahm. Er umkreiste sie mit der Zunge und saugte an der anschwellenden Perle, bis heiße Wellen durch Allsúns Körper rollten. Begierig reckte sie sich ihm entgegen und strich mit beiden Händen über seinen gesenkten Kopf. Sein kurzes Haar fühlte sich unter ihren Fingerspitzen glatt und gleichzeitig rau an. Er ließ eine Hand innen über ihr Bein gleiten hinunter zu ihrem pulsierenden Eingang und tauchte zwei Finger in sie hinein. Sofort fand er ihren G-Punkt und fing an, ihn zu massieren. Sie schrie lustvoll auf, umschloss ihn mit ihrer feuchten Hitze und ahmte den Rhythmus seiner Finger nach, die sie näher und näher zum Höhepunkt brachten.

Das wilde Spiel seiner Zunge an ihrer Klit jagte wilde, sehnsüchtige Schauer über ihre Haut. Die Wärme seines Mundes war unwiderstehlich. Je erregter sie wurde, desto schneller wurden seine Bewegungen – und auch der Takt, in dem ihre Hüften sich seinen Fingern entgegendrängten. Das süße, schmerzliche Ziehen zwischen ihren Oberschenkeln wurde immer stärker. Davids Fingerspitzen ließen sie in einem Strudel der Lust versinken, und ihr G-Punkt sendete prickelnde Stromstöße durch ihren gesamten Körper. Stöhnend bäumte sie sich auf, als sie auf den Orgasmus zutrieb.

„David!“, schrie sie und fühlte, wie sie sich im nächsten Moment vor Wonne aufzulösen schien.

Sie schwamm auf einer Welle reinster Ekstase und verlor sich zum ersten Mal seit Jahren vollkommen in der Lust des Augenblicks.

Davids Erektion zuckte vor Verlangen, als Allsúns Honig in seinen Mund strömte. Er leckte an ihrer Süße wie ein hungriges Tier. Das warme Fleisch ihrer Schenkel schmiegte sich an seine Wangen, während sie sich ihm völlig entfesselt entgegenbäumte. Sie schmeckte nach Ewigkeit.

Lustvoll stöhnte sie auf, während das Nachbeben ihres Höhepunkts sie durchlief. David gab sie frei, erhob sich vom Sofa und streifte seine Jeans ab. Hose und Gürtel fielen mit einem dumpfen Geräusch zu Boden.

Er konnte es kaum mehr erwarten, endlich wieder in ihr zu sein. Es war so lange her. Wie oft hatte er in den letzten Jahren davon geträumt? Er suchte ihren Blick und versank lächelnd in ihren wundervollen smaragdgrünen Augen. Einen Herzschlag später lag er auf ihr, und sie küssten sich gierig, während er sich in Position brachte. Er neigte den Kopf, nahm ihre aufgerichtete Brustwarze in den Mund und fuhr mit der Zunge über die harte kleine Spitze. Allsún seufzte sehnsüchtig auf. Er umfasste ihre freie Brust, die perfekt in seine Hand passte. Er liebte es, ihre samtweichen Brüste zärtlich zu berühren, und auch das Vergnügen, das er Allsún damit bereitete. Danach ließ er sie los und küsste sie noch einmal, wild und leidenschaftlich.

„Ich will ganz tief in dich hinein", murmelte er.

Um ihre Lippen zuckte ein Lächeln, das er als Aufforderung verstand.

Mit einem einzigen Stoß war er in ihr. Vor Erregung schrie sie auf und warf den Kopf in den Nacken, als ihre feuchte Hitze sich ganz eng um ihn zusammenzog. Er füllte sie vollkommen aus, trieb sie zum Äußersten, während er noch tiefer in sie eindrang. Es fühlte sich einfach wundervoll an. Wie sehr hatte er dieses Gefühl vermisst!

„Du magst es, wenn ich so tief in dir bin, nicht wahr?" Wieder schob er sich kraftvoll in sie hinein.

Sie bäumte sich stöhnend unter ihm auf.

„Das soll wohl ein Ja sein."

Er setzte sich auf, hob ihre Beine an und legte sich ihre Unterschenkel über die Schultern. Er wusste, wie sie es am liebsten hatte, und genau das wollte er ihr geben. Er beugte sich weiter vor und presste ihre Beine dadurch gegen ihren Oberkörper. Als er sah, wie geschmeidig sie seinem Druck nachgab, entrang sich seiner Brust ein tiefes, beinahe animalisches Knurren. Oh Mann, er wurde von Sekunde zu Sekunde schärfer auf sie. Und er würde dafür sorgen, dass sie noch lange nicht genug von ihm kriegen konnte.

„Nimm mich", wisperte sie.

Laut stöhnte er auf und knabberte an ihrem Ohrläppchen. „Was hast du gesagt?"

„Ich sagte, nimm mich!"

„Darum lasse ich mich nicht dreimal bitten." Hart stieß er in sie hinein und umfasste gleichzeitig ihren süßen Po mit beiden Händen, sodass er noch tiefer und kraftvoller in sie eindringen konnte. Dabei drehte er die Hüften so, dass er sie so nehmen konnte, dass sie unter Garantie zu einem gewaltigen Höhepunkt kommen würde. Ihre feuchte Glut hinterließ einen geschmeidigen Schimmer auf ihm. David beobachtete, wie er in sie hinein- und dann aus ihr herausglitt, wieder und wieder. Es machte ihn völlig verrückt zu sehen, wie sie seine gesamte Länge in sich aufnahm. Ihre inneren Muskeln umklammerten ihn, als sie sich einem weiteren Orgasmus näherte.

„David!" Ihr ekstatischer Ausruf verriet ihm, dass die ersten Schauer der Erlösung sie durchliefen. Er sah ihr dabei zu, wie sie von einer Welle zur nächsten und schließlich zum Gipfel getragen wurde, wo sie in purem, wildem Vergnügen unterging. Gleichzeitig wusste er, dass sein eigener Höhepunkt unmittelbar bevorstand. Enger und enger umschloss ihn ihre Hitze, bis sie ihn schließlich mit sich riss. Er ritt auf den Wogen seiner eigenen Ekstase ins Ziel und ergoss sich in Allsún. Ein letztes wohliges Beben durchzuckte ihn, danach zog er Allsún befriedigt in seine Arme.

Er wollte ihr so gern sagen, wie sehr er sie vermisste und dass er sie immer noch mehr liebte, als sie es sich vorstellen konnte, doch er begnügte sich damit, sie stattdessen zärtlich zu küssen.

Die Herrin würde dieses Szenario gewiss zu schätzen wissen. Angesichts des namenlosen Horrors in den Augen der Frau, die um ihr Leben flehte, lief Sammael ein freudiges Prickeln über den Rücken. Er lebte für Momente wie diesen. Das warme Blut wich aus ihrem angstvoll verzerrten Gesicht und sammelte sich unter der Glasscherbe, die in ihrer Gebärmutter steckte. Der Anblick allein war schon genug, um ihn in einem Maße zu erregen, von dem diese jämmerlichen Menschen nicht einmal träumen konnten.

Zu schade, dass er diesmal keins seiner Opfer anhatte. Den Körper eines Familienmitglieds zu benutzen, um die anderen umzubringen, machte einfach zu viel Spaß. Diese erste Familie war in dieser Hinsicht wirklich unbezahlbar gewesen. Aber immerhin trug er diesmal einen Nachbarn, der nun hilflos mit ansehen musste, wie er zum Werkzeug eines Gemetzels wurde, das fast genauso gut war.

Der Puls der Frau beschleunigte sich erst und wurde dann langsamer. Sie fiel in einen Schockzustand, während sie langsam verblutete. Sammael genoss den dummen, würdelosen Gesichtsausdruck des Ehemanns, als dieser der Frau, die er liebte, beim Sterben zusehen musste. Dann riss er die Glasscherbe aus ihrem Unterleib. Was könnte er damit noch Lustiges anstellen? Die schmerzerfüllte Miene des gefesselten, hilflosen Mannes, der wusste, dass es keine Hoffnung mehr gab, seine Frau zu retten, brachte ihn auf eine Idee. Er warf einen zufriedenen Blick auf die blutige Scherbe, dann zog er sie über ein geöffnetes Auge der Frau, nur um den Ehemann noch heftiger weinen zu sehen. Die Frau wand sich in Krämpfen, über ihre Lippen kam ein letztes Gurgeln, das zu Sammaels Ärger jedoch sogleich vom jämmerlichen Geheule des Mannes übertönt wurde.

Egal, der Kerl würde nicht mehr lange Gelegenheit dazu haben, lästige Geräusche von sich zu geben. Sammael hatte ihm nach dem Fesseln die Leber aufgeschlitzt, und nun würde der Mann im Laufe der nächsten Stunden sehr langsam verbluten und dabei gezwungenermaßen auf die verstümmelte Leiche seiner Frau starren. Ihm blieb also genug Zeit, sich das ganze Ausmaß seines Leidens bewusst zu machen. Und auch, um sich mit der Frage zu quälen, ob er seine Frau womöglich hätte retten können. Ob sie vielleicht noch leben könnte, wenn er nur ein paar Minuten später mit ihr nach Hause gekommen wäre. Zu wissen, dass der Mann jetzt durch diese Psycho-Hölle der Schuldgefühle und „Was wäre wenn?"-Gedanken ging, war die reinste Wonne für den Dämon.

Schwarzes Blut. Schmutziges menschliches Blut, direkt aus der Leber.

Es war ein herrlich dreckiges Vergnügen, den Mann darin liegen zu sehen, während er starb. Doch was Sammael am liebsten mochte, waren die Geräusche: das Kreischen, das Flehen, das nasse Klatschen von Blut auf überteuertem Parkettboden. Seine Herrin würde begeistert sein.

Und für diese beiden Dreckstücke, den Hunter und seine wertlose Elfenschlampe, war das hier genau das *Richtige*. Der Exorzist würde sich heulend auf sein schickes Motorrad setzen und gleich losbrausen, und das machte das Ganze noch viel besser. Wenn Aronowitz auch nur ahnen würde, was er und die Herrin vorhatten!

Und dann würde seine Herrin die beiden in Stücke reißen, und es gab nichts, was sie dagegen tun konnten.

12. KAPITEL

David wusste nicht, was schlimmer war: das Läuten des Weckers oder die Aussicht, das Bett verlassen zu müssen, in das sie irgendwann in der Nacht umgezogen waren. Der penetrante Piepston gellte in seinen Ohren, und er zog Allsún, die in seinen Armen lag, noch ein bisschen enger an sich. Am liebsten hätte er sie nie wieder losgelassen. Zur Hölle mit diesen Execution-Underground-Versammlungen bei Morgengrauen. Er wollte nicht, dass diese Nacht endete. Der Wecker lärmte weiter, als eindringliche Erinnerung an die Pflichten, die zu erfüllen er geschworen hatte.

Verdammter Mist.

Nachdem er sich noch dreißig Sekunden an ihrer Seite gegönnt hatte, löste er sich sanft von Allsún und schlüpfte vorsichtig unter der Decke hervor. Sie schlief friedlich weiter, während er den Wecker ausstellte. Ihre Fähigkeit, alle Störungen zu ignorieren, hatte ihn schon immer erstaunt. Die letzte Nacht war anders verlaufen, als er erwartet hatte, aber es gab nicht den geringsten Grund, sich darüber zu beschweren, im Gegenteil: Er war zutiefst dankbar. Seit dem Tag ihrer Trennung hatte er von einer solchen Wiedervereinigung geträumt. Klar, ihre anfängliche Zurückweisung hatte wehgetan, aber jede Erinnerung an diesen Schmerz hatte sich in Wohlgefallen aufgelöst, als sie ihn weckte. Er schaute sinnend auf die Uhr in seiner Hand, dann zurück zu Allsún.

Ja, zweifellos gab es keine bessere Art aufzuwachen als so, wie sie ihn in der vergangenen Nacht geweckt hatte. So viel stand fest.

Er grinste. Oh, es fiel ihm verteufelt schwer, die Wohnung zu verlassen, und doch zog er sich an, verteilte seine

Waffen auf diverse Taschen und Halfter und rüstete sich auch mental für den Tag. Dann riss er einen Zettel von dem Notizblock, der am Kühlschrank hing, und kritzelte eine Nachricht darauf, um Allsún wissen zu lassen, wo er war. Er verschloss und verriegelte die Tür nach allen Regeln der Kunst von außen, bevor er sich auf den Weg machte. Allie würde hier sicher sein, davon war er überzeugt.

Zwanzig Minuten später betrat er das Lagerhaus. Seine Schultern waren angespannt, und er hielt den Kopf gesenkt. Zwar hatte er gerade eine atemberaubende Nacht mit Allsún verbracht, aber das spielte hier und jetzt keine Rolle. Er wusste, dass die Informationen, die auf ihn warteten, höchstwahrscheinlich nicht sehr erfreulich sein würden. Er stapfte in den Besprechungsraum und ließ sich auf seinen angestammten Platz fallen. Damon, Trent und Ash waren schon da.

„Gibt's was Neues?", erkundigte er sich.

Damon schüttelte den Kopf. „Wir hören sie uns gemeinsam an."

Na toll. Das hieß, dass er so lange würde warten müssen, bis alle da waren, Jace eingeschlossen. „Wo ist Shane?"

Ash lehnte sich in seinem Stuhl zurück und sah dabei völlig entspannt aus. „Hält gerade eines seiner Seminare ab. Er sagt, wenn wir ihn brauchen, sollen wir ihn anrufen."

„Ich habe ihm mein Okay gegeben", fügte Damon hinzu.

„Dann warten wir also nur noch auf Jace?", fragte David.

Damon nickte und runzelte missmutig die Stirn.

Gut zehn Minuten später trat Jace die Tür zum Lagerhaus auf und schlenderte so lässig herein, als hätte er es sich zur Gewohnheit gemacht, zu spät zu wichtigen geheimen Versammlungen zu kommen ... Moment mal, das hatte er ja tatsächlich. Er trug eine große braune Papiertüte in der Hand.

Damon starrte ihn finster an. „Du bist zu spät."
„Und was gibt's sonst noch Neues?"
„Was hast du denn in der Tasche?", wollte David wissen.
Jace griff in die Tüte und zog eine große Flasche Johnnie Walker Blue Label und eine längliche Holzschachtel hervor.
„Was hat das zu bedeuten?" Damons Stimme war praktisch ein Knurren.
Jace öffnete die Schachtel und holte eine lange, dicke kubanische Zigarre heraus. Er biss das Ende ab, hielt sein Feuerzeug an die Spitze und begann zu paffen. Dann stieß er genüsslich eine Qualmwolke aus und packte die Whiskyflasche am Hals.
„Es hat Folgendes zu bedeuten, ihr Bekloppten: Ich werde Vater!"
David war ziemlich sicher, dass ihm die Kinnlade fast bis auf den Betonboden fiel, bevor er sich wieder fing und übers ganze Gesicht grinste. „J., du verrückter Mistkerl." Er stand auf, um Jace die Hand zu schütteln, aber dann wurde doch eine herzliche Umarmung daraus. „Gratuliere, Kumpel."
„Du und Frankie, ihr kriegt ein Baby?", fragte Trent.
Jace schüttelte den Kopf. „Kein Baby. *Babys.*" Er hielt zwei Finger hoch.
Trent starrte ihn fassungslos an. „Sie kriegt Zwillinge?"
Jace nickte.
„Mann, ich werd nicht mehr!" Ash streckte eine Hand aus. „Herzlichen Glückwunsch."
David versuchte, sich Jace als Familienvater vorzustellen. Er wusste, wie loyal Jace der eigenen Mutter gegenüber gewesen war, bis sie starb, und wie viel Familie ihm bedeutete. Deshalb hatte ihn das verantwortungslose Verhalten seines Vaters ja auch besonders schwer getroffen. Dass er

nun Kinder mit Frankie haben würde, war eine große Sache, etwas, auf das er sich freuen konnte. David wünschte sich, dass er damals nicht zu feige gewesen wäre, etwas Ähnliches mit Allsún zu versuchen.

Er schüttelte lächelnd den Kopf und war überglücklich für seinen Freund. „Wow. Das sind ja umwerfende Neuigkeiten. Ich freue mich so für dich."

Damon stand auf, ging um den Tisch herum und streckte Jace die Hand entgegen.

Jace starrte sie an, als wäre sie von Giftschlangen bedeckt, bevor er sie endlich ergriff und schüttelte.

„Ich gratuliere", sagte Damon.

Jace senkte dankend den Kopf.

Zu Davids Überraschung bestand Damon nicht darauf, dass alle sofort wieder an die Arbeit gingen. Er hatte seinen Chef in all den Jahren noch keinen Tropfen Alkohol trinken sehen, doch jetzt stießen alle anwesenden Jäger mit Jace auf sein bevorstehendes Vaterglück an. David lehnte sich entspannt in seinem Stuhl zurück und hörte zu, wie sein bester Freund von Umzugsplänen erzählte. Jace wollte in einen besseren Teil der Stadt übersiedeln, vielleicht sogar in einen Vorort, jedenfalls an einen sicheren Ort für seine zukünftige Familie. Als er sah, wie glücklich Jace war und wie sich seine Kollegen mit ihm freuten, und dann an Allsún dachte, die nach ihrer großartigen Liebesnacht nackt und wunderschön in seinem Bett lag, gelang es ihm beinah für eine Sekunde, seine Probleme zu vergessen und den ganzen grässlichen Mist, mit dem er sich zurzeit herumschlagen musste.

Als alle ihr Gläser geleert und ihre Waffen abgelegt hatten, begaben sie sich geschlossen in den Kontrollraum. Sofort wich die unbeschwerte Fröhlichkeit geschäftsmäßiger

Nüchternheit. Und plötzlich bestand nicht mal mehr der Hauch einer Chance, die schrecklichen Neuigkeiten zu verdrängen, die er zweifellos gleich zu hören bekommen würde.

Seine Befürchtungen bestätigten sich, sobald Chris' Gesicht auf dem Monitor auftauchte. Chris war ihr Kontakt zum HQ. „Hey, Leute. Euch wird nicht gefallen, was ich euch zu sagen habe. Vor allem dir nicht, David, immerhin geht's um deinen Fall."

David stieß einen Fluch aus. Verdammter Mist, konnte er nicht mal eine Atempause kriegen? „Schnell raus damit, dann tut's nur kurz weh. Wie beim Pflasterabreißen."

„Nun ja, ich habe den Proben, die du geschickt hast, so gut wie gar nichts entnehmen können."

Ihm antwortete ein kollektives Stöhnen.

„Alle Blutbilder waren normal, bis auf das des Vaters. Der hatte logischerweise einen ungewöhnlich hohen Schwefelgehalt im Blut, schließlich war er ja besessen. Die anderen, einschließlich des Säuglings, hatten völlig unauffällige Befunde. Das einzige Medikament, von dem ich aber auch nur Spuren gefunden habe, war ein Asthmamittel im Blut des Teenagers. Und die Mutter hatte einen erhöhten Östrogen- und Progesteronspiegel, was heißt, dass sie das Baby vermutlich noch gestillt hat."

„Was ist mit dem Schwefel im Blut des Vaters? Hast du ihn durch die Datenbank gejagt, um herauszufinden, um was für eine Art Dämon es sich handelt?"

Chris nickte. „Ja, hab ich, aber es gab keine Treffer. Das bedeutet, dass uns das, womit du es hier zu tun hast und was immer es sein mag, bislang noch nicht untergekommen ist."

Verdammt. Das war nun wirklich das Letzte, was David hören wollte. Wenn sie es geschafft hätten, den speziellen

Dämonentyp zu bestimmen, wäre das nicht nur ein wichtiger Hinweis darauf, wo der Dämon zu finden war, sondern auch auf bestimmte Waffen oder Exorzismus-Riten, mit denen er ihm beikommen könnte.

„Aber zum Glück für dich bin ich jemand, der auch mal über den Tellerrand schaut." Chris' Bemerkung riss David aus seinen Gedanken. „Also habe ich mir die Freiheit genommen, nicht nur nach einem hundertprozentigen Treffer zu fahnden, sondern auch nach Ähnlichkeiten. Und dabei bin ich auf das hier gestoßen." Er drückte eine Taste seines Computers, und auf dem Bildschirm tauchte neben seinem Gesicht ein Profil auf, über dem das Wort *Abyzu* aufblinkte.

David stöhnte auf. „Das kann ja wohl nicht dein verdammter Ernst sein. Ich wusste es."

Chris zog die Brauen hoch. „Was ist denn? Hast du etwa was Bestimmtes gegen Abyzus?"

David schüttelte stumm den Kopf. Als seine Kollegen ihn weiter fragend ansahen, seufzte er tief. „Genau davor hatte ich Angst", bekannte er dann. „Abyzus sind nämlich die scheußlichsten kleinen Mistkerle, die einem über den Weg laufen können. Aber das bestätigt immerhin meine Theorie über die Verbrechen."

„Welche Theorie?", wollte Damon wissen.

„Es ist nur ein Bauchgefühl, da wir überhaupt keine Beweise haben, doch bei näherer Untersuchung der Tatorte deutete einiges darauf hin, dass es dem Dämon vor allem darum ging, die Babys zu ermorden. Normalerweise ist es die Spezialität eines Abyzus, in Kinder zu fahren, um die Eltern zu quälen und sich an ihrer Furcht zu laben. Ich glaube, dass wir es hier mit etwas Ähnlichem zu tun haben. Aus einem Blutfleck, den ich an einem Stuhl gefunden habe, und der Position der Leichen lässt sich schließen, dass die Mutter versucht hat, ihr kleines Mädchen zu retten, aber zur Seite geschleudert wurde. Und ich habe mich gefragt, warum der Dämon sie nicht gleich getötet hat, als sie ihn bei seiner entsetzlichen Tat störte. Der einzige Grund, den ich mir vorstellen kann, lautet: Er brauchte die Frau lebend. Ich glaube, er hat eine Art Ritual vollzogen, für das er als Energiequelle den Schrecken und das Grauen der Eltern benötigte, die mit ansehen mussten, wie ihre Kinder umgebracht wurden."

„Das ist so verdammt krank", sagte Ash. „Manchmal bin ich wirklich dankbar, dass ich es mit Geistern zu tun habe statt mit diesen verrückten Biestern, die ihr am Hals habt."

„Oh Mann, ich weiß nicht so recht. Bei Geistern überkommt mich das Gruseln." Trent erschauderte. „Ich glaube, wir haben es alle gerade mit ziemlich üblem Mist zu tun."

Damon schaute David an. „Zurück zum Thema. Hast du noch etwas hinzuzufügen?"

David schüttelte den Kopf. „Nein, das ist alles, was ich bislang habe. Abyzus mögen Babys – Säuglinge, keine Kleinkinder –, das heißt, wenn dieser Bastard ähnliche Vorlieben hat, dann kann ich ihm nur auf die Spur kommen, wenn ich sämtliche Familien in Rochester mit Kindern bis zu einem Jahr unter ständige Beobachtung stelle. Und das dürfte ein Ding der Unmöglichkeit sein. Ich bin also, genaugenommen, am Arsch." Er unterdrückte nur mühsam das Bedürfnis, mit der Faust auf den Tisch zu schlagen.

„Chris, es muss doch etwas geben, was das Hauptquartier da tun kann, oder nicht?", sagte Jace. „Ich meine, allein der verfluchte Medienrummel um die beiden ermordeten Familien wird schon dafür sorgen, dass in jedem verdammten Haushalt in der Stadt und den Vororten nackte Panik ausbricht."

Chris presste nachdenklich die Lippen zusammen. „Wer von euch kümmert sich denn um den technischen Kram in eurer Division?", fragte er dann. „Shane, stimmt's?"

Alle nickten.

„Er gibt heute Morgen ein Seminar an der Universität." Jace machte eine wegwerfende Handbewegung. „Du weißt schon, für irgendwelche Intelligenzbestien."

David verdrehte die Augen. Er und Jace hatten sich noch nie über den Wert von Bildung einigen können. Jace besaß eine natürliche Intelligenz, auf die er sich bislang stets verlassen hatte. David verfügte über Bücherwissen, weil er sich dazu gezwungen hatte, fleißig zu lernen und aufs College zu gehen. Er für seinen Teil bewunderte Shanes überragendes Genie und auch, dass dieser sich die Zeit nahm, sein Wissen mit anderen zu teilen.

„Okay, ich glaube, ich habe eine Idee, wie wir es mit seiner Hilfe bewerkstelligen können, alle Familien in Rochester, die Babys unter zwölf Monaten haben, im Auge zu behalten", verkündete Chris.

Shane war ausgesprochen schlau, aber David konnte sich nicht mal ansatzweise vorstellen, worauf Chris hinauswollte. Wie konnte er auch nur glauben, dass es einen Weg gab, so viele Menschen zu kontrollieren? „Wie um alles in der Welt sollen wir das anstellen?"

„Ganz einfach." Chris hob einen Zeigefinger. „Über Satellit. Wenn ich das Hauptquartier dazu bewegen kann zuzustimmen, können wir einen Spionagesatelliten der Regierung anzapfen, um die Familien zu überwachen."

David schüttelte den Kopf. Das Ganze klang für seinen Geschmack völlig abwegig. „Und woher wissen wir, welche Familien wir überwachen müssen?“

Chris lächelte. „Genau da kommt Shane ins Spiel. Er soll mich möglichst zügig kontaktieren. Er kann die Dateien der örtlichen Krankenhäuser hacken oder der Sozialeinrichtungen … was immer er braucht. Mir ist klar, dass es Frauen gibt, die ihre Kinder zu Hause zur Welt bringen, mit Hebammen oder wie auch immer, aber zumindest kriegen wir auf diese Weise einen Überblick über die große Mehrheit der potenziellen Opfer. Das könnte die Lösung sein. Holt mir einfach so schnell wie möglich Shane in die Leitung, damit wir die Details ausarbeiten können.“

David öffnete schon den Mund, um etwas einzuwenden, doch Damon unterbrach ihn, bevor er das erste Wort über die Lippen bringen konnte. „Und wenn wir die Familien identifiziert haben, wie schaffen wir es, sie tatsächlich umfassend zu beobachten?“

Chris tippte ein paar Sekunden auf seiner Tastatur herum, und auf dem Monitor tauchte ein neues Bild auf mit verschiedenen Rot-, Gelb- und Orangetönen. „Wir werden per Wärmebild-Aufklärung ins Innere ihrer Häuser schauen können. Alle Dämonen haben eine extrem hohe Körpertemperatur, vor allem, wenn sie in jemanden gefahren sind. Wir haben hier ein paar Auszubildende, die mir noch einen Gefallen schulden. Sie können die Haushalte von hier aus im Blick behalten, es ist also nicht nötig, dass einer von euch stundenlang hier sitzt und auf einen Bildschirm starrt. Ich sorge dafür, dass ihr beim ersten Anzeichen dämonischer Aktivität kontaktiert werdet.“

Damon ergriff wieder das Wort. „David wird dafür sorgen, dass Shane innerhalb der nächsten Stunde hier ist. Danke, Chris."

Jace lachte leise. „Ich habe keine Ahnung, ob das funktionieren kann oder nicht, aber, Chris, wenn du diese Sache erfolgreich durchziehst, dann sorge ich höchstpersönlich dafür, dass Davids Großmutter dir so viel von ihrem sensationellen Kuchen schickt, wie du bis ans Ende deiner Tage essen kannst."

Chris grinste. „Es ist mir ein Vergnügen – und ich freue mich schon auf den Kuchen."

Damon drückte einen Schalter, Chris' Gesicht verschwand, und der Bildschirm wurde schwarz.

David beugte sich in seinem Stuhl vor. „Und was soll ich solange tun? Ich habe keine Möglichkeit, dieses Ding aufzuspüren, aber ich kann auch nicht einfach faul auf meinem Hintern sitzen bleiben. Das Blut dieser Familien klebt an meinen Händen."

Ash schnalzte missbilligend mit der Zunge. „David, du solltest langsam wissen, dass es keinen Zweck hat, sich zu geißeln. Aber du tust es trotzdem, das sehe ich dir an der Nasenspitze an. Nichts von dem, was passiert, ist deine Schuld. Es sind diese verdammten dämonischen Scheißkerle, die das anrichten. Nicht du. Du tust nur dein Bestes."

David musste unwillkürlich über Ashs gedehnten Südstaaten-Singsang lächeln. Er war dankbar für die aufmunternden Worte und für Chris' Bemühungen, aber er konnte eine düstere Vorahnung trotzdem nicht abschütteln. Er wusste, dass ihr Plan nicht narrensicher war, und jeder Rückschlag würde unabwendbar auf ihn zurückfallen. „Du gibst dir redlich Mühe, Ash, aber nichts, was du sagst, kann mir ein besseres Gefühl geben, es sei denn, du kannst mir verraten, wer die nächsten Opfer sind und wie ich sie beschützen kann."

Ash zuckte mit den Schultern. „Ich wollte es wenigstens versucht haben."

David setzte sich aufrecht hin und setzte seine ganze Kraft daran, seine negative Einstellung zum Teufel zu jagen. Ja, die Sache stank abscheulicher als ein in die Enge getriebener Skunk, aber ihr Plan war besser als nichts. „Ich rufe Shane an und hinterlasse ihm eine Nachricht."

Damon schlug mit der Hand auf den Tisch. „Gut. Bis Shane und Chris die technischen Details ausgearbeitet haben, ist die Versammlung verschoben."

David wollte schon eine Bemerkung darüber machen, dass ausnahmsweise keiner vor dem offiziellen Ende der Veranstaltung wütend aus dem Raum gestürmt war, besann sich dann aber eines Besseren. Während seine Hunter-Kollegen sich davonmachten, zog er sein Handy aus der Hosentasche, um Shane anzurufen. Er hoffte wirklich, dass Chris' Plan funktionieren würde und seine Großmutter all diese Kuchen backen musste.

13. KAPITEL

Wenn es etwas gab, was Shane hasste, dann waren es Studenten, die ihre Handys während des Seminars anließen. Nichts sagte deutlicher „Studieren interessiert mich nicht“ als ein im Unterricht entgegengenommenes Telefonat. Das aufdringliche Surren einer eingehenden SMS war nur unwesentlich besser.

Er räusperte sich. „Okay, wessen Handy ist das?“

Die Studenten ließen ihre Blicke schweifen, um dem Übeltäter auf die Schliche zu kommen. Schließlich hob eine eifrige Studienanfängerin in der ersten Reihe die Hand.

„Dr. Grey, ich glaube, das Geräusch kommt aus Ihrer Umhängetasche.“

Shane musterte die Tasche, die auf seinem Schreibtisch lag. Er zog sein Telefon heraus, und als er das Mailbox-Symbol blinken sah, ging ihm auf, dass das Mädchen recht hatte. Die Nachricht war von David. Verdammt. Er wandte sich wieder seinem Seminar zu. „Fünf Minuten Pause.“

Er verließ den Raum unter lautstarkem Geschnatter der Studenten. Als er draußen vor der Tür stand, drückte er die Rückruftaste und wartete.

Sekunden später dröhnte Davids tiefe Stimme an seinem Ohr. „Ich brauche deine Hilfe.“

So viel hatte Shane sich bereits denken können. Noch nie hatte ihn einer seiner Teamkollegen angerufen, um einfach nur nett mit ihm zu plaudern. „Ich bin gerade mitten in einem Seminar. Was kann ich denn für dich tun?“

„Die Patientendateien sämtlicher Krankenhäuser in Rochester und Umgebung hacken.“

Shane klappte die Kinnlade herunter. Dann polterte er los. „Warum zum Teufel sollte ich …“

„Weil es unsere einzige Hoffnung ist, einen babymordenden Dämon zu schnappen“, fiel David ihm ins Wort. „Chris wird dir erklären, was mit den Informationen zu tun ist.“

Shane stieß einen aus tiefstem Herzen kommenden Seufzer aus. Er würde wohl für alle Zeiten mit diesen Routinejobs geschlagen sein. Das hatte er davon, dass er in eine Gegend mit nur minimaler okkulter Aktivität gezogen war – wobei Hexen heutzutage nirgends mehr besonders aktiv waren – und als Einziger der Division über ausreichende technische Fähigkeiten verfügte, diese Arbeiten zu erledigen.

„Du tätest mir wirklich einen Riesengefallen“, sagte David.

„Wie wichtig ist das Ganze, auf einer Skala von eins bis zehn?“

„Zehn. Wenn es nicht funktioniert, könnte es bald eine weitere tote Familie geben.“

Shane schwieg einen Augenblick, um seine nächsten Schritte zu planen. Am besten zog er sich so schnell wie möglich in sein Büro zurück. „Das heißt, ich soll Chris anrufen, um weitere Informationen zu bekommen?“

„Genau. Du weißt ja, wie so was läuft.“

„Ach, übrigens, ich habe noch nichts über das Symbol gefunden, das du mir gegeben hast. Ich bin auf ähnliche Zeichnungen gestoßen, aber es war nichts dabei, das wirklich passt. Ich bleibe dran.“ Er spähte durch das kleine rechteckige Fenster in der Tür zum Seminarraum, um zu sehen, was seine Studenten da drinnen so trieben. Sie waren noch relativ ruhig. „Dafür hab ich was bei dir gut.“

David lachte leise. „Das hast du doch immer.“

Shane verabschiedete sich hastig und steckte das Handy ein. Dann atmete er einmal tief durch und kehrte ins Seminar zurück. Sofort wurde es still.

Er öffnete seine Tasche und begann, seine Unterlagen hineinzuschieben. „Mir ist etwas dazwischengekommen, der Unterricht ist für heute beendet. Das heißt aber nicht, dass Sie sich um Ihren Essay drücken können. Der ist trotzdem für morgen fällig."

Das Scharren von Stühlen, die zurückgeschoben wurden, und das Rascheln von Rucksäcken und Taschen, die geöffnet und wieder geschlossen wurden, übertönte beinahe die gemurmelten Gespräche der Studenten.

„Dr. Grey?", rief eine Stimme aus der hinteren Reihe.

O Gott, nicht schon wieder sie.

Vera Sanders hob die Hand. „Fallen Ihre Sprechzeiten heute Abend ebenfalls aus?"

Alles in ihm wollte antworten, dass das leider der Fall war. Andererseits schuldete er seinen Studenten wohl wenigstens diese Bürostunde, wenn er schon das Seminar vorzeitig beendete. Er musste in die hermetisch gesicherten Computer der Division HQ kommen, bevor er irgendwelche Datenbänke hacken konnte, aber sobald das erledigt war, konnte er auf den Campus zurückkehren. „Nein, aber sie fangen ein bisschen später an. Ich schicke eine Rundmail mit den neuen Terminen", sagte er, bevor er es sich anders überlegen konnte.

Eine beschissene Entscheidung. Er wusste, dass er seine Sprechstunde vermutlich hätte abblasen sollen – *auch ihretwegen* –, aber er brachte es einfach nicht fertig. Es würde eine lange Nacht werden.

Allsún gähnte und streckte sich wie eine Katze. Sie kuschelte sich tiefer in die Decken und umarmte ihr Kissen wie einen Liebhaber. Apropos Liebhaber … Sie rollte sich auf die andere Seite, aber der Platz neben ihr war leer. Hatte David sich etwa, nachdem er sie ins Bett getragen hatte, irgendwann wieder aufs Sofa zurückgezogen?

Sie schob die Decken zurück und zwang sich dazu aufzustehen, obwohl sie noch immer angenehm benommen war von den Ereignissen der Nacht. Ihr ganzer Körper pulsierte. Es war das süße Nachbeben vieler Stunden voller atemberaubendem Sex.

Sie grinste. Was war das doch für eine verrückte Nacht gewesen!

Allsún ging zum Wohnzimmer und schaute durch die geöffnete Tür zum Sofa.

Keiner da. Wo war David bloß?

Sie ging sofort durchs Wohnzimmer in die Küche, um dort nach einer Notiz zu suchen. Wie sie es sich gedacht hatte – und genau wie damals, als sie zusammen waren –, hing eine Nachricht an der Kühlschranktür, unter dem Magneten, den sie ihm von einer Irland-Reise mitgebracht hatte: Darauf war ein Bild von James Joyce und das Zitat aus *Ulysses* über die „rotzgrüne" und „skrotumzusammenziehende" Irische See. Sie zog den Zettel unter dem Magneten hervor und überflog ihn.

Allie, bin bei der EU-Versammlung. Wollte dich nicht wecken. Bin bald wieder da. Lass die Tür verschlossen. Alles Liebe, David

Sie knüllte die Notiz zusammen und warf sie in den Mülleimer. Dann sah sie nach, wie spät es war. Schon fünf Uhr nachmittags. Mann, sie hatte den ganzen Tag verschlafen. Nun ja, sie war ja auch bis zum Morgengrauen wach gewesen.

Sie ließ ihren Blick durch das Apartment schweifen und überlegte, ob sie den Fernseher einschalten sollte. Doch das dumpfe Ziehen in ihren Gliedern überzeugte sie davon, dass es keine schlechte Idee war, einfach im Bett zu bleiben, bis David zurückkam. Sie hatte sich gerade wieder in ihr gemütliches Nest gekuschelt, als sie hörte, wie der Knauf der Eingangstür gedreht wurde.

Still, aber freudig erregt blieb sie liegen und wartete auf das Geräusch, das Davids Motorradstiefel auf dem Teppichboden machten. Sie wartete, dass seine Schritte näher kamen, aber die Tür zur Wohnung öffnete sich nicht.

Sie stützte sich auf einen Ellbogen und lauschte. Noch immer wurde am Knauf gerüttelt.

Oh verdammt. Das war nicht David.

So leise sie konnte, schlüpfte sie aus dem Bett und schlich zur Tür. Dann stellte sie sich auf die Zehenspitzen und spähte durch den Spion. Auf der anderen Seite der Tür stand eine schlanke blonde Frau. Allsún war mit einem Schlag hellwach. Sie brauchte der Frau nicht in die Augen zu blicken, um zu wissen, dass sie besessen war.

Zweimal verdammt! War dieser Dämon hinter ihr her oder hinter David?

Wie auch immer, sie musste handeln, und zwar schnell. Der Knauf ruckelte noch immer, während der Dämon versuchte, die Tür aufzubekommen. Allsún scherte sich nicht länger darum, ob man sie hören konnte. Sie rannte in Davids Badezimmer.

Ein Schutzzauber. Sie brauche irgendetwas, um einen Schutzzauber herzustellen.

Sie riss die Schranktüren unter dem Waschbecken auf und fand eine Dose Rasierschaum. Sie zog den Deckel ab und rannte ins Schlafzimmer. Sie betete, dass sie sich noch auf alle Feinheiten der rettenden Symbole besinnen konnte. Allsún ließ sich auf die Knie fallen, schüttelte die Dose und fing an, ein Muster auf Davids beigefarbenen Teppich zu sprühen. Das Rütteln an der Tür wurde stärker, und schließlich dröhnte der laute Knall eines Fußtritts durch das Apartment. Offenbar versuchte der Dämon jetzt, sich mit roher Gewalt Einlass zu verschaffen.

Wenn sie sich bloß an die Kombination des Schließfachs unter Davids Bett erinnern könnte. Dann hätte sie wenigstens noch etwas von Menschenhand geschaffene Macht, um ihre Elfenkräfte zu verstärken. Sie zeichnete das letzte Symbol in die dreieckige Form und warf die Dose zur Seite.

Mit einem letzten Fußtritt verschaffte sich der Dämon Einlass.

Verdammt. Verdammt. Verdammt.

Allsún entfernte sich rückwärts kriechend von dem Symbol. Der Dämon stürzte sich mit ungebremstem Tempo auf sie und lief direkt in ihre Falle. Sobald er das Dreieck berührte, wurde er zurückgeschleudert, als wäre er in eine unsichtbare Ziegelmauer geprallt.

„Was zum …"

Allsún hob die Dose mit dem Rasierschaum auf und schüttelte sie höhnisch Richtung Dämon. Sie grinste.

Der Dämon brüllte laut auf und versuchte erfolglos, den Schutzzauber zu durchbrechen.

Allsún konnte nicht anders. Sie war einfach nur verdammt stolz auf sich.

„Also, hinter wem bist du her?", fragte sie. „Willst du mich oder David?"

Der Dämon starrte sie nur finster an.

Sie zuckte mit den Schultern. „Na schön. Wie ich sehe, bleibt uns nichts anderes übrig, als mit dem Exorzismus weiterzumachen."

Der Dämon stieß ein tiefes, wildes Fauchen aus. „Du kleine Elfenschlampe."

Allsún ging zum Bett und nahm die Topfpflanze von Davids Nachttisch. Sie hasste die Vorstellung, den Topf zu zerschlagen, aber David würde es gewiss verstehen. Sie musste Kontakt zu Erde haben, um einen kompletten Exorzismus ohne andere Hilfsmittel als ihre Elfenkräfte durchzuführen. Danach würde sie vollkommen erledigt sein, aber das war es ihr wert. Sie dachte an die arme Frau, die von diesem Dämon besessen war, und hoffte, dass noch etwas von ihr übrig wäre, wenn das hier vorbei war.

Sie stellte sich vor der Tür auf, gerade eben außer Reichweite des Dämons, und schmetterte die Pflanze auf den Boden. Die Erde bildete einen dunklen Haufen auf dem hellen Teppich. Ihr schoss der jetzt völlig unangebrachte Gedanke durch den Kopf, dass sie David später dabei helfen würde, den Fleck zu entfernen. Mit einer Scherbe des zerbrochenen Terrakotta-Topfs ritzte sie sich die Handfläche auf. Es brannte heftig, aber sie unterdrückte den Schmerz und fuhr mit dem Ritual fort. Sie mischte ihr Blut mit der Erde und rezitierte dabei die Worte der uralten Elfensprache, die ihre Mutter ihr beigebracht hatte.

„Was machst du da, du dämliche, Glitter schleudernde Drecksau?", zischte der Dämon.

Sie ignorierte die Beleidigung und machte mit ihrem Ritual weiter. Ein Lächeln glitt über ihr Gesicht, als der Dämon aufschrie und in sich zusammensank. Die Höllenkreatur bekam bereits mit aller Wucht ihre Macht zu spüren. Ihr Gesang wurde melodischer, ähnlich den alten gälischen Volksliedern der Iren, wenn auch mit feinen Unterschieden.

Der Dämon fiel auf die Knie. Seine Adern schwollen an und pulsierten über den gesamten Körper, fast schienen sie unter seiner Haut zu glühen. Helles Licht blendete seine Augen.

„Nein, bitte. Aufhören!“, kreischte er.

Allsún sang die abschließenden Worte des Rituals und sah zu, wie das Licht den Körper des Dämons umfing. Sie wischte sich die Erde von den Händen. „Du fährst auf direktem Weg dorthin, wo du hingehörst. In die Hölle.“

Ein letzter Lichtstrahl durchzuckte den Dämon und versetzte ihm den vernichtenden Schlag. Der Körper der Frau brach auf dem Boden zusammen. Allsún kroch an ihre Seite und zog sie in ihren Schoß. Nach einer Weile schnappte die Frau nach Luft, und ihr Körper füllte sich wieder mit Leben.

„Wo bin ich?“ Tränen schossen ihr in die Augen und strömten über ihre Wangen. „Wo ist dieses *Ding*?“

Allsún streichelte ihr mit ihrer unverletzten Hand tröstend über das goldene Haar. „Alles ist gut. Alles kommt wieder in Ordnung. Du bist jetzt in Sicherheit.“

Sie hielt die Frau im Arm und versuchte, ihr nach Kräften Mut zuzureden, doch auf ihrer eigenen Brust schien eine schwere Last zu liegen. Das Ritual hätte sie nicht dermaßen auslaugen dürfen. Das bedeutete, dass es ein neues, unerwartetes Problem gab: Sie hatte zwar mit David geschlafen, aber ihr „Licht“ immer noch nicht zurück.

Als David seine zertrümmerte Eingangstür sah, fing er an zu rennen. Scheiße. Er raste den Flur entlang und stürzte ins Apartment, doch der Anblick, der sich ihm bot, ließ ihn mitten in der Bewegung erstarren. Allsún saß zusammengesunken neben einer bewusstlosen Frau. Erde bedeckte seinen Schlafzimmerteppich. Die Topfpflanze, die seine Großmutter ihm geschenkt hatte, lag zerstört am Boden.

Sein fassungsloser Blick wanderte von Allsún zu der unbekannten Frau auf seinem Fußboden. „Was zum Teufel ist hier passiert?“

Allsún deutete auf die Blondine. „Ein Dämon hat sich Einlass verschafft, aber bevor er die Tür einschlagen konnte, hatte ich Zeit, mit deinem Rasierschaum einen Schutzzauber zu zeichnen. Als der Dämon dann in der Wohnung war, rannte er direkt auf mich zu und blieb in den Symbolen hängen.“

David musterte die Frau prüfend. „Ich nehme an, dass sie nicht mehr besessen ist. Stimmt's?“

Allsún schüttelte den Kopf. „Nein, ich habe das erledigt. Aber ich musste dafür deine Topfpflanze opfern und habe für das Ritual fast meine gesamte Energie verbraucht.“

„Verdammt. Es tut mir so leid, Allie.“

Sie überging seine Entschuldigung und klopfte der jetzt weinenden Frau besänftigend auf den Rücken. „Die Execution Underground hat doch bestimmt Leute, die sich um Opfer wie dieses hier kümmern? Ich meine, ihr verfügt doch über die entsprechenden Ressourcen, oder nicht?“

David schüttelte einen Augenblick lang nur stumm den Kopf, ehe er sich wieder sammelte und seine Gedanken sortieren konnte. Er hatte wirklich nicht damit gerechnet, nach Hause zu kommen und eine solche Situation vorzufinden. Er dachte, Allsún wäre in seiner Wohnung absolut sicher. „Ich rufe Damon an, damit er jemanden schickt, der ihr helfen kann. Hat der Dämon irgendwas gesagt, bevor du ihn ausgetrieben hast?“

Sie verdrehte die Augen. „Oh, nur das Übliche, dass ich eine dumme Elfenschlampe bin und so weiter. Nichts Interessantes. Ich habe ihn gefragt, ob er hinter dir oder mir her ist, aber keine Antwort bekommen. Da er wusste, was ich bin, nehme ich mal an, dass sein Angriff mir gegolten hat, aber ich kann mich natürlich auch irren."

Er sah sie eindringlich an. Sie wirkte schwach, als sei all ihre Energie verbrannt worden, was wohl auch so war. In seiner Brust machte sich ein vertrautes Schuldgefühl breit. Wenn er sie nicht allein gelassen hätte, wäre sie vielleicht nicht attackiert worden. „Es tut mir so leid, dass ich dich den ganzen Tag über dir selbst überlassen habe. Ich hatte diese Versammlung und dann ... na, du weißt ja, wie das ist."

Sie machte eine wegwerfende Handbewegung, wobei ihre Finger noch immer mit Blut und Schmutz besudelt waren. „Mach dir deshalb keinen Kopf. Du konntest ja nicht wissen, dass sie deine Adresse haben."

David stieß einen Fluch aus. „Verdammt. Hier können wir auf keinen Fall bleiben, schon gar nicht ohne abschließbare Tür."

Die geheimnisvolle Blondine stöhnte leise auf. Allsún streckte ihre saubere Hand aus und streichelte in kreisförmigen Bewegungen über die Schulterblätter der Frau, um sie zu beruhigen.

„Ist sie okay?", fragte David.

Allsún nickte. „Ja, es geht ihr gut. Zumindest wird es ihr bald wieder gut gehen. Sie ist gleich danach zu sich gekommen, aber dann wieder ohnmächtig geworden."

David zog sein Handy aus der Hosentasche und rief Damon an. Er bat ihn, jemanden vorbeizuschicken, der das Opfer abholen und für die notwendige psychologische

Betreuung sorgen konnte. Nachdem er das kurze Gespräch beendet hatte, drehte er sich zu Allsún um. „Damon sagt, er kommt selbst."

Allsún nickte zustimmend. „Hauptsache, es kümmert sich jemand um sie. Also, wie geht es jetzt für uns weiter?"

David spielte nachdenklich mit seinen Schlüsseln. „Wir nehmen uns irgendwo ein Hotelzimmer. Schließlich wissen sie, wo mein Apartment ist. Außerdem will ich auf keinen Fall riskieren, sie zum Haus meiner Großmutter zu führen."

Allsún versuchte aufzustehen, wurde aber sofort von einem Schwindelgefühl ergriffen, das sie von ihrem Vorhaben Abstand nehmen ließ. „Hat denn deine Versammlung irgendwas Neues ergeben? Was haben sie in den Proben gefunden?"

David zuckte mit den Schultern. „Nichts, was uns irgendwie weiterbringt. Doch wir sind dabei, eine Methode zu entwickeln, um die Familien zu überwachen, die als potenzielle Opfer in Frage kommen."

Sie sah ihn aus großen Augen an. „Das müssen doch furchtbar viele sein."

David streckte eine Hand nach ihr aus. „Ich erkläre dir alles, wenn wir sie in Sicherheit wissen." Er deutete mit einer Kopfbewegung auf das Opfer. „Hat sie irgendwelche Verletzungen davongetragen?"

„Nein." Allsún ergriff seine Hand und zog sich stöhnend daran hoch.

Es klopfte. David schaute über seine Schulter und sah Damon im Türrahmen stehen.

Er hob eine Braue. „Wow. Das ging aber schnell."

Damon nickte bestätigend. „Ich war schon unterwegs, als du angerufen hast."

David runzelte die Stirn. „Das kann nichts Gutes bedeuten."

„Elliot von der Polizeibehörde hat mich angerufen. Sie haben eine weitere Familie gefunden."

David und Allsún fluchten wie aus einem Munde. *Mist.* Damon brauchte nichts weiter zu sagen. Sie wussten beide, was das bedeutete.

Damon griff in die Innentasche seiner Lederjacke und holte eine schmale Mappe hervor, die er David reichte.

Der nahm den Ordner entgegen, ohne ihn zu öffnen. „Was ist das?"

„Fotos vom Tatort. Wir haben noch keinen gerichtsmedizinischen Bericht, dafür ist es zu früh. Es wimmelt in dem Haus nur so vor Polizisten. Ohne Hilfe der lokalen Polizeibehörde kommst du da auf keinen Fall rein, und wir haben dort nur zwei Verbindungsleute. Das hier muss fürs Erste reichen."

David fuhr sich mit einer Hand müde über das Gesicht. Er wusste nicht, wie viele dieser Morde er noch ertragen konnte. „Das war's dann wohl mit dem Versuch, die Sache unter Verschluss zu halten und einen Medienrummel zu vermeiden."

„Chris und Shane haben die Überwachung gestartet", sagte Damon. „Warte einfach auf Chris' Anruf. Richte dich darauf ein, binnen Minuten aktiv zu werden. Wir konnten diese Familie nicht retten, aber mit etwas Glück gelingt es uns bei der nächsten."

„Alles klar, Boss."

Damon deutete auf die Frau, die zusammengekrümmt auf dem Boden lag. „Was ist hier passiert?"

„Sie war besessen, hat die Tür aufgebrochen und sich auf Allsún gestürzt. Allsún hat sie exorziert, aber die Frau ist noch völlig durcheinander und weiß nicht, was mit ihr geschehen ist."

Damon nickte. „Ich lasse jemanden vom New Yorker Büro einfliegen, der sie betreuen kann. Die sind dort besser aufgestellt, was solche Dinge betrifft. Die EU wird sich gut um sie kümmern."

Allsún kauerte sich neben die Frau und rüttelte sanft an ihrer Schulter. Die Blondine blinzelte und hob den Kopf.

„Es ist jemand gekommen, um dir zu helfen", sagte Allsún. „Du musst jetzt mit ihm gehen. Du bist sicher, das verspreche ich dir."

Die Unterlippe der Frau bebte. Sie schaute von einem zum anderen, als wüsste sie nicht so recht, was sie jetzt tun sollte. „W...was ist mit diesem Ding?" Ihre Stimme klang abgehackt und rau. „Kommt es z...zurück und ... nimmt sich meinen Körper noch einmal?" Die letzten Worte gingen in einem Schluchzen unter.

Allsún legte ihr einen Arm um die Schultern und half ihr aufzustehen. Die Knie der Frau zitterten, als könnten sie ihr Gewicht nicht tragen. Das war einer der Nachteile des Exorzismus. Er schwächte das Opfer ganz erheblich. Doch das war immer noch tausend Mal besser als die Alternative.

Damon legte der Frau eine Hand auf den Arm. „Du bist bei mir sicher. Ich bringe dich zu jemandem, der dir helfen kann. Wie heißt du?"

Ihre Tränen versiegten nicht, aber die Frau straffte sich und sah Damon direkt ins Gesicht. David konnte ihr nicht verübeln, dass sie in einem derart jämmerlichen Zustand war, nicht nach dem, was sie durchmachen musste.

„Alicia", sagte sie.

Damon nickte ihr zu. „Komm mit mir, Alicia. Ich bringe dich zu jemandem, der dir helfen kann", wiederholte er.

„Und wir werden dafür sorgen, dass dir so etwas nie wieder passiert." Er schob Alicia zur Tür und bedachte David mit einem strengen Blick. „Ihr beide verschwindet jetzt besser von hier und sucht euch einen sicheren Ort." Er zögerte. „Und, David, es tut mir leid, dass ich nicht früher auf dich gehört habe. Das nächste Mal, wenn so etwas passiert, hast du meine vollste Aufmerksamkeit."

Nachdem Damon gegangen war, konnte David sich wieder auf Allsún konzentrieren. Er betrachtete sie von oben bis unten. „Du musst dir den Schmutz abwaschen."

Allsún schüttelte den Kopf und ging zur Tür. „Das hat Zeit bis später. Wir müssen so schnell wie möglich weg von hier. Wer weiß, ob sie nicht schon die nächsten Dämonen auf mich angesetzt haben."

„Als Jace und Frankie auf der Flucht waren, sind sie ins Hotel Imperial gegangen. Dort können wir auch jederzeit hin."

„Das klingt doch nach einem Plan."

„Ich weiß ja nicht, wie es dir geht, aber ich bin am Verhungern. Wollen wir uns eine Pizza oder etwas anderes ins Hotel bestellen und dann diese Akte hier sichten?" Er schwenkte die Mappe.

Allsún hob eine Braue. „Ich glaube nicht, dass ich mir beim Essen unbedingt Tatortfotos anschauen will."

„Dann essen wir erst und gucken dann."

„Einverstanden."

Eine halbe Stunde später hatten sie ihre Kartenschlüssel und warteten in der Hotellobby auf ihre Pizzas. Allsún riss dem Boten den heißen Karton praktisch aus der Hand. David unterdrückte ein Lachen. Offenbar war sie ebenso ausgehungert wie er. Er schaltete mit seinem Kartenschlüssel den Fahrstuhl frei, sodass sie bis zum Penthouse fahren konnten, und sie begaben sich in ihr Versteck.

Binnen zehn Minuten hatten sie die Pizza bis auf den letzten Krümel verschlungen. Allsún ließ sich in die Kissen des riesigen Himmelbetts sinken und seufzte selig. „Oh Mann, ich wusste gar nicht, wie hungrig ich war."

Er lächelte über ihre wohlige Zufriedenheit, wurde aber gleich wieder ernst. „Ich zerstöre die Idylle hier nur höchst ungern, aber wir sollten uns jetzt wirklich die Fotos anschauen."

Es gefiel ihm gar nicht, dass er nicht selbst vor Ort sein und den Tatort untersuchen konnte. „Irgendwie habe ich ein komisches Gefühl dabei, den Schauplatz des Verbrechens nicht mit eigenen Augen zu sehen. Normalerweise bin ich der Erste dort."

Allsún verschränkte die Hände hinter dem Kopf. „Ich schäme mich ja, es zuzugeben, aber auf diese Weise kommt mir das Ganze ein klein bisschen unwirklicher vor. Ohne all das echte Blut."

David deutete mit dem Finger auf die Mappe. „Wir dürfen nicht zulassen, dass wir deshalb nachlässig werden. Das hier auf diesen Bildern war eine Familie. Wir müssen unser Bestes geben, damit diesen Menschen wenigstens jetzt Gerechtigkeit widerfährt."

„Ja, du hast recht."

David versenkte den Pizzakarton im Abfalleimer neben dem Esstisch und ging dann zu Allsún. Er setzte sich auf die Bettkante und zögerte, bevor er den Ordner aufschlug. „Bist du bereit für das hier?"

Sie beäugte die Mappe argwöhnisch. „So bereit, wie man für eine solche Verderbtheit sein kann."

Als David den Ordner aufklappte, stöhnten beide entsetzt auf. Was dieser Familie angetan worden war, war nicht weniger furchtbar als das, was die anderen hatten erleiden müssen. Die ersten beiden Bilder zeigten blutige Fußspuren neben der Eingangstür und ein zerbrochenes Fenster. Die Szene wirkte wie ein düsteres Vorspiel auf das, was noch kommen sollte. Sie sahen einander beklommen an. Davids Magen krampfte sich in unheilvoller Vorahnung zusammen. Das nächste Foto bestätigte alle Befürchtungen. Der mit Klebeband gefesselte Mann lag in einer Lache aus geronnenem, beinahe schwarzem Blut. Seine weit geöffneten Augen ließen keinen Zweifel daran, dass er bis zu seinem Tod bei vollem Bewusstsein und von entsetzlicher Angst erfüllt gewesen war. David wusste, dass das dunkle Blut ein Indiz dafür war, dass das Opfer an einer Leberverletzung gestorben war, ein langsamer, schmerzhafter Prozess. Die kreideweiße Haut deutete darauf hin, dass der Mann nahezu ausgeblutet war.

„Verdammt." Allsún keuchte leise und schlug sich die Hand vor den Mund.

Widerstrebend blätterte David zum vierten Foto. Auch wenn er es selbst kaum glauben konnte, wurde es tatsächlich noch schlimmer. Die Aufnahme zeigte das Gesicht einer Frau, das zu einem höllischen Todesschrei verzerrt war. Und Blut, viel helles Arterienblut, das über ihren gesamten Körper gespritzt war. Der schmerzerfüllte Ausdruck ihres einen verbliebenen Auges war selbst für David zu viel. Das andere Auge war aufgeschlitzt worden, vermutlich aus einer kranken, spontanen Laune heraus. Das feine blonde Haar der Frau klebte blutgetränkt am Boden.

David kochte vor Wut. Er konnte nichts mehr hören, außer seinen eigenen abgehackten Atemzügen. Er schob seinen geballten Zorn beiseite, auch wenn es ihm schwerfiel. Doch so widerwärtig die ersten vier Fotos des Tatorts auch gewesen waren, nichts hätte sie auf das fünfte vorbereiten können. Hatte ihr Kontakt innerhalb der Polizeibehörde etwa Spaß daran, sie mit diesen Bildern absichtlich zu traumatisieren?

Das fünfte Foto zeigte, woran die Frau gestorben war: ein klaffendes fußballgroßes Loch in ihrem Unterleib. Es sah aus, als ob jemand erst in sie hineingestochen und die Wunde dann mit beiden Händen aufgerissen hätte, sodass das Opfer schließlich dalag wie ein aufgeblättertes Buch. Die Attacke muss so unfassbar brutal gewesen sein, dass das Blut in alle Richtungen um den ausgeweideten Körper herum gespritzt war.

David erschauderte bei diesem Anblick. Ein Teil von ihm war dankbar dafür, dass der Tod die Frau schneller ereilt hatte als ihren Mann. Aber spielte das jetzt wirklich noch eine Rolle?

Er klappte die Mappe zu und starrte an die Wand. Allsún zog die Knie an ihre Brust und umschlang sie mit ihren Armen. In ihren Augenwinkeln glitzerten Tränen. Sie saßen eine gefühlte Ewigkeit stumm beieinander, keiner brachte auch nur ein Wort über die Lippen.

Schließlich räusperte sich David. „Wir finden diesen Dämon, Allie. Und dann sorgen wir dafür, dass der Tod dieser Menschen hier gesühnt wird, so wie sie es verdienen."

14. KAPITEL

Dr. Shane Grey traf sich nicht mit Studentinnen … oder zumindest redete er sich das ein.

Er klopfte mit dem Stift auf den Rand seines Planers und starrte auf die Uhr. Noch zwei Minuten, laut der E-Mail, die sie ihm geschickt hatte. In zwei Minuten würde sie hier sein. Er stieß einen tiefen Seufzer aus, lehnte sich auf seinem Stuhl zurück und versuchte, nicht daran zu denken, wie verführerisch ihr Hüftschwung sein würde oder dass der Anblick ihrer hochhackigen Lederstiefel den Wunsch in ihm weckte, ihr die Kleider vom Leib zu reißen – bis auf diese Stiefel. Die konnte sie anbehalten. Er wollte spüren, wie sich die spitzen Absätze in sein Kreuz bohrten, wenn sie die Beine um ihn schlang. Shane nagte an seiner Unterlippe und strich mit der Hand über seinen Pferdeschwanz. Das alles war so *falsch*. Sie war seine Studentin, verflucht noch mal. Da durfte es keine Rolle spielen, dass sie dreiundzwanzig war und er erst siebenundzwanzig oder dass sie die schönsten und – jedenfalls erschien es ihm so – weichsten Lippen und faszinierendsten Brüste hatte, die er je gesehen hatte. Er *durfte* diese Studentin nicht anbaggern, und er *würde* es auch nicht tun.

Es klopfte. War sie zu früh? Er riss sich zusammen, richtete seine Kleidung und lehnte sich wieder zurück, als würde er ganz lässig auf seinem Stuhl sitzen und warten. Sie konnte ja nicht ahnen, dass er vor lauter heißen, schwülen Tagträumen, die er von ihr hatte, sein Hemd nahezu durchgeschwitzt hatte.

„Herein!“, rief er.

Der goldene Türknauf drehte sich, und Vera Sanders schwebte in sein Büro, nichts als endlos lange Beine und überströmender Sex-Appeal. „Hey, Doc." Sie kam auf seinen Tisch zu, und ein süßes Lächeln huschte über ihr Gesicht.

Er schluckte den Kloß herunter, der sich in seiner Kehle gebildet hatte, und versuchte zu ignorieren, wie erwartungsvoll seine Erektion gegen seine Anzughose drückte. Das hier glich viel zu sehr all den schmutzigen Fantasien, die er je über sie gehabt hatte – vor allem dieser einen, wie er noch spätabends am Schreibtisch saß, und plötzlich öffnete sich die Tür, und Vera trat sexy wie immer in sein Büro. So selbstbewusst, als ob sie hier zu Hause wäre, kam sie auf ihn zu, packte seinen Bürostuhl und drehte ihn wortlos zu sich herum. Dann zog sie ihn aus, und sie liebten einander auf seinem Schreibtisch.

Oh Mann, das wäre wirklich der ultimative erotische Kick.

„Setzen Sie sich", sagte er nun.

Sie nahm ihm gegenüber Platz, wobei ihre perfekte Haltung jede einzelne ihrer reizvollen Kurven betonte.

„Wir müssen dringend über Ihre Noten reden."

Sie rutschte unbehaglich auf ihrem Sitz hin und her, als ob ihr das Thema unangenehm wäre.

„Die sind unterdurchschnittlich, und wenn das nicht bald besser wird, dann darf ich Ihnen nach den Regeln des Instituts für Religionswissenschaften dieses Seminar nicht anerkennen. Damit hätten Sie Ihre Studiengebühren für diesen Teil des Semesters verschwendet, und das wäre doch schade."

Sie presste die vollen Lippen zusammen und stieß missmutig Luft durch die Nase aus. „Ja, das ist ein Problem."

Shane faltete die Hände am oberen Rand seiner Notizen und senkte gleichzeitig den Blick darauf. Dabei versuchte er, so zu tun, als ob er ihr unter dem knappen Shirt überaus freigebig dargebotenes Dekolleté nicht bemerkte. Was war bloß los mit ihm?

Er zwang sich dazu, sich angemessen zu konzentrieren. „Ich kann Ihnen von der Nasenspitze ablesen, dass Sie den Gedanken, in meinem Seminar durchzufallen, nicht besonders toll finden.“

Vera verschränkte die Arme vor ihren Brüsten und zuckte mit den Schultern. „Ja, das könnte man wohl so sagen.“

Shane nickte. „Was kann ich tun, um Ihnen zu helfen? Wie kann ich Sie dabei unterstützen, das Seminarziel zu erreichen?“

Sie antwortete nicht.

„Vera?“

Sie ließ die Arme in ihren Schoß fallen und stieß einen abgrundtiefen Seufzer aus. „Ich weiß es nicht, Dr. Grey. Ich weiß es wirklich nicht.“

„Mir ist nicht ganz klar, worin eigentlich Ihr Problem besteht. Kommen Sie mit dem Stoff nicht zurecht? Das kann ich mir nicht vorstellen. Ich habe Sie beim Unterricht beobachtet, und Sie verstehen mehr von diesen Themen als so manche Ihrer Kommilitonen, von denen einige Bestnoten bekommen.“

Sie schwieg hartnäckig weiter.

„Sie müssen mir schon ein bisschen entgegenkommen. Was kann ich tun, um Ihnen zu helfen? Wenn Sie private Nachhilfe benötigen, dann kann ich gern …“

„Ja, ich will, dass Sie mir Nachhilfe geben“, platzte sie heraus.

Shane blinzelte verblüfft, und es dauerte einen Moment, bis er seine Sprache wiederfand. Ihre sinnliche, beinahe kokette Miene jagte eine Hitzewelle durch seinen Körper, und zu allem Überfluss geriet die Lage unter seinem Schreibtisch gerade völlig außer Kontrolle.

„Ich habe eher an einen anderen Studenten gedacht, aber wenn …“

„Ich würde es wirklich vorziehen, wenn Sie mir Privatstunden geben“, fiel Vera ihm ins Wort. „Wenn Sie über ein Thema sprechen, dann verstehe ich es viel leichter. Alles andere hat mich bisher nicht weitergebracht.“

Shane fummelte an seinem Pferdeschwanz herum. Nein, das hier war überhaupt keine gute Idee.

„Bitte, geben Sie mir Nachhilfe. Nur ein paar Stunden, mehr nicht. Es geht nur darum, mich auf die Abschlussprüfung vorzubereiten.“

Jede einzelne Hirnzelle wies ihn schreiend darauf hin, dass es das Dümmste wäre, was er je gemacht hatte. Aber als er den Mund öffnete, um zu antworten, kam trotzdem ein „Ja“ heraus.

Seit einiger Zeit wurde ein ausgeprägtes Schuldgefühl für David zu einer Art neuem besten Freund. Während er die Fotos vom Tatort noch einmal durchging, konnte er den Eindruck nicht abschütteln, dass alles sein Fehler war und dass diese Menschen umgekommen waren, weil er versagt hatte. Natürlich war ihm theoretisch klar, dass er gar nicht mehr hätte tun können und es nicht in seiner Macht gestanden hatte, die nächsten Opfer des Dämons rechtzeitig zu warnen, aber die vielen Toten drückten trotzdem schwer auf sein Gewissen. Er wollte Gerechtigkeit für die Opfer, und er musste dem Morden endlich Einhalt gebieten.

„Etwas an diesen Bildern lässt mir einfach keine Ruhe.“ David saß am Esstisch und blätterte durch den Ordner, immer noch auf der Suche nach einem Detail, das er vielleicht übersehen hatte und das ihn auf die Spur des Dämons bringen könnte. Das einzige Indiz war bislang ein weiteres Symbol, das mit Blut an die Wand gemalt worden war, eine Abwandlung des ersten Zeichens. Er hatte das entsprechende Foto bereits an Shane geschickt, in der Hoffnung, dass es den Kollegen bei seinen Recherchen weiterbrachte.

Allsún stieß sich schwungvoll von der Bettkante ab und kam an den Tisch, wo David die Bilder inzwischen ein weiteres Mal vor sich aufgereiht hatte. „Und das wäre?"

„Als Damon von dem Mord erzählt hat, sagte er, dass es wieder eine Familie ist. Aber das hier war nur ein Paar."

„Ist ein verheiratetes Paar denn keine Familie? Vielleicht hat Damon es so gemeint."

David schüttelte den Kopf. „Da muss mehr dran sein, irgendwas, was ich übersehe." Er starrte eine Weile wortlos auf die Fotos. „Ansonsten muss ich meine Theorie revidieren, dass der Dämon die Angst der Eltern für sich nutzt", sagte er dann. „Wenn es in dieser Gleichung keine Kinder gibt, dann passt das Profil nicht, auch wenn das Symbol an der Wand ganz klar darauf hindeutet, dass es eine Verbindung zu den anderen Verbrechen gibt. Als Chris die Schwefelproben durch die Datenbank gejagt hat und es keine hundertprozentigen Ergebnisse gab, hat er nach Ähnlichkeiten gesucht, und vom Typ her war ein Abyzu am nächsten dran. Das wiederum bedeutet, dass auch diesmal in irgendeiner Form ein Kind involviert sein *muss*."

Allsún lehnte sich an den Tisch und verschränkte die Arme. Auch sie betrachtete die Bilder noch einmal gründlich. „Vielleicht hat er eine kinderlose Familie attackiert, um uns in die Irre zu führen."

David schob die grässlichen Fotos mutlos von sich weg, außerstande, noch länger auf diese sinnlose Gewalt zu blicken. „Ich bezweifle, dass dieser Dämon sich auch nur einen Dreck darum schert, ob wir ihm auf der Spur sind oder nicht.“

Allsún schob die Bilder wieder zu ihm. „Du darfst nicht aufgeben. Jemand muss für diese Leute kämpfen, David. Wenn wir in der Tierklinik versuchen, eine Diagnose zu stellen, dann schauen wir uns zuerst sämtliche Symptome an und fragen uns erst in einem zweiten Schritt, was sie bedeuten könnten. Vielleicht sollten wir mit derselben Methode an die Sache herangehen. Vielleicht haben wir uns einfach noch nicht intensiv genug mit der Frage beschäftigt, warum der Dämon diese Dinge tut. Warum hat er zum Beispiel die Leber dieses Mannes aufgeschlitzt? Warum hat er für ihn einen so langsamen Tod gewählt und für seine Frau einen schnelleren? Das kann doch alles nicht so zufällig sein, wie es auf den ersten Blick aussieht. Und warum hat er die Frau auf so ungewöhnliche Weise umgebracht? Man muss schon ziemlich viel Kraft aufwenden, um das Innere eines Menschen derart nach außen zu kehren. Wir müssen endlich anfangen, die richtigen Fragen zu stellen.“

David beugte sich vor, um sich noch einmal in die Bilder zu vertiefen. Er hob das Foto von der verstümmelten Frau hoch. „Eines frage ich mich immer wieder: Wie lange hält er seine Opfer gefangen, bevor er sie tötet? Sieh dir ihre Wunden an. Ihr Magen ist aufgeschnitten, aber man sieht keinerlei Mageninhalt, nicht mal Magensäure. Wie kann das sein? Wann hat sie zuletzt etwas gegessen?“

Allsún betrachtete das Bild prüfend. Plötzlich weiteten sich ihre Augen. „Verflucht.“ Ihr normalerweise kaum hörbarer irischer Akzent wurde stärker, ein Zeichen dafür, wie verstört sie war.

David schob seinen Stuhl zurück. „Was ist?“

„Kein Wunder, dass Damon von *Familie* gesprochen hat. Das ist nicht ihr Magen, David. Das ist ihre Gebärmutter. Sie war schwanger." Allsún schlug sich die Hand vor den Mund. „Ich glaube, mir wird schlecht", murmelte sie mit gedämpfter Stimme und rannte zum Badezimmer.

Er wollte ihr gerade folgen, beschloss dann aber, ihr einen Moment zu geben, um sich wieder zu fangen.

Noch einmal musterte er das Foto aufmerksam. Ja, Allsún hatte recht. Jetzt war es plötzlich so offensichtlich, dass er gar nicht verstand, wie er es so lange hatte übersehen können. Also deshalb hatte dem Dämon so viel daran gelegen, den Ehemann langsam sterben zu lassen. Er wollte, dass dieser ihm dabei zusah, wie seine Frau und sein ungeborenes Kind starben. Zum Kotzen. Davids Handy vibrierte auf der Tischplatte aus Hartholz. Es war eine SMS von Chris.

Shane hat praktisch gezaubert. Die Überwachung läuft.

Ein tiefes Gefühl der Erleichterung stieg in David auf. Jetzt stand ein Großteil der gefährdeten Familien unter Beobachtung. Vielleicht konnte er doch noch jemanden retten. Aber er musste Shane so schnell wie möglich auf eine neue Recherche ansetzen, und diesmal ging es darum, schwangere Frauen ausfindig zu machen und ebenfalls zu überwachen. Er schrieb eine SMS und erhielt binnen Sekunden Antwort. Nachdem das erledigt war, schob er seinen Stuhl zurück, stand auf und ging ins Bad, um nach Allsún zu sehen.

Sie hockte auf dem Rand der Badewanne, das Gesicht in den Händen vergraben.

„Alles in Ordnung, Allie?"

Sie wischte sich über die Augen. „Ja, geht schon wieder. Entschuldige bitte. Ich weiß, dass ich in letzter Zeit andauernd weine, aber es herrscht ja auch kein Mangel an Dingen, die einfach nur zum Heulen sind."

Er schaute ihr aufmerksam ins Gesicht, während sie sprach, und versuchte herauszufinden, was tatsächlich in ihr vorging. „Das ist völlig okay. Du musst jetzt mit dieser ganzen Dämonensache klarkommen, und du hattest immer noch keine Zeit, die Sache mit Robert wirklich zu verarbeiten. Da sind ein paar Tränen wohl gerechtfertigt. Wenn du mich fragst, dann hältst du dich in Anbetracht der Umstände wirklich bewundernswert."

Sie knabberte an ihrer Unterlippe. „Danke."

Beinahe hätte er die Stirn gerunzelt. Er kannte diesen Gesichtsausdruck. Allsún verbarg etwas vor ihm. Er kannte sie zu gut, als dass sie ihm etwas hätte vormachen können. So, wie sie die Augenbrauen hochgezogen hatte, als er Robert erwähnte, fragte er sich, ob es das war, was ihr wirklich zu schaffen machte.

Er verdrängte seinen Verdacht und hob sein Handy, um ihre Aufmerksamkeit auf sich zu ziehen. „Ich habe gerade eine Nachricht von Chris bekommen. Die Überwachung läuft. Außerdem habe ich Shane geschrieben, dass er seine Liste um schwangere Frauen ergänzen soll. Jetzt müssen wir nur noch abwarten, ob die Sache tatsächlich funktioniert und er diesen Dämon für uns finden kann."

Allsún schlang sich die Arme um den Oberkörper. Sie schien am Ende ihrer Kräfte. Wer konnte es ihr verübeln? Sie hatte so viel durchgemacht.

Für einen Augenblick herrschte Schweigen. Allsún fingerte nun am Hebel für den Wannenablauf herum. David rang mit sich, ob er die Frage stellen sollte, die ihm auf der Seele brannte. Er wollte herausfinden, was sie vor ihm verbarg. Er wusste genau, dass da irgendetwas war.

Trotz allem, was seither geschehen war, wanderten seine Gedanken unwillkürlich zu der vergangenen Nacht. Es war einfach sensationell gewesen, noch atemberaubender, als er es zu hoffen gewagt hätte. Seit Jahren träumte er davon, wieder so mit ihr zusammen zu sein. Und obwohl er wusste, dass jetzt wirklich nicht der beste Moment war, um die Sache anzusprechen, musste er es einfach tun. Vielleicht war es für lange Zeit die letzte Gelegenheit, die sich ihm bot.

„Also …", sagte er.

Sie schaute zu ihm hoch und wartete darauf, dass er fortfuhr. Als nichts mehr kam, hakte sie nach. „Also was?"

David lehnte sich an die Wand und verschränkte die Arme. „Ich habe mich … äh … einfach nur gefragt, wie du über letzte Nacht denkst."

Sie warf ihm einen ungläubigen Blick zu und stürmte wortlos aus dem Bad. Er unterdrückte einen Fluch. Verdammt, das war genau das, was er auf jeden Fall verhindern wollte. Konnte nicht wenigstens diese eine Sache mal klappen? Wenn Allsúns Reaktion ein Indiz dafür war, wie der Rest der Nacht verlaufen würde, konnte er genauso gut gleich das Handtuch werfen.

Allsún warf sich bäuchlings auf das Bett. Manchmal war sie ganz sicher, dass Männer nur deshalb existierten, um ihr das Leben schwer zu machen. Sie hatte so sehr gehofft, dass David den heißen Sex der vergangenen Nacht nicht erwähnen würde, denn sie wollte wirklich nicht mehr darüber nachdenken. Klar, oberflächlich betrachtet hatte sie einfach nur mit einer alten Flamme eine längst vergangene Romanze für eine Nacht wiederbelebt und dabei ihren Spaß gehabt.

Aber wenn sie mehr in die Tiefe ging und auf ihr Herz hörte, dann musste sie zugeben, dass es mehr als das gewesen war, und allein diese Erkenntnis reichte aus, um sie in helle Panik zu versetzen. Ganz egal, wie großartig es immer noch mit David war, es hatte einen Grund für ihre Trennung gegeben. Er war nicht bereit, ihr die Familie zu geben, die sie sich so verzweifelt wünschte, und obwohl sie wusste, wie unfair das war, gab ein Teil von ihr ihm noch immer die Schuld für den Verlust ihres Babys. Sie konnte nicht mal an die Fotos von dieser armen Frau denken. Vermutlich sollte sie sich glücklich schätzen, dass sie damals kein ähnliches Schicksal ereilt hatte. Wieder spürte sie, wie nervöse Übelkeit in ihr hochstieg und sich ihr Magen zusammenkrampfte.

David folgte ihr ins Schlafzimmer. „Ich weiß, mein Timing ist jämmerlich, aber ich wollte dich fragen, nur für den Fall, dass ich später keine Chance mehr dazu … Habe ich etwas Falsches gesagt?"

Sie hatte die Hand gehoben, um ihn am Weitersprechen zu hindern. „Ich bin jetzt nicht in der Stimmung zu reden, David."

Er stellte sich neben das Bett und war nur noch ein paar Schritte von ihr entfernt. „Findest du nicht, dass wir darüber sprechen sollten, was letzte Nacht passiert ist?"

Sie rutschte auf die andere Seite des Bettes, möglichst weit weg von ihm. „Na ja, es lief besser, *solange* wir es verdrängt haben."

„*Ich* habe es nicht verdrängt. Ich hatte nur noch keine Gelegenheit, es zu thematisieren."

Sie legte sich hin und drehte ihm den Rücken zu. Vielleicht würde er sie ja in Ruhe lassen, wenn sie den Blick von ihm abwandte. „Ich bin noch nicht bereit, darüber zu reden, David. Und wenn ich es wäre, dann würde dir vermutlich nicht gefallen, was ich dir zu sagen habe."

„Wie kannst du so etwas in den Raum werfen und gleichzeitig von mir erwarten, das Thema fallen zu lassen?"

Sie hörte den Frust in seiner Stimme und stieß einen tiefen Seufzer aus. Warum musste er das jetzt tun? „David, bitte dräng mich nicht."

Er kam näher. „Das muss ich aber, schon deshalb, weil ich mich natürlich frage, warum du so wild entschlossen bist, *nicht* darüber zu reden. Du verbirgst etwas vor mir, Allsún, und ich habe ein Recht darauf zu erfahren, was das ist."

Sie hob mit einem Ruck den Kopf. Ihr Ton klang schärfer, als sie es beabsichtigte. „Wage es nicht, mir vorzuwerfen, dass ich etwas vor dir verberge. Du hast *kein* Recht auf jeden meiner Gedanken, und ich habe gesagt, dass ich nicht darüber reden will."

Er trat einen Schritt zurück, und einen Moment lang dachte sie erleichtert, dass er jetzt endlich aufgeben und an die Arbeit zurückkehren würde. Dann runzelte sie die Stirn. Er machte sich keineswegs davon, sondern kam um das Bett herum und setzte sich neben sie, sodass er nur noch Zentimeter von ihr entfernt war.

„Du kannst doch nicht einfach so in mein Leben zurückkehren, mit mir schlafen und dann erwarten, dass ich nicht darüber rede?"

Sie versuchte, seinen schmerzerfüllten Tonfall zu ignorieren.

„Du bist mir fünf Jahre lang konsequent aus dem Weg gegangen", fuhr er fort. „Dann tauchst du auf, lässt dich beinahe umbringen, und kaum bist du aus dem Krankenhaus heraus, landen wir zusammen im Bett, und jetzt dürfen wir nicht mal darüber sprechen? Weißt du, was ich glaube? Ich glaube, du verbirgst etwas ganz anderes vor mir, und deshalb versuchst du mit allen Mitteln, mich von meiner Frage abzubringen."

Sie bedeckte ihr Gesicht mit den Händen. „Ich verberge gar nichts“, fauchte sie.

Verfluchter Kerl. Woher wusste er das? Wie kam er nur darauf, dass sie ihm etwas verschwieg? Natürlich tat sie das, aber was sollte sie auch anderes tun? Das schlechte Gewissen nagte an ihr. Klar, es hatte viele Gründe gegeben, mit David zu schlafen. Die Lust, der Spaß. Und wenn sie ehrlich war, musste sie zugeben, dass sie ihn noch immer sehr gern hatte. Aber da war eben auch die Tatsache, dass sie ihr „Licht“ wiederhaben wollte. Sie wäre eine schamlose Heuchlerin, wenn sie sich nicht mal selbst eingestehen würde, dass das zwar nicht ihr Hauptantrieb gewesen war, aber doch eine nicht unerhebliche Rolle gespielt hatte.

„Warum tust du so etwas, Allie? Was hast du zu verbergen? Du weißt doch, dass ich bei alldem hier keinerlei Hintergedanken habe. Du kannst mir alles erzählen, denn ich will nichts anderes als dich.“ Bevor sie ihn daran hindern konnte, küsste er sie mit einer unglaublichen Sinnlichkeit.

Dann löste er sich von ihr und nahm ihre Hände in seine.

„Das ist so falsch“, murmelte sie.

Er schüttelte den Kopf und beugte sich vor. „Wenn das so falsch ist, dann sag mir, dass ich aufhören soll“, flüsterte er an ihrer Wange.

Sie öffnete den Mund, um ihm noch einmal zu erklären, dass sie nicht bei ihm sein sollte, aber sie brachte die Worte nicht über die Lippen, und ihr war auch klar, woran das lag. Sie entsprachen einfach nicht der Wahrheit. „Du weißt, dass ich das nicht kann.“ Sie konnte ihm nicht widerstehen. Sie hatte nicht die Kraft dazu.

„Du kannst. Wenn du wirklich wolltest, dass ich aufhöre, dann würdest du es sagen können, aber in Wahrheit willst du es gar nicht. Ich weiß, dass du dies hier willst, Allsún, also steh auch dazu." Er schwieg, und seine nächsten Worte waren nicht viel mehr als ein sexy Grollen. „Wenn du mich willst, dann küss mich."

Sie hätte ihm so gern widerstanden und entgegengehalten, dass er ein selbstgefälliger Idiot war, wenn er glaubte, in ihr Innerstes blicken zu können. Doch leider ließ sich nicht leugnen, dass er sie *tatsächlich* sehr gut kannte. Sie konnte sich nicht länger zurückhalten, beugte sich vor und küsste ihn auf die Lippen. Als sie sich wieder von ihm löste, stockte ihr vor Erregung der Atem, und sie sah, wie in Davids dunklen Augen ein Feuer aufloderte. Sie blieb ihm so nah, dass sie seinen warmen Atem auf ihrem Gesicht spüren konnte. Der Moment währte gerade lange genug, um in ihrer Brust die schmerzliche Hoffnung zu schüren, dass er ihren Kuss erwidern würde.

Und dann erwiderte er ihn.

Es war die süßeste Wonne, Allsúns Lippen zu schmecken. David umfasste ihren Hinterkopf und vergrub seine Finger in ihrem Haar. Sein Mund eroberte ihren, und er teilte ihre Lippen mit seiner fordernden Zunge. Als Allsún ihre Arme um ihn schlang, wurde das sehnsüchtige Ziehen in seinem Inneren schier überwältigend. Er legte seine freie Hand auf ihren unteren Rücken, um ihren Körper enger an seinen zu pressen. Dann hob er sie hoch und ließ sie auf die Matratze sinken. Ein leises Lächeln umspielte seinen Mund. Heute Nacht würde in diesem Bett nicht viel geschlafen werden.

Bevor sie protestieren konnte, hatte er ihr das T-Shirt über den Kopf gestreift. Langsam entkleidete er sie weiter und ließ zu, dass sie dasselbe mit ihm tat. Nachdem sie beide nackt waren, nahm er sie in die Arme. Sie schmiegte ihren Kopf an seine Brust, und sie verharrten eine kleine

Ewigkeit in dieser innigen Umarmung und genossen beide die Nähe und die sanfte Berührung des anderen.

Plötzlich lächelte Allsún kokett und rollte sich mit dem Rücken zu ihm auf die Seite. David grinste, denn ihm war klar, dass sie die spröde Schöne spielen wollte. Er fasste sie um die Taille und zog sie langsam an sich heran, bis er ihren Körper an seine Brust gedrückt hielt. Ganz fest schlang er die Arme um sie. Das Gefühl ihrer glatten nackten Haut auf seiner jagte prickelnde Schauer der Lust durch seinen Körper. Er kuschelte sich an ihren Hals und hauchte eine Reihe zarter Küsse auf ihr Schlüsselbein, wobei er sehr wohl wusste, dass sein warmer Atem dabei über ihre Haut kitzelte.

Lächelnd versuchte sie, sich ihm zu entwinden, aber er ließ es nicht zu.

„So leicht kommst du mir nicht davon“, flüsterte er.

Er küsste sie weiter den Hals entlang, bis er ihr Ohrläppchen mit seinen Lippen einfangen konnte. Mit Hingabe knabberte er an ihrer empfindlichen Haut. Allsún stöhnte leise und streckte sich ihm lustvoll entgegen. Er folgte mit seiner Hand der Kurve ihrer Hüften und schloss seine Finger dann sanft um ihren Po. Sie hatte den süßesten, rundesten kleinen Hintern, den man sich vorstellen konnte. Er streichelte über ihren Oberschenkel und massierte die weiche Haut, bevor er mit der Hand aufreizend zwischen ihre Beine glitt.

Sie keuchte erregt, als seine Fingerspitzen ihre Klit berührten. Er liebkoste ihre sensibelste Stelle mit rhythmischen Bewegungen, bis Allsún sich völlig entfesselt unter ihm wand und jede seiner Berührungen willig begrüßte. Längst war sie feucht und so heiß, dass ihre Süße seine Hand benetzte.

„Heißt das, dass du bereit für mich bist?“, murmelte er leise.

Allsún ließ ihre Hüften im Takt seiner Bewegungen kreisen und lächelte ihn über die Schulter hinweg an. „Wie sieht es denn aus?“

David grinste jungenhaft und knabberte weiter an ihrem Ohrläppchen. „Ich glaube, du bist mehr als bereit für mich“, raunte er. Genüsslich drang er mit den Fingern in ihre pulsierende Hitze und tauchte sie schließlich tief in sie. Dann begann er, sich langsam in ihr zu bewegen. Es war ein sinnliches Vorspiel auf kommende Freuden, das ihnen beiden unendliches Vergnügen bereitete.

Als er seine Hand schließlich zurückzog, schob Allsún schmollend die Unterlippe vor. „Nicht aufhören“, flehte sie.

Er grinste. „Ich höre nicht auf, ich gebe dir mehr.“

Mit beiden Händen spreizte er ihre Schenkel, sodass er von hinten in sie gleiten konnte. Doch zuvor schob er seinen harten Schaft zwischen ihre Beine und rieb leicht über ihre Mitte.

Sie stöhnte.

„Willst du es?“

Sie antwortete mit einem koketten Lächeln.

Er knurrte spielerisch und wisperte mit tiefer Stimme in ihr Ohr: „Ich habe gefragt: Willst du es?“

Ihr entschlüpfte ein leises Seufzen. „Ja“, erwiderte sie heiser.

Ohne ein weiteres Wort zu verlieren, stieß er langsam und kraftvoll in sie. Er stöhnte lustvoll auf. Sie war so eng. Sein Rhythmus wurde schneller, begierig suchte er ihre samtige Umarmung, zog sich wieder aus ihr zurück, nur um erneut bis in ihr Innerstes vorzudringen. Immer fester umfing ihn ihre weiche Hitze, und er wurde bei jedem Stoß härter.

„David.“ Sie seufzte seinen Namen, völlig verloren in der Lust, die er ihr schenkte. Ihre Begierde machte den Moment für ihn noch vollkommener.

Er strich mit den Händen über ihre Seiten zu ihren Brüsten. Ihre Brustwarzen hatten sich bereits zu harten Spitzen aufgerichtet, und er rollte und knetete sie zwischen Daumen und Zeigefinger, bis er es schließlich nicht mehr aushielt. Er musste ihr schönes Gesicht sehen, ihr in die Augen schauen. Er glitt aus ihr heraus und drehte sie auf den Rücken.

Binnen Sekunden kniete er über ihr, senkte seinen Mund auf ihren und küsste sie tief und voll hungriger Leidenschaft. Wieder fanden ihre Zungen in einem sinnlichen Tanz zueinander. Er brauchte all seine Selbstbeherrschung, um nicht wild und heftig in sie einzudringen. Aber diesmal ging es nicht um berauschende Befriedigung. Diese Nacht war für sanftere Berührungen geschaffen, und so hielt er sich zurück und schob sich mit behutsamen Bewegungen in sie. Seine Hüften rieben sich rhythmisch an ihren.

Schließlich erfüllte er sie zur Gänze. Sie schrie ekstatisch auf und umklammerte ihn mit ihren Beinen, um ihn noch enger an sich zu pressen. Er konzentrierte sich auf ihr Vergnügen und trieb sie mit langsamen Bewegungen näher und näher auf den Gipfel des Höhepunkts zu. Dabei war er tief genug in ihr, damit er sie befriedigen und gleichzeitig seine eigene Sehnsucht stillen konnte.

Er vergrub die Finger in ihrem Haar, umfasste ihren Hinterkopf und blickte in ihre smaragdgrünen Augen, ohne die intime Umarmung zu unterbrechen. Der süße Duft ihrer Erregung stieg ihm in die Nase. Allsún war wunderschön, einfach perfekt.

Sie war alles, was er wollte. Wie hatte er sie jemals gehen lassen können?

Er verdiente sie nicht, aber er wollte sie und nur sie. Wenn er sie jede Nacht so wie jetzt haben konnte, würde er als glücklichster Mann der Welt sterben. Er bewegte sich in ihr, erregte sie noch weiter. Ihre feuchte Enge umhüllte ihn, und ihre Körper verschmolzen mit jedem Stoß mehr zu einer Einheit. Er spürte, wie sie schließlich in den Abgrund der Ekstase stürzte, und als sie kam, durchflutete ihn ihre pulsierende Wärme.

Sie war göttlich.

So gern er weitergemacht hätte, wusste er doch, dass die Worte, die ihm auf der Zunge lagen, ihn daran hindern würden, sein eigenes Finale bis zur Neige auszukosten. Langsam zog er sich aus ihr zurück. Sie seufzte wohlig auf, während er sie an sich drückte. Mehrere Male öffnete er den Mund, um etwas zu sagen, brachte aber keinen Ton heraus.

Schließlich streckte Allsún die Hand nach ihm aus und legte sie auf seine Wange. „Alles in Ordnung?“, fragte sie. „Du bist nicht gekommen. Aber du hättest ruhig weitermachen können. Nur weil ich am Ziel bin, musst du doch nicht aufhören.“

David nickte. „Alles in bester Ordnung“, raunte er.

Sie strich mit den Fingern über sein kurzgeschorenes Haar. „Ich merke doch, dass dich etwas beschäftigt.“

Wieder nickte er. „Es gibt etwas, was ich dir gern erzählen möchte, aber ich weiß nicht, ob ich das sollte.“

Sie ließ ihre Fingerspitzen über seine Wange gleiten, als ob sie ihn auffordern wollte fortzufahren. Doch bevor er etwas sagte, küsste er sie noch einmal leidenschaftlich. Sein Herz hämmerte wie verrückt, und eine schmerzlich süße Sehnsucht erfüllte jede Faser von ihm. Er wollte und brauchte Allsún so sehr, dass es beinahe schmerzte.

Er beendete den Kuss, ohne seine Lippen ganz von ihren zu lösen. Der Hauch einer Berührung blieb, als er wisperte: „Ich liebe dich, Allie. Ich habe nie aufgehört, dich zu lieben."

Allsún stockte der Atem. Sie hatte keine Ahnung, was sie darauf erwidern sollte oder ob sie überhaupt etwas sagen sollte. Seine Worte erfüllten ihr Herz mit Freude und Schmerz zugleich. Sie fühlte plötzlich mit aller Macht, wie sehr sie ihn während all dieser Jahre vermisst hatte. Auch sie hatte nicht aufgehört, *ihn* zu lieben. In diesem Moment war sie einfach nur sprachlos. Ein Teil von ihr wollte ihm gestehen, dass auch sie ihn liebte, und sei es nur um der alten Zeiten willen, aber ein anderer Teil war noch nicht bereit dazu.

Zärtlich küsste David sie auf die Wange. „Ist schon okay. Du musst jetzt nichts sagen. Ich wollte nur, dass du es weißt."

Erneut schmiegte sie die Hand an seine Wange. Sie ließ ihre Finger über seine Bartstoppeln streichen, die ihm einen verwegenen Anflug von Nachlässigkeit verliehen – gerade genug, um sexy zu sein.

Er lächelte und küsste sie. Mit aller Kraft, die sie hatte, rollte sie ihn auf den Rücken, sodass sie nun auf ihm lag.

Er grinste. „Das ist eine sehr reizvolle neue Perspektive."

Sie lächelte ihn verführerisch an. „Ich möchte etwas für dich tun."

Seine Augen weiteten sich, während sie mit den Lippen über seine harten Bauchmuskeln fuhr. Als sie seine überraschte Miene bemerkte, musste sie unwillkürlich grinsen. Das hier war etwas, was David sich schon so lange gewünscht hatte. Er musste es gar nicht aussprechen, sie wusste es auch so. Aber in ihrer Situation hätte er nie um etwas gebeten, was nur ihm Vergnügen bereitete.

„Allsún, das musst du nicht machen, wenn du es nicht willst."

Sie küsste das köstliche V, das zu seiner Erektion führte. „Aber ich *will* es tun."

Bevor er noch mehr einwenden konnte, umschloss sie die Spitze seines Schafts mit den Lippen und nahm ihn dann so tief in den Mund, wie sie konnte. David entfuhr ein lautes Stöhnen. Instinktiv benutzte sie ihre Hand für den Teil seiner Anatomie, den sie mit den Lippen nicht erreichte. Er vergrub seine Finger in ihrem Haar und massierte ihren Hinterkopf. Sie musste innerlich lächeln. Sogar wenn es um seinen Spaß ging, war sein erster Impuls, auch ihr etwas Gutes zu tun.

„Ich muss wieder in dir sein."

Sie entließ ihn aus ihrem Mund.

„Ich muss in dir sein", wiederholte er. „Jetzt."

Plötzlich befand sie sich wieder auf dem Rücken, und David, der sich mit seinen muskulösen Armen abstützte, war über ihr. Er drang mit einem kraftvollen Stoß in sie ein, und sie schrie erregt auf. Er füllte sie vollkommen aus, und es fühlte sich atemberaubend an. David schlang die Arme um sie und hielt sie eng an sich gedrückt, unterdessen er sich in immer schnellerem Rhythmus in ihr bewegte. Seine rechte Hand schob sich zwischen sie und massierte sanft ihre Klitoris, damit sie schneller den Höhepunkt erreichte.

Eine heiße, feuchte Glut loderte in ihrem Inneren und trieb sie näher und näher zu einem weiteren Gipfel der Ekstase. Je höher sie die Wellen der Lust trugen, desto härter und tiefer wurden seine Stöße. Er war einfach umwerfend im Bett. Sie fühlte, wie er in ihr innehielt, als sein eigener Orgasmus nahte.

„Komm für mich“, flüsterte er ihr ins Ohr. Sein warmer Atem kitzelte ihre Haut, und prickelnde Schauer liefen ihr über den Rücken.

David schrie auf, sowie er schließlich so weit war. Sein Schrei ging in ein lautes, wildes Stöhnen über, während er sich in ihr ergoss. Seine Finger reizten weiter ihre empfindsamste Stelle. Dazu kam der Druck seines langen, harten Schafts, der ihr Inneres so vollkommen ausfüllte. All das zusammen brachte sie schier um den Verstand, und sie erreichte nur Sekunden nach ihm die süße Erlösung.

Wellen der Ekstase schlugen über ihr zusammen. In ihrer Brust schien ein gewaltiges Feuer zu brennen, und ein glühendes Knistern durch sämtliche Gliedmaßen zu zucken. Als sie unter dem Schauer ihres Höhepunkts erzitterte, küsste David sie innig, und sie genoss den süßen Geschmack seines Mundes auf ihren Lippen.

Er rollte sich auf die Seite und presste sie eng an sich. Sie küsste seine Wange, hob dann den Kopf und schaute ihm direkt in die dunklen Augen. Grenzenlose Liebe erfüllte sie, und sie sah an dem Lächeln, das um seine Lippen spielte, dass er die Wahrheit in ihrem Gesicht lesen konnte: Auch sie hatte nie aufgehört, ihn zu lieben.

Eine nie gekannte Wärme umfing sie und erfüllte sie, als sei in ihrem Inneren eine Sonne aufgegangen. Und in diesem Moment begriff sie es. Sie war nicht sicher, wie oder wann genau es passiert war, doch irgendwie war ihr „Licht“ zurückgekehrt, und dafür gab es wohl nur eine denkbare Erklärung, auch wenn sie es selbst kaum glauben wollte: Während sie sich diesmal geliebt hatten, hatte sie sich noch einmal ganz neu in David verliebt.

15. KAPITEL

David war sicher, dass sein Gefühl ihn nicht trog. Irgendetwas war beim zweiten Mal anders gewesen. Beim ersten Mal, als sie miteinander schliefen, hatten sie die verlorenen Jahre aufgeholt. Doch beim zweiten Mal hatten nicht ihre rein körperlichen Begierden im Vordergrund gestanden. Es ging nicht um wildes Verlangen und unbändige Lust, sondern um unerschütterliche Liebe. Eine Liebe, die sie zwar versucht hatten zu leugnen, aber schlichtweg nicht ignorieren konnten.

Er wusste immer, dass er nie aufgehört hatte, Allsún zu lieben. Vielmehr trieb ihn seit Jahren die Frage um, warum sie ihn nicht mehr wollte. Denn wenn sie ihn geliebt hätte, wäre sie nicht einfach so aus seinem Leben verschwunden. Oder irrte er sich da? Manchmal hatte er sogar bezweifelt, ob sie ihn jemals wirklich geliebt hatte.

Aber jetzt wusste er es besser.

Sie hatte nicht aufgehört, ihn zu lieben. Vermutlich wäre das auch gar nicht möglich gewesen, denn wahre Liebe verschwand nicht einfach so. Das Leben und bestimmte Verpflichtungen konnten ihr im Wege stehen, aber wahre Liebe welkte nicht. Sie war in ihrem Kern unzerstörbar, und das bis über den Tod hinaus.

Er lag lange wach. Es kam ihm wie Stunden vor. Doch er war zufrieden, Allsúns warmen Körper neben sich zu spüren, eng an ihn geschmiegt. Erst als sie sich immer noch tief schlafend aus seiner Umarmung löste und umdrehte, schlüpfte er leise aus dem Bett. Die frische, kühle Luft im Penthouse tat ihm gut, denn sie brachte ihn auf den Boden der Tatsachen zurück. So großartig die Dinge sich mit Allsún auch entwickelten, es würde ihm erst dann wirklich besser gehen, wenn er sicher sein konnte, dass keine weiteren Familien in Gefahr waren.

Nachdem er eine Weile auf die Fotos gestarrt hatte, in der vergeblichen Hoffnung, auf ihnen eine neue Spur zu entdecken, zog er sich an – schließlich musste er allzeit bereit sein.

Kurze Zeit später vibrierte sein Handy. Er drückte die Annahmetaste. „Hallo?"

Chris ratterte eine Adresse herunter, die nur ein paar Blocks entfernt war. „Geh da jetzt sofort hin."

David legte auf. „Allsún!" Er brüllte fast, um sie zu wecken.

Sie schreckte hoch. „Was?", fragte sie verwirrt.

Er zog seine Lederjacke an und warf ihr ihre Sachen zu. „Zieh dich an. Chris hat Alarm geschlagen."

Sofort war sie hellwach. Binnen Sekunden war sie fertig.

Zwei Minuten später saßen sie auf der Super Glide und rasten zu der Adresse, die Chris durchgegeben hatte. David ignorierte sämtliche rote Ampeln und schnitt die übrigen Verkehrsteilnehmer mit geübter Präzision. Die Straßenverkehrsordnung war im Moment seine kleinste Sorge. Je schneller sie ihr Ziel erreichten, desto größer war die Wahrscheinlichkeit, dass sie jemanden retten konnten. Als sie das Apartmentgebäude erreichten, fuhr David über den Rasen bis vor den Eingang, wo er das Motorrad einfach zu Boden fallen ließ. Er und Allsún rannten ins Treppenhaus und hoch bis zur dritten Etage.

David trat die Tür mit dem Stiefelabsatz ein. Sein kaputtes Bein schmerzte höllisch, aber das war ihm egal. Er würde diesem dämonischen Arsch jetzt ein für alle Mal das Handwerk legen. Mit vorgehaltener Pistole stürmte er in die Wohnung. Der Dämon stand mitten im Wohnzimmer, sein Fleischanzug war ein männlicher Teenager. Er hatte seine Hände um den Hals eines Jungen gekrallt, der offenbar der Zwillingsbruder des besessenen Opfers war. Zwei Leichen lagen auf dem Boden. Die Eltern.

David drückte den Abzug und feuerte eine seiner Spezialkugeln in die Schulter des Dämons. Das Höllenwesen ließ den Jungen fallen und krümmte sich unter den unerwarteten Schmerzen. Zwar waren auch normale Kugeln kein Spaß für Dämonen, aber Davids neues Spielzeug verursachte eine besondere Art von Verletzung. Aus der Wunde im Arm des Dämons stieg Rauch auf.

Er fauchte, und seine Augen glühten in einem feurigen Rot. Wütend starrte er David an. „Dafür wirst du büßen, Exorzist."

Er schwenkte seinen Arm, und David flog rückwärts, als hätte ihn ein unsichtbarer Schlag getroffen. Er prallte mit dem Rücken an die Wand, und sein Hinterkopf knallte so hart auf den Putz, dass eine Staubwolke aufstieg. Warmes Blut lief ihm durchs Haar und tropfte in seinen Nacken.

„Bitte, tu ihm nichts! Er ist mein Bruder!", schrie der Junge, den der Dämon gerade losgelassen hatte.

David begriff, dass der Dämon ihn zwar gegen die Wand geschleudert hatte, sich aber nicht die Mühe machte, ihn dort festzuhalten, sondern sich lieber um seine Verletzung kümmerte. Ein großer Fehler. David gab noch einen Schuss ab, und diesmal traf er den Dämon in die Wade.

Der Gestank von brennendem Fleisch breitete sich in der Wohnung aus, und der Dämon fiel auf die Knie.

„Nicht mehr schießen!", rief Allsún.

Sie eilte hinter die Höllenbrut, und von ihren Händen stieg ein glitzerndes grünes Licht auf, ein anmutiger Schimmer inmitten des blutigen Szenarios. Doch David wusste, wie gefährlich diese Schönheit war.

Sie hielt beide Hände über den Dämon und konzentrierte ihre Kraft, bis das Licht so hell war, dass David die Augen zusammenkneifen musste, um überhaupt noch etwas sehen zu können. Plötzlich wand sich der Dämon am Boden und zuckte, als sei er eine Ameise, die von einem Sonnenstrahl gegrillt wurde, der unter dem Vergrößerungsglas eines Kindes zu einer tödlichen Kraft geworden war.

Auf Allsúns Stirn bildete sich ein Schweißfilm, während sie den Dämon am Boden festhielt. „David, zeichne ein Schutzsymbol, und dann mach dich bereit, dieses Ding hier zu fesseln."

Das ließ er sich nicht zweimal sagen.

Obwohl der völlig verängstigte Bruder des Opfers ohne Unterlass brüllte, gelang es Allsún, den Dämon so lange zu bannen, bis David ihn in einen Stuhl gestoßen und sichergestellt hatte, dass er nicht entkommen konnte. Ohne es laut auszusprechen, waren sie beide beeindruckt, was für ein gutes Team sie noch immer waren!

Wenig später band David mit einem letzten Knoten das Handgelenk des Dämons an der Armlehne fest.

Der Dämon warf ihm durch die Augen des unschuldigen Teenagers einen anzüglichen Blick zu. „Ich lobe mir ein paar gute Fesselspiele."

David verdrehte die Augen. „Ach ja? Und auf Schmerzen stehst du wahrscheinlich auch."

Der Dämon grinste ihn höhnisch an. „Du kannst mir nicht wehtun, Exorzist."

David lächelte. „Da irrst du dich aber. Mal sehen, wie sehr dir das hier gefällt." Er hielt den geweihten Dolch an das nackte Schlüsselbein des Dämons und drückte ihm die Spitze der Klinge leicht in die Haut. Es handelte sich um dieselbe Klinge, die er kurz zuvor hinter dem Rücken des Monsters in Weihwasser getaucht hatte. Der Dämon kreischte. Es spielte keine Rolle, dass er kein Mensch war. Solange er sich im Körper eines Menschen aufhielt, spürte er Schmerzen genauso stark wie sein Wirt. Das hieß, dass das Schlüsselbein und die Genitalien besonders verwundbare Stellen waren.

David bohrte die Klinge langsam tiefer ins Fleisch. Der Dämon kreischte noch lauter.

„Bitte, ich flehe dich an. Tu meinem Bruder nicht weh. Er ist irgendwo da drin!“, schrie der Zwillingsbruder hinter ihnen.

David hörte, wie Allsún zu dem Jungen ging, konzentrierte sich aber weiter darauf, dem Dämon Schmerzen zuzufügen, in der Hoffnung, ihn dadurch auszutreiben.

„Alles wird gut“, flüsterte Allsún dem Zwillingsbruder zu. „Wir holen deinen Bruder da raus. Lass uns einfach unseren Job machen. Ich weiß, dass das hier sehr beängstigend für dich ist, aber wir werden ihn retten.“

Der Junge schluchzte gequält auf. „Das Ding hat meine Mom und meinen Dad umgebracht.“

„Ich weiß, es tut mir so leid. Ich verspreche dir, dass wir dieses Monster dafür bezahlen lassen, und wir befreien deinen Bruder. Komm, lass uns in den Flur gehen. Du brauchst dir das nicht anzusehen.“

„Nein. Ich will zusehen. Ich will sehen, wie es den Körper meines Bruders verlässt“, protestierte der Junge.

Schließlich zog David die Klinge aus dem Fleisch der Kreatur, auch wenn er es eigentlich nicht wollte. Der Dämon stieß einen langgezogenen Schmerzensschrei aus.

David beugte sich vor, bis seine Nasenspitze und die des Bastards sich fast berührten. „Das hat richtig Spaß gemacht, stimmt's?“

„Leck mich."

David grinste und schwenkte das Messer vor dem Gesicht des Dämons hin und her. „Wenn dir das schon gefallen hat, dann warte nur, bis du siehst, was ich als Nächstes für dich in petto habe."

Der Dämon zuckte zusammen. „Was willst du?"

Davids Augen weiteten sich vor Erstaunen. „Sieh an, sieh an ... Es singt bereits. Ihr beschissenen Dämonen habt einfach keine Spur von Loyalität im Leibe, das ist vermutlich euer größter Fehler. Jeder von euch hat immer nur die eigenen Interessen im Sinn, und genau das ist das Problem mit euch. Glaub mir, ich kenne ziemlich viele Menschen, die ebenfalls Arschlöcher sind, aber selbst die schlimmsten Formen menschlicher Selbstsucht sind harmlos im Vergleich mit dem, wozu ihr Abschaum fähig seid." Er stellte einen seiner Stiefel auf die Kante des Stuhls, auf den er den Dämon gefesselt hatte. „Nun gut, wenn du bereit bist zu reden, dann bin ich bereit zuzuhören."

„Was willst du?"

David funkelte ihn finster an. „Du weißt genau, was ich will, du wertloses Miststück. Mir ist klar, dass nicht du derjenige bist, der all diese Morde in der Stadt zu verantworten hat. Das hier passt nicht ins übliche Schema. Es gibt kein Baby, keine schwangere Frau, also spuck gefälligst aus, was ich wissen will."

„Ich weiß nicht, was du von mir willst."

„Der hier ist nicht besonders helle, Allsún." Er schob seinen Absatz zwischen die Beine des Dämons, genau dorthin, wo er so viel Druck ausüben konnte, dass der Mistkerl sich vor Schmerzen wand. „Du weißt wohl wirklich nicht, was ich will, hmm? Informationen, du jämmerliches Stück

Dreck. Informationen. Wer hat dich hergeschickt und warum? Versuch gar nicht erst, mir weiszumachen, dass du auf eigene Faust handelst. Ich bin nicht von gestern. Widerliche Schwächlinge wie du sind immer Befehlsempfänger. Du bist garantiert keine große Nummer. Und wenn du derselbe Dämon wärst, der hier in der Gegend Familien ermordet, dann hättest du dich an dein eigenes Muster gehalten. Also erzähl mir, wer dich angestiftet hat und warum!"

Der Dämon spuckte auf Davids Stiefel. David schlug ihm den Knauf seines Messers ins Gesicht.

Aus dem Mundwinkel des Höllenwesens floss ein Rinnsal Blut. Seine Augen glühten rot. „Du treibst mich doch ohnehin aus, also warum sollte ich dir irgendwelche Informationen geben?"

David lachte und beugte sich vor, bis er mit dem Biest auf Augenhöhe war. „Also erst führst du mich an der Nase herum, indem du vorgibst, reden zu wollen, und jetzt spielst du auf einmal den großen Schweiger? Soll mir recht sein, denn es geht nicht darum, ob ich dich zur Hölle zurückschicke oder nicht. Sondern darum, wie viel Schmerzen ich dir bis dahin zufüge."

Er zog das Messer über das noch unverletzte Schlüsselbein des Dämons und drückte die mit Weihwasser präparierte Spitze dann in die Wunde, aus der prompt Rauch aufstieg.

Der Dämon schrie gellend auf und wand sich in seinen Fesseln. „Ich sage dir ja, was du wissen willst, also hör auf damit. *Stopp!*"

Ein beklemmendes Gefühl von Déjà-vu überkam David, als er das Wort „Stopp" aus dem Mund des Dämons hörte, und seine Augen weiteten sich vor Schreck. Er *kannte* diesen Dämon. „Verdammt. Du bist der Abyzu, der vor ein paar Monaten in Babys gefahren ist. Ich dachte, ich hätte deinen jämmerlichen Arsch bis auf Weiteres in die Hölle gejagt. Wie hast du es geschafft, da so schnell herauszukriechen? Du solltest nicht so bald wieder hier oben sein." Er nahm die Klinge vom Hals des Monsters.

Der Abyzu stieß ein kehliges Fauchen aus. „Schau dich nur an. Immer auf dem hohen Ross, weil du so ein toller Exorzist bist. Aber ganz so großartig bist du ja gar nicht mehr, oder? Jedenfalls fällt mir auf, dass dir seit dem letzten Mal etwas abhandengekommen ist."

David schnaubte abfällig. Was immer dieses Ding über ihn zu wissen glaubte, es redete nur Unsinn. „Ach ja? Und was sollte das sein?"

Der Dämon grinste gemein und zeigte dabei seine blutbefleckten Zähne. „Du hast einfach nicht mehr so viel Macht wie früher. Das Elfenlicht, das du besessen hast, ist verschwunden."

David hob eine Braue. Was zum Teufel meinte dieser Höllenkriecher damit? Er schaute über die Schulter zu Allsún. Doch die war zu sehr damit beschäftigt, den Zwillingsbruder zu trösten, um auf die Bemerkung des Dämons zu achten.

„Elfenlicht? Worüber redest du eigentlich?", fragte David.

Der Dämon lachte, ein bösartiges Geräusch, das bei David fast einen Würgereiz auslöste. „Hat deine kleine Elfenschlampe dir das nicht erzählt? Du hast seit geraumer Zeit eine gehörige Portion ihrer magischen Macht mit dir herumgetragen."

Was sollte das jetzt? David verdrehte genervt die Augen. Der Dämon wollte ihm ernsthaft einen derartigen Mist aufbinden? Er würde dieser wertlosen Bestie jedenfalls nicht auf den Leim gehen. „Und wie habe ich diese Macht wieder verloren?“, versuchte er, ihn zu ködern.

„Die Elfen in all ihrer doppelzüngigen Herrlichkeit teilen ihre Macht nur mit jenen, die sie *lieben*. Sie können sie nur beim Vögeln weitergeben oder zurückholen, einen anderen Weg gibt es nicht. Nun sag schon, hast du es ihr auch richtig besorgt, deiner kleinen Elfenschlampe? Also, sie hat dich jedenfalls nach Strich und Faden gefickt.“ Der Mund des Dämons verzog sich zu einem höhnischen Grinsen.

Wieder schaute David zu Allsún hin. Nein, das konnte nicht sein. Er ignorierte die Kreatur und ging zu ihr hinüber. Sie saß neben dem Jungen auf dem Sofa und hatte ihre Arme um ihn gelegt, während er sich an ihrer Schulter ausweinte.

David deutete mit einer Kopfbewegung auf den Flur. „Kann ich dich einen Moment draußen sprechen?“

„Ja, klar.“ Sie drehte sich zu dem Jungen um und strich ihm über das zerzauste Haar. „Ich bin gleich wieder da. Du bist hier sicher. Dieses Zeichen da hindert den Dämon daran, sich zu bewegen, also kann er nicht zu dir kommen. Wenn er versucht, mit dir zu reden oder dich dazu zu bewegen, etwas Bestimmtes zu tun, musst du es ignorieren, egal, wie verlockend es klingt. Das da auf dem Stuhl ist momentan nicht dein Bruder, verstehst du? Wenn dich der Kerl also auffordert, ihn loszubinden, hör nicht hin.“

Der Teenager nickte. „Okay.“

Allsún folgte David nach draußen und lehnte sich an die Wand. „Was gibt’s? Hat der Dämon schon irgendwas Brauchbares von sich gegeben?“

„Nicht wirklich, aber er hat etwas gesagt, was mir zu denken gibt.“

Sie nickte, eine stumme Aufforderung für ihn fortzufahren.

„Ich habe genau diesen Dämon vor ein paar Monaten schon einmal exorziert, und er sagt, dass ich diesmal anders bin und dass mir etwas abhandengekommen ist. Er sagt, ich hätte Elfenlicht in mir gehabt, und nun sei es verschwunden. Weißt du vielleicht irgendwas darüber?“

Allsún starrte ihn mit offenem Mund an, als könne sie nicht glauben, dass er sie das tatsächlich fragte. „Was? David, du kannst doch nicht auf so etwas hereinfallen. Du weißt doch, dass Dämonen notorische Lügner sind.“

Er nickte. Vielleicht hatte sie ja recht, aber er musste es trotzdem ganz genau wissen. „Stimmt schon, aber diese Behauptung kommt mir doch ein bisschen zu speziell vor für so eine kleine Leuchte, weißt du. Also, hast du nun eine Ahnung, wovon er redet?“

Sie wich seinem Blick aus, schaute erst auf den Boden, dann zur Seite. „Ich weiß es nicht, David. Ich weiß es wirklich nicht.“

Sie log ihm doch jetzt nicht etwa wirklich ins Gesicht, oder doch? *Verdammter Mist.* „Allie, ich kenne diesen Gesichtsausdruck. Das ist deine Ich-sage-nicht-die-ganze-Wahrheit-Miene.“

Sie funkelte ihn verärgert an. „Nennst du mich etwa eine Lügnerin?“

David brauchte einen Augenblick, um sich wieder ganz im Griff zu haben. „Kommt darauf an“, sagte er dann. „Sollte ich das? Du benimmst dich jedenfalls gerade ganz schön verdächtig.“

Allsún schnaubte spöttisch. „Du bezichtigst mich wirklich auf das Wort irgendeines Dämons hin der Lüge?“

„Beantworte einfach meine Frage, dann muss ich dich wegen gar nichts bezichtigen. Weißt du, wovon dieser Dämon spricht?“

Allsún sah ihn an und gab sich alle Mühe, seinem prüfenden Blick standzuhalten, allerdings mit mäßigem Erfolg. Sie war eine schrecklich schlechte Lügnerin. Dinge für sich zu behalten war das eine, aber geradeheraus die Unwahrheit zu sagen eine ganz andere Sache. Ihre Unterlippe fing an zu zittern, und sie gab auf. „Ja, ich weiß, wovon er spricht", bekannte sie.

„Und?"

Sie zuckte mit den Achseln. „Und gar nichts. Es ist keine große Sache. Schließlich handelt es sich ja um *meine* Macht."

David sah sie aus großen Augen an. „Einen Moment mal. Deine Macht? Dann hast du mir also tatsächlich irgendeine Art von Elfenmacht weggenommen?"

„Ja, das habe ich, okay? Aber was spielt das für eine Rolle? Du wusstest nicht mal, dass du sie hattest, und ich habe sie vor Jahren nur aus Versehen an dich weitergegeben."

Er starrte sie fassungslos an. „Es spielt eine Rolle, weil es nach Aussage des Dämons nur einen Weg gibt, diese Kräfte zu übertragen, nämlich durch Sex."

Sie antwortete nicht.

Nein, das konnte nicht wahr sein. So etwas hätte sie doch nie getan, oder? „Hast du nur deshalb mit mir geschlafen, um deine Macht zurückzubekommen?"

Sie sagte immer noch nichts.

„Allsún."

Sie mied seinen Blick.

„Das hast du, nicht wahr?"

Der Schmerz traf ihn mitten ins Herz. Einen Moment lang konnte er nicht atmen, sich nicht bewegen. Sie hatte mit ihm geschlafen, um sich ihre magischen Kräfte zurückzuholen. Und er Trottel hatte gedacht, dass zwischen ihnen wieder etwas wäre und dass Allsún vielleicht, ganz vielleicht und durch die Gnade Gottes wieder in sein Leben zurückkehrte. Aber nein. Das war keineswegs der Fall. Er war getäuscht worden. Allsún hatte ihn und seine Gefühle ohne Skrupel für ihre Zwecke benutzt.

„Es ist nicht so, wie du denkst. Nicht so, wie es klingt. Zugegeben, zuerst habe ich darüber nachgedacht. Aber als wir dann tatsächlich miteinander geschlafen haben, war es viel mehr, das schwöre ich. Ich hatte nicht mal die Absicht, mein ‚Licht' aktiv zurückzuholen. Ich hoffte nur, dass es irgendwie von selbst zu mir kommen würde, und genau das ist passiert."

David schlug mit der Faust gegen die Wand, um den Schmerz in seinem Herzen zu überdecken. „Aber warum hast du mich angelogen? Welchen Sinn hatte das? Warum hast du es mir nicht von vornherein offen und ehrlich erzählt? Du weißt doch, dass ich alles für dich tun würde, alles, worum du mich bittest, auch wenn es mich innerlich umbringt."

Sie schüttelte den Kopf. „Das ging nicht."

„Wie meinst du das: Es ging nicht?"

„Ich konnte es dir einfach nicht sagen, okay?"

„Warum brauchtest du überhaupt deine Macht zurück? Du bist mindestens fünf Jahre lang bestens ohne sie ausgekommen, also warum ausgerechnet jetzt?"

Als sie nicht antwortete, bohrte er weiter. „Allsún, warum brauchst du diese Kräfte ausgerechnet jetzt wieder?"

Sie seufzte. „Um Avalon zu erreichen, denn das geht nur, wenn ich meine volle magische Macht habe. Die Dämonen können mir nicht dorthin folgen. Ich wäre in Sicherheit."

David unterdrückte einen Fluch. *Verdammt.* Sie hatte ihn nicht nur für ihre Zwecke benutzt, jetzt wollte sie auch noch weggehen. „Und wann genau hattest du vor, mich das alles wissen zu lassen? Du willst nicht einfach nur weggehen, du hast verflucht noch mal vor, in eine andere Dimension überzusiedeln, und warst trotzdem der Ansicht, das sei nicht wichtig genug, um es mir zu erzählen?"

Er kam näher, aber sie schubste ihn weg. „Oh, jetzt tu nicht so verletzt, David. Wenn du tatsächlich so verflucht verliebt in mich wärst, dann hättest du mich schon beim ersten Mal nicht einfach so gehen lassen."

„Ich dachte, du wolltest nicht, dass ich dir nachlaufe. Tatsächlich dachte ich damals sogar, dass du von dir aus zurückkommen würdest." Allein die Erinnerung daran weckte den alten Schmerz in ihm. „Hast du überhaupt eine Ahnung, wie weh das getan hat, über Wochen, Monate, Jahre hinweg zu hoffen, dass du eines Tages wieder durch diese Tür treten würdest? Der Schmerz, dich zu verlieren, war beinahe unerträglich."

„Ja klar, und ich bin auch die Einzige hier, die anderen Schmerzen zufügt." Sie verschränkte die Arme vor der Brust und drehte ihm den Rücken zu.

David schüttelte verzagt den Kopf. Warum konnte sie die Sache nicht auch einmal von seiner Warte betrachten? „Schau, ich weiß, dass ich viele Fehler gemacht habe, aber dass ich der Execution Underground beigetreten bin, war keiner davon. Ich hätte dir vorher sagen sollen, was ich vorhatte, aber ich bereue meine Entscheidung nicht. Ich habe ungezählte Leben retten können, Allsún. Es war eine Entscheidung zum Wohl der Allgemeinheit. Außerdem bin ich damals nur deshalb so vorgeprescht, weil ich mich in unserer Beziehung hundertprozentig sicher gefühlt habe.

Niemals, nicht in einer Million Jahren, hätte ich damit gerechnet, dass du gehst. Ich glaubte, die richtige Wahl für uns beide getroffen zu haben. Ich hätte besser für uns sorgen können, für …"

Sie fiel ihm ins Wort. „Hör mit diesem selbstgerechten Mist auf. Hör auf, so zu tun, als seist du über jeden Fehler erhaben. *Du* hast mich zuerst verletzt, indem du diese Entscheidung getroffen hast, ohne mir auch nur davon zu erzählen, David."

„Das stimmt. Es war falsch von mir, das zu tun, aber *du* warst diejenige, die gegangen ist."

Sie stach einen Finger in seine Brust. „*Du* hast mich durch dein Verhalten vertrieben."

Plötzlich war der Schmerz, der sein Herz zerriss, wieder so frisch wie damals, als sie ihn das erste Mal verlassen hatte. „Wovon redest du überhaupt? Ich habe dich angefleht zu bleiben."

Sie erhob die Stimme und bohrte ihm ihren Finger noch tiefer in die Brust. „Ich hätte nicht bleiben können, selbst wenn ich es gewollt hätte."

Was um alles in der Welt meinte sie? Wieso glaubte sie, keine andere Wahl gehabt zu haben? „Zum Teufel, warum denn nicht?"

„Weil ich wusste, dass du uns nicht willst!", schrie sie.

David stutzte. „Uns? Wen …"

„Mich und das Baby, du unsensibler Mistkerl. Ich war schwanger. Ich war in der zwölften Woche, und du hast mir recht deutlich mitgeteilt, dass dir bei der Vorstellung, Kinder mit mir zu haben, schlecht wird."

Für eine Sekunde schien Davids Herz stillzustehen. Allsún war schwanger gewesen? Vor seinem inneren Auge tauchten eine Reihe imaginärer Bilder auf: Allsún mit einem Säugling im Arm, ein Garten mit weißem Zaun, ein Kinderzimmer. Dann schüttelte er diese Heile-Welt-Fantasien ab. Wie hatte sie ihm bloß so etwas vorenthalten können? „Schlecht vor Sorge, Allsún. Nicht, weil ich keine Kinder wollte. Ich wollte immer Kinder mit dir. Aber ich wollte auch, dass sie in Sicherheit sind, und ich wusste, dass ich das nicht garantieren kann. Ich wollte kein Kind in die Welt setzen, in dem Wissen, es nicht beschützen zu können. Warum hast du mir nicht erzählt, dass du schwanger warst?"

Sie schaute ihn an, als sei das die lächerlichste Frage, die sie je gehört hatte. „Was glaubst du wohl? Ich hatte Angst vor deiner Reaktion. Erst erzählst du mir, dass du keine Kinder willst, und dann erwartest du, dass ich dir ohne Umschweife verkünde, dass du Vater wirst? Ich hätte es nicht ertragen können, wenn du mich gebeten hättest, das Kind abzutreiben."

Er trat einen Schritt auf sie zu. Wie hatte sie so etwas von ihm denken können? Dass er sein Kind nicht behalten wollte? „Das hätte ich niemals getan. Aber dachtest du ernsthaft, dass es eine bessere Idee ist, mir jetzt zu verkünden, dass ich ein Dad bin?"

Sie schüttelte den Kopf. „Du bist kein Dad."

Er sah sie verständnislos an. „Was?"

Die Tränen liefen ihr bereits über die Wangen. „Ich habe das Baby verloren."

Lang und geräuschvoll atmete David aus. Er fühlte sich, als habe ihn jemand in den Bauch getreten. „Was?", würgte er hervor.

Sie wischte sich über die Augen, aber die Tränen strömten ungehindert weiter. „Ich habe das Baby verloren. Ich hatte eine Fehlgeburt."

David fehlten die Worte. Das Herz war ihm so schwer, dass es ihn fast zu Boden drückte. „Allie, ich … Was ist passiert?“

„Wenn du mir bloß nachgelaufen wärst! Wenn du mir verdammt noch mal nachgelaufen wärst, dann wäre alles anders gekommen.“

„Allsún, wovon sprichst du?“

„Davon, wie ich das Baby verloren habe!“, schluchzte sie wütend. „Ich bin an dem Abend damals nach Hause gerannt, um mir die Augen aus dem Kopf zu weinen. Ich war so durcheinander, dass ich die Warnzeichen nicht bemerkte, dass ein … ein …“ Sie erstickte fast an ihren Worten und schien für einen Moment unfähig weiterzusprechen. „… ein Dämon im Haus war. Er war so stark, dass ich nichts gegen ihn ausrichten konnte. Er hat mich an die Wand gedrückt. Er wusste, dass ich ein Kind von dir erwarte, und er … er …“ Sie holte tief Luft und stieß ein gequältes Schluchzen aus. „Er hat die Fehlgeburt ausgelöst. Er hat in mich hineingegriffen und einfach …“ Die Tränenflut wurde noch stärker. „Es war ein Junge. Er wäre ein mächtiger Exorzist geworden, genau wie du.“

Davids Welt geriet unter der geballten Wucht dieser Nachrichten völlig aus den Fugen. Erst hatte er einer schwangeren Allsún gesagt, dass er keine Kinder wollte, und dann hatte ein Dämon dafür gesorgt, dass sein Sohn, ein ebenso mächtiger Exorzist wie er selbst, nie geboren wurde. Es war seine Schuld, dass dieser Dämon sie attackiert hatte, seine Schuld, weil er ihr nicht nachgelaufen war und sie gerettet hatte, sie und ihr gemeinsames Kind. Es war der reine Horror!

„Allie, es tut mir so leid. Ich schwöre, dass ich das nicht wusste. Wenn ich auch nur die geringste Ahnung gehabt hätte, dann wäre ich …“ Er streckte eine Hand aus, um ihre Schulter zu berühren, aber sie schlug seinen Arm beiseite.

„Fass mich nicht an.“

„Allsún …“

„Lass mich einfach in Ruhe, verdammt noch mal. Es ging mir gut, richtig gut, bevor du wieder in mein Leben gekommen bist.“ Sie ging rückwärts, von ihm weg.

Er folgte ihr, aber sie wich noch weiter zurück.

„Lass mich in Ruhe. Verschwinde aus meinem Leben. Und diesmal bitte für immer.“ Sie vergrub das Gesicht in ihren Händen und lief zur Treppe.

Als die Haustür mit einem Knall ins Schloss fiel, zerbrach Davids Welt in tausend Stücke.

16. KAPITEL

Allsún zwang sich, nicht zurückzuschauen, ob David ihr folgte. Sie war sicher, dass er es nicht tat. Er hatte da oben noch ziemlich viel zu erledigen, bevor er auch nur an sein privates Dilemma denken konnte. Trotzdem wünschte sich der romantische Teil von ihr, dass er ihr nachlief, sie konnte nichts dagegen tun. Neben der Super Glide, die er in seiner Hast einfach auf den Rasen geworfen hatte, blieb sie kurz stehen. Aber sie hatte keine Chance, die schwere Maschine aus eigener Kraft hochzustemmen, also ließ sie sie liegen.

Sie brauchte ein Taxi. Doch wohin sollte sie sich fahren lassen? Sie hakte im Geist die Liste ihrer Möglichkeiten ab. Sie konnte ins Hotel zurückgehen, aber dort würde David sie finden, und auf eine weitere Konfrontation, die ihr dann womöglich bevorstand, hatte sie absolut keine Lust. In seine Wohnung konnte sie auch nicht, denn die Dämonen kannten die Adresse, ganz zu schweigen davon, dass die Tür aufgebrochen war. Und sie hatte keine Verwandten, bei denen sie unterkommen konnte, denn die waren alle auf der Apfelinsel. Natürlich gab es immer noch Davids Großmutter, aber auch das war keine wirkliche Option. Nicht nur, weil Allsún niemanden in Gefahr bringen wollte, sondern weil David dort oft Zuflucht suchte, wenn er Probleme hatte, und die alte Dame um Rat fragte.

Allsún blieb offenbar nur ihre eigene Wohnung. Direkt auf Avalon konnte sie nicht gehen, denn sie musste erst ein neues Heim für ihre Haustiere finden. Allsún versuchte, sich davon zu überzeugen, dass ihre niedlichen kleinen Samtpfötchen der einzige Grund waren, der sie noch auf der Erde hielt, aber tief in ihrem Innersten war ihr klar, dass sie in Wahrheit auf eine Versöhnung mit David hoffte.

Soweit sie wusste, hatten die Dämonen keine Ahnung, wo sie wohnte; sie kannten nur das Haus ihrer Mutter. Vielleicht wäre sie also in ihrem eigenen Apartment sicher, wenigstens für kurze Zeit – nur solange, bis ihr etwas Besseres einfiel. Mit etwas Glück kam David nicht auf die Idee, sie dort zu suchen, weil es zu offensichtlich war.

Sie hielt ein Taxi an und dachte besorgt darüber nach, ob es ihr zur schlechten Angewohnheit werden könnte, sich durch Elfenmagie eine Freifahrt zu erschleichen.

Kurz darauf stand sie vor ihrer verschlossenen Tür und war froh, dass sie immer einen Ersatzschlüssel unter der Fußmatte aufbewahrte. Nachdem sie eingetreten war, verschloss sie die Tür wieder hinter sich und knipste das Licht an.

Eine ihrer vielen Katzen, eine schwarz-weiße ehemalige Streunerin namens Olivia, rannte durch das Apartment, um sie zu begrüßen. Gott sei Dank, Mrs Cole, Allsúns nette ältere Nachbarin, schien sich während ihrer Abwesenheit bestens um die Katzen gekümmert zu haben. Olivia stieß ein süßes Maunzen aus, und Allsún hob sie hoch und rieb ihre Wange an dem weichen Fell.

„Ich habe meine Babys ja so vermisst", murmelte sie. Die Katze in ihren Armen schnurrte laut und behaglich.

Sie trug Olivia ins Schlafzimmer und setzte sie sanft auf dem Bett ab. Zwei weitere Katzen tapsten in den Raum: Olivias Bruder Ralph und Jack, der dreibeinige getigerte Kater, den sie gerettet hatte, nachdem er von einem Auto überfahren und einfach liegen gelassen worden war. Sie legte sich auf ihr Bett, kuschelte sich in den Berg aus Kissen und ließ ihren Gefühlen freien Lauf. Sie rechnete mit noch mehr Tränen, doch zu ihrer Überraschung blieben ihre Augen trocken.

Wenn sie ehrlich mit sich selbst war, musste sie zugeben, dass der Streit mit David ihr so etwas wie Erleichterung verschafft hatte. Endlich hatte sie sich ihren Schmerz und ihre Wut von der Seele reden können.

Eine wunderschön gefleckte Katze sprang auf das Bett. Ms Fit, ihre immer ein bisschen wütende Älteste, war von Allsúns Mutter einst in einer Kiste mit obdachlosen Kätzchen entdeckt worden, die vor einem Gemischtwarenladen stand. Sie streichelte Ms Fits Kopf und stützte sich dann auf die Ellbogen, um ihre versammelte Katzenfamilie zu überblicken.

Sie hatte fast eine Stunde so dagelegen, als es an der Tür klopfte. Allsún brauchte gar nicht erst durch den Spion zu schauen – was sie aber natürlich vorsichtshalber trotzdem tat –, sie wusste auch so, wer es war.

Sie öffnete die Tür und trat beiseite. David ging wortlos an ihr vorbei und direkt auf ihr Sofa zu.

Er setzte sich hin und räusperte sich. „Ich wollte nicht wieder denselben Fehler machen wie letztes Mal, als ich dir nicht gefolgt bin, also bin ich jetzt hier, und ich bleibe so lange, bis wir endlich über alles gesprochen haben. Ich glaube, das ist längst überfällig."

Sie durchquerte den Raum und ließ sich neben ihm nieder. Auch nach so langer Zeit war sie nicht sicher, ob sie bereit für dieses Gespräch war, aber das spielte jetzt keine Rolle. Bereit oder nicht, David war hier, und er verdiente die Wahrheit. Sie verschränkte die Hände ineinander und starrte darauf, während sie sprach. Sie konnte ihm jetzt noch nicht in die Augen schauen.

„An dem Abend, als wir Schluss gemacht haben, war ich wütend auf dich, weil du dich der Execution Underground angeschlossen hast, aber ich bin nicht deshalb gegangen. Ich bin gegangen, weil ich im dritten Monat schwanger war."

David schüttelte den Kopf, als konnte er es immer noch nicht fassen. „Warum bloß hast du nichts gesagt?"

„David, wie konnte ich das denn? Von dem Moment an, in dem wir uns verlobt haben, hast du immer wieder betont, dass du keine Kinder willst. Ich wusste seit Wochen Bescheid, aber ich hatte Angst, es dir zu erzählen, weil ich absolut nicht wusste, wie du reagieren würdest."

Er legte einen Zeigefinger unter ihr Kinn und hob ihr Gesicht an, sodass sie ihn ansehen musste. „Ich hätte gesagt, dass wir beide das schon schaffen werden. Dass wir großartige Eltern sein werden und dass ich glücklich bin, auch wenn es nicht so geplant war."

„Ich habe ja versucht, es dir zu erzählen, aber mit einer so positiven Reaktion habe ich wirklich nicht rechnen können, nachdem ich dir die Babyschuhe gezeigt habe. Statt zu begreifen, was ich dir mit den Schühchen sagen wollte, hattest du schon wieder davon angefangen, dass du keine Kinder möchtest. Wie sollte es mir denn damit gehen? Schließlich war ich bereits in der zwölften Woche, und meine Hormone spielten verrückt."

Er nahm ihre Hand, und ein Ausdruck tief empfundener Traurigkeit legte sich über seine Züge. Sie hätte schwören können, dass seine Augen feucht waren. „Es tut mir so leid, Allie."

Das war der Moment, in dem sie die Beherrschung verlor. Tränen schwammen in ihren Augen und rannen ihr schließlich über die Wangen. „Nun ja, das spielt ja nun keine Rolle mehr", fauchte sie.

David ignorierte ihren Zorn. Seine Stimme war ganz sanft, als er weitersprach. „Ich hätte da sein sollen, um dich zu beschützen. Ich wollte dir so gern folgen, aber ich dachte, dass du von selbst zurückkommst, wenn du so weit bist. Selbst nach einer Woche glaubte ich noch, dass du nur deine berechtigte Wut abkühlen lässt. Was war ich doch für ein Idiot, heute ist mir das klar. Dann wurde aus der Woche ein Monat, und aus den Monaten wurden Jahre, und als ich endlich akzeptieren konnte, dass du nicht wiederkommen würdest, dachte ich, dass es keinen Sinn mehr hätte, dich zu kontaktieren. Ich wusste ja inzwischen, dass du mich nicht mehr wolltest, und es schien mir besser, dich mit deinem Leben weitermachen zu lassen."

Sie schüttelte den Kopf. *Weitermachen? Oh Mann, was für ein Witz.* Selbst mit einem netten Kerl wie Tom an der Seite war sie nie über ihre Beziehung zu David hinweggekommen. Genau das war ja ihr Problem. „Ich konnte nicht einfach mit meinem Leben weitermachen, nachdem ich zur selben Zeit dich und das Baby verloren hatte. Es verfolgte mich, wie eine dunkle Wolke, die ständig über meinem Kopf hing." Sie zögerte. „Weißt du, ich hatte so gehofft, dass unser Erstgeborenes ein Sohn wird."

David sagte nichts, sondern zeichnete mit dem Daumen sanfte, beruhigende Kreise in ihre Handfläche.

„Der Dämon sagte, dass er ein Exorzist werden würde, so wie du, und dass er ihn deshalb …" Sie brachte die Worte nicht über die Lippen, sosehr sie sich auch bemühte. Doch als sie dann weitersprach, sprudelten die Sätze nur so aus ihr heraus, als ob ein Schleusentor geöffnet worden wäre. Sie konnte sie nicht mehr zurückhalten. „Ich schaffte es, nach der Attacke den Notruf zu wählen, und ein Rettungswagen brachte mich ins Krankenhaus. Die Ärzte konnten mir nur sagen, was ich bereits wusste, als ich das Blut gesehen habe. Das Baby – unser Baby – war tot. Sie wollten mir eine Narkose geben, um eine Ausschabung vorzunehmen, aber ich wollte unseren Sohn noch nicht aufgeben, obwohl ich tief im Inneren wusste, dass es hoffnungslos war. Ich habe gebetet und Gott angefleht, ihn zu retten, aber ich bekam keine Antwort. Ich hatte keine inneren Blutungen, und da ich dem Eingriff nicht zustimmte, schickten die Ärzte mich nach Hause, zum *Beobachten und Abwarten*, wie sie es nannten. Doch im Grunde hieß das nichts anderes, als dass ich zu Hause und allein einen Abort hatte. Die Ärzte sagten mir auch: Alles ist in Ordnung. Sie können wieder ein Kind bekommen. Aber ich wollte ihnen nur entgegenschreien: Ich will aber dieses hier. Dieses Baby. Mein Baby. Meinen Sohn. Weil ich ihn bereits geliebt habe und mit Freuden mein Leben geben würde, nur damit er leben kann."

David zog sie in seine Arme. Sie legte den Kopf an seine Brust. Immer noch strömten die Tränen über ihre Wangen. „Kein Tag vergeht, ohne dass ich an ihn denke. Ich konnte den Gedanken nicht ertragen, dass er kein richtiges Grab hat, also ließ ich einen Stein für ihn auf dem Mount-Hope-Friedhof aufstellen. Ich besuche ihn dort einmal in der Woche, wenn ich kann, und lege Blumen für ihn hin. Jedes Jahr zünde ich an dem Tag, an dem er geboren werden sollte, eine Kerze für ihn an und spreche ein Gebet, auch wenn ich manchmal nicht mehr besonders viel Vertrauen in Gott habe, nach dem, was mit meinem Sohn passiert ist. Er wäre jetzt vier Jahre alt. Ich habe ihn Michael genannt, wie dein zweiter Vorname und wie der Engel. Michael O'Hare Aronowitz."

David streichelte ihr Haar. „Es ist okay. Du kannst mir alles erzählen. Du musst dir das von der Seele reden."

„Das Schlimmste ist, wenn ich andere Frauen über ihre Kinder reden höre. Nicht, weil ich neidisch bin, dass ihre Babys leben und meins sterben musste, sondern weil sie Dinge sagen wie: ‚Warte nur, bis du eines Tages selbst Mutter bist', und ich wünschte, es gäbe eine Möglichkeit, die Welt wissen zu lassen, dass ich eine Mutter bin." Die letzten Worte gingen in Schluchzen unter.

David hielt sie noch fester. „Du bist nicht mehr allein, Allie. Die Welt weiß vielleicht nicht Bescheid, aber ich tue es. Ich weiß es, und ich finde, dass du dich anhörst wie die beste Mutter, die man sich vorstellen kann, weil ich sehe, wie sehr du Michael geliebt hast."

Als David den Namen seines Sohns aussprach, entrang sich ihrer Brust ein weiterer schmerzvoller Schluchzer. Sie konnte an Davids Stimme erkennen, wie viel Michael auch ihm bedeutete, wahrscheinlich mehr, als ihm lieb war. „Noch nie habe ich gehört, wie jemand anders ihn bei dem Namen nennt, den ich ihm gegeben habe. Dadurch wird er auf einmal so viel realer."

David küsste sie auf die Stirn. Seine Lippen waren so zärtlich und weich, und die sanfte Berührung wärmte ihre Seele wie eine Lieblingskuscheldecke in einer kalten Winternacht. „Er *war* wirklich und *ist* wirklich", flüsterte David, den Mund ganz nah an ihrer Haut. „Ich weiß, dass es dir schwerfallen mag, das jetzt zu glauben, aber ich spüre tief in meinem Herzen, dass du ihn eines Tages wiedersehen wirst. *Wir* werden ihn wiedersehen."

Als Allsún alle Tränen geweint hatte, die in ihr waren, löste sie sich aus Davids Umarmung.

„Danke, dass du gekommen bist. Ich musste all das endlich einmal loswerden."

Er nickte. „Manchmal reicht es schon, wenn jemand Zeuge unserer Qualen wird, und die Heilung kann einsetzen. Ich weiß nicht, ob der Schmerz, ein Kind zu verlieren, jemals ganz aufhören wird, aber jetzt hast du einen Menschen, mit dem du ihn teilen kannst."

Ein Teil von ihr wollte ihm sagen, dass jetzt alles anders war. Dass sie eine Veränderung spürte, als habe sich etwas zwischen ihnen verschoben, nun da er über alles im Bilde war, was sie durchgemacht hatte. Aber sie wusste es besser. Es gab immer noch einiges, über das sie nachdenken musste. Sie brauchte Freiraum. „Das ändert nichts, David. Noch nicht."

Er versuchte, sie anzulächeln. „Das habe ich mir schon gedacht." Trotzdem machte er keine Anstalten zu gehen. „Du brauchst immer noch Schutz", sagte er dann. „Ich kann dich nicht einfach hier allein lassen, nicht nach allem, was passiert ist."

Sie stand auf und deutete zur Tür. „Du musst aber gehen, David. Jedenfalls heute Abend. Ich brauche Zeit für mich, um einen klaren Kopf zu kriegen."

Er öffnete den Mund, um zu protestieren, aber sie hob abwehrend die Hand. „Bitte, geh jetzt."

Frustriert verzog er das Gesicht, aber sie musste ihm zugutehalten, dass er ihre Wünsche respektierte. Sie öffnete die Tür und verabschiedete ihn ohne ein weiteres Wort.

Als sämtliche Riegel vorgeschoben waren, seufzte sie erleichtert auf. Endlich hatte sie Zeit für sich. Ihre Katzen kamen zu ihr, und sie hob eine nach der anderen hoch und drückte sie an ihre Brust.

Moment mal!

Eine fehlte. Eine ältere getigerte, die als hinreißendes Kätzchen Mew hieß, aber nach einem unvermuteten Wurf sterilisiert wurde und nun eine dicke Katze mit dem liebevollen Spitznamen Moo war.

„Moo!“, rief sie.

Alles blieb still.

„Moo!“

Endlich hörte sie ein leises Maunzen.

„Moo, wo bist du?“

Das Maunzen kam aus dem Gästezimmer, in dem ihre Mutter oft geschlafen hatte. „Moo, was machst du da drinnen? Komm her.“ Sie machte sich auf den Weg, um die Katze zu holen, und knipste unterwegs noch mehr Lampen an.

Als sie vor dem Gästezimmer stand, kam Moo aus der Tür geschossen und rannte an ihr vorbei.

„Moo, was ist denn los?“ Sie stieß einen Seufzer aus. „Du warst doch nicht etwa ein böses Mädchen? Wehe, wenn du an Mamas Quilts gekratzt hast.“ Sie trat ein und machte das Licht an.

Sie hatte nicht einmal Zeit zu schreien, bevor der Dämon die Hand hob und sie so heftig gegen die Wand schleuderte, dass ihr die Luft wegblieb.

Scheiße. Wie war er bloß hereingekommen?

„Du solltest wirklich Gitter am Fenster über der Feuertreppe haben“, bemerkte der Dämon. Er trug den Körper eines Mannes, in dem sie einen ihrer Nachbarn wiedererkannte. Sie hatte kaum jemals ein Wort mit ihm gewechselt, ihn aber öfter im Vorbeigehen gesehen.

Der Dämon kam auf sie zu. Er hatte sich in einen leicht übergewichtigen Mann mittleren Alters gehüllt, dessen Haar sich über der Stirn bereits lichtete. Doch das Wissen, dass sich ein Dämon darin verbarg, ließ die eigentlich biedere Erscheinung unglaublich bedrohlich erscheinen.

„Ich habe dir versprochen, dass ich eines Tages wiederkomme."

Allsún starrte ihn aus schreckgeweiteten Augen an. Nein, das konnte nicht sein. Der Dämon, der ihr Baby umgebracht hatte? „Du kranker, jämmerlicher Höllenkriecher", fauchte sie. „Was willst du jetzt von mir?"

„Du darfst gern Sammael zu mir sagen." Der Dämon grinste, und es gelang ihm, dem Gesicht des unschuldigen Mannes, dessen er sich bemächtigt hatte, einen widerwärtigen und bösen Ausdruck zu geben. „Keine Angst, diesmal gibt's keine toten Babys."

Allsún wehrte sich gegen den unsichtbaren Griff der Kreatur. Sie wusste, dass es zwecklos war, aber sie wollte es wenigstens versuchen.

„Ich will genau das, was ich hier vor mir habe – dich." Sammael hob die geöffnete Hand und ballte sie zur Faust.

Allsúns Muskeln verkrampften sich, als der Schmerz durch ihren Körper fuhr. Sie schrie auf. Der Dämon schlug ihr ins Gesicht.

„Halt den Mund!", zischte er.

„Wenn du mich töten willst, dann mach schon", presste sie keuchend hervor.

„Noch nicht. Aber wenn ich mit dir fertig bin, wirst du dir wünschen, dass ich nichts anderes mehr von dir will, als dich zu töten. Leider darf ich dich nicht umbringen. Ich brauche dich. Bislang hast du dich ganz nach Plan verhalten. Ich habe den Dämon losgeschickt und ihm befohlen, David von deinem ‚Licht' zu erzählen, weil ich wusste, dass euer Streit dich hierhertreiben wird – und zwar allein. Schon wieder hat der Exorzist dich also schutzlos zurückgelassen."

„Woher wusstest du, dass ich mein ‚Licht' zurückgeholt habe?"

Sammael lachte. „Stell dich doch nicht so dumm. Dieser Dämon ist nur deshalb in deinen Arzt gefahren, weil ich dich wieder mit Aronowitz zusammenbringen wollte. Es war wichtig für mich, dass du dein ‚Licht' wiederbekommen wolltest. Daher habe ich jeden Dämon, den ich kontrolliere, auf dich angesetzt. Ich wusste, dass die Apfelinsel deine einzige Option ist und dass du mit diesem Weichei Aronowitz wieder in die Kiste springen würdest. Ihr Menschen tut immer so einzigartig, aber in Wahrheit seid ihr verdammt berechenbar."

Sie funkelte den Dämon hasserfüllt an. „Was willst du dann von mir, wenn du mich nicht töten kannst?"

„Heute Nacht gibt es den viermillionsten Vollmond seit der Verbannung meiner Herrin aus dem Paradies. Das bedeutet, dass Magie in der Luft liegt, so wie meine Herrin es bestimmt hat, bevor sie ausgestoßen wurde, und diese Magie wird dafür sorgen, dass Lilith aus der Hölle aufersteht. Und du, meine Liebe, hast eine wichtige Rolle in diesem Szenario. Die Angst der Eltern und der Tod der Kinder waren Teil des Zaubers, den Lilith verhängte. Man könnte es vielleicht als ihre Rache an Gott betrachten, der sie mit Unfruchtbarkeit schlug, als er sie aus seinem Garten Eden vertrieb. Zwei tote Säuglinge, gewürzt mit der Furcht ihrer Eltern, haben zu dieser Nacht geführt, in der du uns helfen wirst, die dritte und letzte Familie zu erlegen, die Familie, die Lilith einmal mehr in diese irdischen Gefilde zurückbringen wird."

Allsún schnaubte verächtlich. „Ich werde niemals irgendetwas tun, was du von mir verlangst, nicht mal, wenn du mich folterst. Glaub mir, was auch immer du für Tricks im Ärmel hast, ich habe Schlimmeres durchgemacht. Ich kann allem standhalten. Ich bin eine Überlebenskünstlerin."

Sammael ließ einen Finger über ihre Wangenknochen gleiten. Allsún erschauderte vor Ekel.

Der Dämon zog seine Hand zurück. „So viel Vergnügen es mir auch bereiten würde, dich zu foltern, es ist gar nicht nötig. Lilith wird einfach in dich fahren."

Wovon um alles in der Welt faselte der Höllenkriecher da? „Lilith? Du meinst Lilith aus der Bibel? Übrigens gehöre ich zum Feenvolk. Kein Dämon kann in mich fahren, du schwefelfressender Idiot."

Sammael grinste. „Da irrst du dich aber, meine süße kleine Elfenschlampe. Denn siehst du, Dämonen, die so mächtig sind wie Lilith und ich, sind durchaus dazu in der Lage. Wir haben es schon getan, und wir werden es wieder tun. Erinnerst du dich an deine Mutter?"

„Versuch es doch, aber ich warne dich!"

„Alles zu seiner Zeit meine Liebe. Alles zu seiner Zeit." Sie zuckte zusammen, als der Dämon ihre Wange tätschelte.

Allsún öffnete den Mund, um noch etwas zu sagen, aber bevor sie auch nur ein Wort über die Lippen bringen konnte, hob Sammael den Arm und holte mit aller Kraft aus. Die Faust vor ihrem Gesicht war das Letzte, was sie sah, bevor es schwarz um sie wurde.

Vielleicht war die Bibliothek ja doch nicht der beste Ort, um nach Symbolen zu suchen, die am Schauplatz eines Verbrechens aufgetaucht waren. Shane ließ die Stirn auf die Tastatur seines Computers fallen und stöhnte. Verdammt. Egal, wo er nachschaute, ob online oder in Büchern, das Ergebnis war dasselbe. Nichts.

Er wusste, dass es ihm früher oder später gelingen würde, die Wandzeichnungen zu bestimmen, schließlich hingen unschuldige Leben davon ab, außerdem war er stolz darauf, seine Teamkollegen noch nie enttäuscht zu haben. Aber im Moment blieb ihm nichts anderes übrig, als sich die Haare zu raufen. Und wenn das so weiterging, dann wäre er kahl, bevor er die Lösung fand.

„Sie sehen nicht besonders glücklich aus“, sagte eine weibliche Stimme hinter ihm.

Verdammt. Das durfte doch nicht wahr sein! Er hatte jetzt keine Zeit, sich ablenken zu lassen. Shane blickte auf. Vera Sanders stand vor ihm.

Konnte das Universum ihn nicht mal zwei Minuten in Ruhe lassen, damit er diesen Fall knacken konnte?

Er riss sich zusammen. „Was kann ich für Sie tun, Miss Sanders?“

Sie wippte auf ihren hochhackigen Stiefeln, als ob sie nervös wäre. „Na ja, ich habe Sie hier sitzen sehen und habe irgendwie gehofft, dass Sie vielleicht jetzt bereit wären, mir diese Nachhilfestunde zu geben, über die wir gesprochen haben.“ Sie sah ihn bekümmert an. „Ich möchte wirklich nicht in Ihrem Seminar durchfallen, Dr. Grey.“

Verflucht. Er wollte ihr helfen, ja, wirklich, und zwar nicht nur, weil er sich zu ihr hingezogen fühlte, sondern weil ihm der akademische Erfolg seiner Studenten am Herzen lag. Doch dafür war jetzt wirklich nicht der richtige Zeitpunkt.

„Tut mir leid, Miss Sanders. Aber im Moment passt es gar nicht. Ich recherchiere gerade in einer ziemlich wichtigen Angelegenheit.“

Sie beugte sich vor, um auf seinen Bildschirm zu schauen. Er klappte hastig seinen Laptop zu, damit sie das in Blut geschriebene Symbol, das am Schauplatz eines grausigen Verbrechens aufgetaucht war, nicht zu sehen bekam, aber es war bereits zu spät.

Ihre Augen weiteten sich überrascht, und sie wirkte ungewohnt verlegen. „Verflucht, Doc Grey. Da haben Sie es aber mit ganz schön krasser schwarzer Magie zu tun. Ein Ritual, um die Königin der Dämonen zu beschwören, ist ziemlich …“ Sie schlug sich erschrocken die Hand vor den Mund.

Shane schob seinen Stuhl zurück. „Königin der Dämonen? Was soll das denn heißen?“

Sie schüttelte den Kopf. „Tut mir leid. Ich weiß auch nicht, was in mich gefahren ist. Ich muss jetzt los.“

Sie wandte sich zum Gehen, aber er stand auf und stellte sich ihr in den Weg. „Vera, das ist wirklich wichtig. Was haben Sie gemeint, als Sie Königin der Dämonen sagten?“

Sie versuchte, an ihm vorbeizugehen, aber ohne Erfolg.

„Vera, bitte“, flehte er. „Es geht um Leben und Tod.“

Sie schüttelte immer noch den Kopf, als könne sie selbst nicht glauben, was sie sagte. „Lilith. Die Königin der Dämonen. Sie kommt in vielen Volkssagen vor, wissen Sie. Das habe ich im Fernsehen gesehen.“

Oh nein. Darauf fiel Shane nicht herein. Man konnte ihm ja einiges nachsagen, aber bestimmt nicht, dass er dumm war. „Vera, warum haben Sie dieses Symbol wirklich erkannt?“

Sie warf ihm einen verzweifelten Blick zu, drängte sich an ihm vorbei und flüchtete förmlich aus der Bibliothek. Er schnappte sich seine Lehrbücher, schob sie in seine Tasche und rannte ihr nach.

Die kalte Nachtluft von Rochester prickelte auf seiner Haut, als er die Verfolgung aufnahm.

„Vera, warten Sie!“, rief er.

Sie rannte weiter, ohne sich umzuschauen.

In diesem Augenblick ging ihm ein Licht auf. Es war so klar, dass er sich fragte, wie es ihm bislang hatte entgehen können.

Vera Sanders war eine Hexe.

Allsún schlug die Augen auf und musste sich beherrschen, um nicht laut loszuschreien. Sie versuchte, sich zu bewegen, aber ihre Hände waren hinter ihrem Rücken zusammengebunden und ihre Füße an den Stuhl gefesselt, auf den der Dämon sie offenbar gesetzt hatte. Ihr Blick flog durch den Raum, und sie nahm mit wachsendem Entsetzen die Szene vor sich auf. Eine Mutter, ein Vater und ein Sohn lagen auf dem Boden, gefesselt wie sie und außerdem geknebelt.

Ein Haus. Sie befand sich in einem Haus. Vermutlich handelte es sich um das Heim der Familie. Die Fesseln schnitten in ihre Hand- und Fußgelenke. Die angsterfüllten Mienen der Menschen um sie herum schlugen in ihrem Gedächtnis einen grässlichen Akkord an. Sie erinnerte sich schaudernd an das Gemetzel, das sie vor gar nicht langer Zeit vorgefunden hatte.

Noch war der Familie in diesem Fall hier nichts passiert, aber die Menschen waren starr vor Horror, und es war nichts als ein gelegentliches Wimmern zu hören.

„Genießt du die Aussicht?", raunte eine vertraute, widerwärtige Stimme hinter Allsún.

Sie versuchte, sich umzudrehen, aber die Fesseln hinderten sie daran. Egal. Sie wusste, wer mit ihr sprach. Statt zu antworten, ruckelte sie noch heftiger an ihrem Stuhl.

„Du solltest wirklich sparsamer mit deinen Kräften haushalten." Der Dämon verlieh der normalerweise ausdruckslosen Stimme des Nachbarn eine giftige Färbung.

Sie spürte seinen heißen Atem in ihrem Nacken, während die Worte sich ihren Weg in ihr Ohr suchten. Er war ihr jetzt nah, ganz nah. Plötzlich betrat eine unbekannte Frau den Raum. Allsún verspürte kurz den Drang, sie zu warnen, ihr zuzurufen, dass sie um ihr Leben rennen sollte, aber als sie in die eiskalten, toten Augen sah, wusste sie, dass jede Warnung sinnlos war.

Die unübersehbar schwangere Mutter wimmerte etwas unter ihrem Knebel. Der weibliche Dämon trat ihr hart in den Bauch, und die Frau krümmte sich wie ein Fötus zusammen. Ihre Augen füllten sich mit Tränen. Der Sohn im Teenageralter wand sich in hilflosem Schmerz, als er sah, welche Qualen seine Mutter erleiden musste.

„Gemach, gemach, dafür bleibt noch genug Zeit", schnurrte der Dämon, der hinter Allsún stand. „Wenn unsere kleine Elfenschlampe die Tritte für uns weitergibt."

Bei der Vorstellung, dass sie zum Werkzeug für Folter und Tod werden sollte, hätte sich Allsún am liebsten übergeben.

Wieder bäumte sie sich in ihren Fesseln auf. Die enggeschnürten Seile rieben ihre Haut wund.

Sammael trat jetzt vor sie, packte ihr Kinn und riss es hoch, sodass sie gezwungen war, in seine leblosen Augen zu blicken. „Du bist eine Kämpferin. Das respektiere ich." Er schlug ihr so fest ins Gesicht, dass ihr Mund sich mit dem metallischen Geschmack von Blut füllte.

„Das war von mir. Für den Rest kannst du dich bei Lilith bedanken", stieß er knurrend hervor.

Trotzig schaute Allsún ihn an. „Von mir aus kannst du direkt zur Hölle fahren, du Stück Sch…"

Der Dämon umfasste ihren Hinterkopf und drückte seinen Mund mit einer zügigen Bewegung auf ihren. Sofort kroch eisige Kälte durch ihren Körper. Ein taubes Prickeln wanderte in ihre Beine und wieder zurück ins Rückgrat, und sie spürte die langsam einsetzende Lähmung.

Sie hörte ein seltsames, unheimliches Geräusch, während ihr Nachbar eine Art perverse Mund-zu-Mund-Beatmung durchführte. Eine kühle, gasförmige Substanz füllte ihre Lungen. Ihre Motorik begann zu versagen.

Ihre Sinne waren scharf wie immer, doch sie hatte die Kontrolle über ihre Arme und Beine verloren. Sie sah und fühlte, wie sich die Hand am Ende ihres Arms zur Faust ballte, auch wenn es eigentlich nicht mehr ihre Hand war. Sie schrie und stellte entsetzt fest, dass kein Ton über ihre Lippen kam.

Ihr Körper war für sie verloren, der Dämon hatte sich darin eingenistet. Irgendwo im Hintergrund ihres Bewusstseins ertönte Gelächter – ein krankes, schrilles Kichern, wie von einem gestörten Kind, das ein kleines Tier quält und verstümmelt. Der Dämon hatte sie. Sie versuchte noch einmal zu schreien, aber es war vergebens. Das Kichern hörte nicht auf, und wie der höllische Refrain eines Albtraums hallte es in ihrem Bewusstsein wider.

Sie spürte, wie ihre Glieder sich ohne ihr Zutun dehnten und streckten, als das Höllenbiest sie durch eine Art wahnsinnigen Testlauf jagte. Sie lehnte sich weiter auf, schrie lautlos in ihrem eigenen Kopf. *Geh raus, verschwinde aus mir, du verfickter Feigling! Ich werde nie tun, wozu du mich benutzen willst!*

Ihr Gesicht lächelte, und sie hörte die verzerrte Stimme direkt in ihrem Gehirn antworten, in der schaurigsten, grässlichsten Sprache, die sie sich vorstellen konnte, direkt aus der Hölle, ohne Körper, der sie filterte oder abschwächte. Es war eine gepresste, heimtückische, zischende Stimme, zusammengesetzt aus Gewalt und Leiden.

Wir werden ja sehen, was die kleine Allie tun oder lassen kann. Wieder kicherte die Stimme wie die eines bösartigen Clowns.

Als der Dämon die Kontrolle über ihre Erinnerungen übernahm, rollte Allsúns Vergangenheit in einer äußerst lebhaften, detaillierten Rückblende an ihrem inneren Auge vorbei.

Sie wurde zurückgetragen zu jenem Tag, an dem sie aus Davids Tür gestürmt und zum Haus ihrer Mutter geflüchtet war. Sie spürte den dahinschwindenden Herzschlag des Babys, das sie verloren hatte, und durchlebte noch einmal jede Sekunde dieser entsetzlichen Qual.

Als sie in die Gegenwart zurückkehrte, stellte sie fest, dass der Komplize des Dämons sie losgebunden hatte.

Die fürchterliche Stimme dröhnte durch ihren Kopf. *Willst du dich mir wirklich weiter widersetzen?*

Allsún antwortete nicht. Sie fühlte die Macht des Dämons durch das fließen, was einst *ihr* Körper gewesen war.

Es macht wirklich Spaß mit dir, Allie, aber wir müssen uns jetzt um wichtigere Dinge kümmern. Da wäre zum Beispiel die Frage, wen von diesen Leuten hier du als Erstes umbringst.

Allsún versuchte, ihren Körper mit aller jämmerlichen Kraft, die Sammael ihr gelassen hatte, daran zu hindern, sich auf die Familie zuzubewegen.

Hmm … dem Jungen da hat es überhaupt nicht gefallen mit anzusehen, was unser Freund mit seiner Mutter angestellt hat. Vielleicht sie zuerst?

Der weibliche Dämon-Wirt drückte ein großes Schlachtermesser in Allsúns Hand und setzte sich dann andächtig in einen Ohrensessel, um ihr zuzusehen. Seine Augen glänzten vor kranker Faszination.

Na, dann wollen wir mal schauen, was als Nächstes passiert, nicht wahr?

Allsún kniete sich neben die Mutter und packte sie an den Haaren. Sie entfernte den Knebel und öffnete mit der flachen Klinge den Mund der Frau. Dann schob sie langsam die Klinge hinein, wobei sie sich vergewisserte, dass der Vater und der Sohn alles mit ansehen konnten. Die beiden wanden sich in ihren Fesseln und stießen angstvolle Laute aus.

Allsún zog das Messer langsam wieder heraus und schnitt dabei ein kleines schiefes Lächeln in den Mundwinkel der Mutter.

Nein … noch nicht genug Schmerz in ihren Augen. Nein. Auf keinen Fall. Sie würde diesem Dämon nicht erlauben, *ihren* Körper zu missbrauchen, um diese Menschen zu quälen. Allsún konzentrierte ihre gesamte psychische Energie darauf, ihre Gliedmaßen wieder unter Kontrolle zu bekommen. Sie zitterte am ganzen Leib, aber die Hand, die das Messer hielt, fing langsam an zu sinken.

Der Dämon fauchte in ihrem Kopf. *Was ist das denn? Wie machst du das? Du dreckige Elfenschlampe. So hat sich nicht mal deine Mutter aufgeführt.*

Plötzlich klappte ihr Mund auf, und die gasförmige Substanz, die kurz zuvor in sie eingedrungen war, entschwand in einer eisigen Wolke. Sie war wieder Herrin im eigenen Körper, aber bevor sie wirklich begriff, was vor sich ging, hatte der andere Dämon sie von hinten umklammert. Sie wehrte sich gegen seinen Griff und versuchte, der Höllenkreatur ihre Ellbogen in die Rippen zu rammen, allerdings ohne Erfolg.

Während Sammael den Körper, den er gerade erst verlassen hatte, erneut in Besitz nahm, fing sein Gehilfe an, sie wieder zu fesseln. In einem letzten verzweifelten Versuch, sich zu retten, warf Allsún den Kopf zurück und ließ ihren Schädel gegen die Nase des Dämons knallen. Sie hörte ein gedämpftes Ächzen und spürte, wie warmes Blut auf ihren Rücken tropfte.

„Du dämliche Hure." Sammael, jetzt wieder in der Gestalt des unscheinbaren Nachbarn, schlug ihr mit dem Handrücken ins Gesicht. Ihre Wange brannte höllisch, aber das war gar nichts im Vergleich zu dem, was sie in nicht allzu ferner Zukunft mit *ihm* vorhatte. Kein Dämon, der es wagte, sich ihres Körpers zu bemächtigten, war lange von dieser Welt. Dafür würde sie schon sorgen.

Sammael kam ihr so nahe, dass ihre Nasenspitzen sich beinahe berührten. „Diesen kleinen Trick wirst du noch bitter bereuen, denn der Schmerz, den ich diesen Menschen hier mit deinem Körper zufügen wollte, ist das reine Zuckerschlecken gegen die Qualen, die ich ihnen nun zufügen werde."

Allsún spuckte ihm ins Gesicht. Er grinste widerwärtig, hob die Faust und rammte sie ihr in den Magen.

Nach dem Schlag auf den Hinterkopf, den sie sich selbst zu verdanken hatte, und dem unfairen rechten Haken des Dämons begann Allsúns Blickfeld sich zu verengen. Schwarze Punkte ballten sich vor ihren Augen zusammen, bis schließlich alles um sie herum schwarz wurde.

17. KAPITEL

Der Rest der Nacht verschwamm für David zu einem einzigen Nebel. Er spürte kaum etwas von der Freude, die er normalerweise beim Exorzieren eines Dämons empfand. Fast mechanisch hatte er danach Damon angerufen, damit der sich um die angemessene Reinigung des Tatorts kümmerte. David versuchte immer noch, all das zu verarbeiten, was Allsún ihm erzählt hatte. Er wünschte sich nur noch eines: Die Zeit mit ihr zurückzudrehen, damit es wieder so sein konnte wie damals, bevor er sie in so vielerlei Hinsicht im Stich gelassen hatte. Er wollte wieder der Mann sein, den sie liebte, aber nach allem, was er ihr angetan hatte, war er nicht sicher, ob sie ihn jemals wieder lieben könnte. Die Vorstellung, sie noch einmal zu verlieren, schmerzte schlimmer als alles, was er je erlebt hatte.

Schwanger. Sie war mit seinem Kind schwanger gewesen, und er hatte ihr gesagt, dass er keine Familie wollte. Kein Wunder, dass sie weggelaufen war, nachdem sie ihm die Babyschuhe gezeigt und er derart abweisend reagiert hatte.

Aber plötzlich ergab alles einen Sinn. Ihr spontaner Wutausbruch wegen etwas, über das sie schon so oft gesprochen hatten und was eigentlich keine Überraschung für sie sein konnte. Ihre Flucht, ihr langes Schweigen. Sie gab *ihm* die Schuld am Tod ihres Babys, das spürte er, und wenn er ehrlich war, konnte er es ihr nicht verübeln. Allein der Gedanke, dass er ihr ungeborenes Kind womöglich hätte retten können, wenn er Allsún nachgegangen wäre, brachte ihn schier um.

Wie hatte er nur so blind sein können, die Veränderungen nicht zu bemerken, die in den Wochen vor ihrer

Trennung bei ihr stattgefunden haben mussten? Er war so absorbiert gewesen von seinem Vorhaben, der Execution Underground beizutreten, dass ihm all die subtilen, aber unmissverständlichen Anzeichen einer Schwangerschaft entgangen waren.

Wie in einer Endlosschleife rasten die Gedanken und Selbstvorwürfe durch seinen Kopf, während er sich auf den Weg zum Tatort machte, um Damon zu unterstützen.

Als er dort eintraf, war das Reinigungsteam gerade eingetroffen. Die beiden Jungen und ihre kleine Schwester hatte Damon bereits in die Obhut des Hauptquartiers gegeben.

David versuchte, nicht daran zu denken, was nun auf die Zwillingsbrüder zukam. So gefährlich und anstrengend es auch war, die übernatürlichen Mörder dieser Welt zu jagen – es war eine akzeptable Möglichkeit, mit der Vergangenheit umzugehen. Die Execution Underground warb nur Leute an, die bereits darüber im Bilde waren, dass es diese übersinnlichen Wesen gab. Der Normalbürger hingegen fand das meist erst heraus, wenn so ein Dämon ihm einen geliebten Menschen nahm. Es konnte gut sein, dass die Zwillinge für die Execution Underground angeworben wurden. Die Verantwortlichen im HQ war immer scharf darauf, potenzielle Jäger zu finden, die eine „persönliche Leidenschaft", wie sie es nannten, dafür entwickelten, die Übernatürlichen zu bekämpfen. Das bedeutete nichts anderes, als dass es ihnen gefiel, wenn ihre Nachwuchsjäger Rachegefühle entwickelten, die sie zu Höchstleistungen anspornten. Wenn die beiden Jungen sich dafür entschieden, Hunter zu werden, würden man sie zunächst ein paar Jahre lang in sämtlichen Kampftechniken ausbilden, bis sie schließlich bereit waren für die Injektion des Serums, das ihre Fähigkeiten erweiterte und ihnen mehr Kraft verlieh.

Erst dann begann das wahre Training. David war da eine Ausnahme: Er war als Exorzist angeworben worden und damit wegen einer Gabe, die er nicht der Execution Underground zu verdanken hatte. Doch im Moment konnte er weder den Fähigkeiten, die ihm in die Wiege gelegt worden waren, etwas abgewinnen, noch den „Zugaben" durch die Execution Underground. Genau genommen mochte er seinen Job gerade nicht besonders.

Damon half ihm dabei, Proben zu sammeln und Fotos zu schießen, und gab grünes Licht dafür, die Daten sofort an Chris weiterzugeben. Doch David wusste – und hatte selbstverständlich auch seinen Chef darüber informiert –, dass das in diesem Fall nichts bringen würde. Das hier war nicht der Dämon, der hinter den anderen Mordfällen steckte. Bevor er zu Allsúns Apartment gefahren war, hatte er das Höllenwesen noch weiter verhört, aber der kleine Scheißer weigerte sich, irgendetwas Nützliches preiszugeben. David war also der Lösung seines Falls seit dem Nachmittag keinen Schritt näher gekommen. Im Gegenteil: Dieses Verbrechen hier warf nur immer noch mehr Fragen auf.

Ganz offensichtlich hatte der Chefdämon – wer immer das auch war – gehofft, ihn durch den Zusammenstoß mit dem Abyzu zu verwirren, aber David konnte sich beim besten Willen nicht vorstellen, warum. Was sollte das? Warum änderte der Dämon plötzlich sein Schema und schickte einen Untergebenen, um seine Arbeit zu erledigen?

Als er am Tatort endlich fertig war, kehrte er ins Hotel zurück. Bislang hatte sich ein Teil von ihm in einer todesähnlichen Starre befunden. Eine tiefe Benommenheit hatte sich nach seinem Gespräch mit Allsún über ihn gelegt, doch kaum war die Tür der Suite hinter ihm ins Schloss gefallen, brachen alle Dämme. Zorn und Schuldgefühle tobten durch seine Seele, und er schlug wutentbrannt mit der Faust gegen die Wand. Ein verzerrter Schrei drang aus seiner Kehle. *Verflucht noch mal!* Für was für einen Dreckskerl hielt sie ihn eigentlich? Wie konnte sie jemals glauben, er würde von ihr verlangen, ihr Kind abzutreiben? Sein Kind. Ihr gemeinsames Kind.

Er hatte doch immer gewusst, wie sehr sie sich eine Familie wünschte. Wie konnte sie auch nur eine Sekunde lang annehmen, er würde sie bitten, ihre Schwangerschaft zu beenden? Wenn sie ihm nur früher etwas gesagt hätte, dann hätte er ihr durch diese schwierigen Monate helfen können. Stattdessen hatte alles tragisch geendet. Und zwar nur deshalb, weil sie ihn über ihren Zustand im Dunkeln gelassen hatte, sodass er nicht wissen konnte, wie besonders schutzbedürftig sie gewesen war. Es war *seine* Schuld, weil er sie nicht beschützt hatte, aber, verdammt, warum hatte sie es ihm nicht erzählt?

Nachdem er so lange vor sich hin gegrübelt hatte, dass er seine eigene Wut nicht mehr ertragen konnte, ging er ins Bett. Doch an Schlaf war nicht zu denken. Stundenlang wälzte er sich hin und her und dachte daran, wie Allsún allein in ihrem Apartment lag. Schließlich fasste er den Entschluss, gleich am nächsten Morgen zu ihr zu gehen. Er musste bei ihr sein, um sie zu beschützen, ob ihr das nun gefiel oder nicht. Er erwartete gar nicht mehr, dass sie wieder zusammenkommen würden. Diese Hoffnung hatte er inzwischen aufgegeben. Aber das hieß nicht, dass er die Absicht hatte, sich von ihr fernzuhalten.

Nicht schon wieder!

David wachte vom grässlichen Klingelton seines Handys auf. Er wusste, dass Allsún ihn nicht anrufen würde, also blieb nur eine Möglichkeit. Er nahm das Gespräch ungnädig knurrend entgegen. „Hallo."

„Tut mir leid, dass ich dich geweckt habe", sagte Damon.

„Lass mich raten. Schlimme Neuigkeiten? Noch eine tote Familie?"

Damon seufzte. „Leider ja."

David stieß einen Fluch aus. „Wie konnte der Dämon unsere Überwachungsmaßnahmen austricksen? Warum hat mich niemand angerufen?"

„Sie haben eine Familie attackiert, die nicht in unserem Raster war. Chris hat über den Geheimdienst herausgefunden, dass die Frau nur eine Hebamme als Schwangerschaftsbetreuung hatte, es gibt also keine Krankenhausakten."

„Verdammt."

„Du hast ein paar Stunden Zeit, bevor die Polizei eintrifft. Fahr hin, sammele deine Proben und untersuche den Tatort. Die Presse dreht völlig durch. Wir müssen das hier schnellstmöglich zu Ende bringen, David."

Am liebsten hätte David ins Telefon gebrüllt, dass er gern mal sehen würde, wie Damon selbst das schnellstmöglich zu Ende brachte. Wie konnte man von ihm erwarten, Fortschritte zu machen, wenn das System, das ihre gesammelten Proben und Daten verarbeitete, keinerlei Ergebnisse brachte? Doch er biss sich auf die Zunge und verzichtete darauf, seinen Vorgesetzten anzufahren. „Alles klar, ich mache mich gleich auf den Weg." Bevor er zum Schauplatz des Verbrechens fuhr, musste er allerdings noch einen Zwischenstopp in persönlicher Sache einlegen.

Zwanzig Minuten später klopfte er an Allsúns Tür. Als keine Antwort kam, klopfte er noch einmal, lauter diesmal. Da wusste er, dass er sich dringend Eintritt verschaffen musste. Vielleicht war sie ja in ihrer Wohnung, aber zu schwer verwundet, um sich bemerkbar zu machen. An die andere, noch schlimmere Möglichkeit, die ihm durch den Kopf schoss, wollte er gar nicht erst denken. Er holte seine Kreditkarte aus dem Portemonnaie und knackte damit das Schloss.

„Allsún?", rief er und trat durch die Tür, blieb aber gleich hinter der Schwelle stehen und ließ seinen Blick durch das Apartment schweifen.

Alles sah normal aus. Ihr Wohnzimmer war makellos sauber, wie immer, und alles schien an seinem Platz zu stehen. Er rief noch einmal ihren Namen. Keine Antwort. Vorsichtig schlich er den Flur entlang zum Schlafzimmer. Er trat ein und knipste das Licht an.

Oh, verflucht.

Der Raum war ein einziges Durcheinander. Wäscheberge lagen auf dem Boden, Schubladen waren aus der Kommode gezogen und ebenfalls auf den Boden geworfen worden, auf dem Nachttisch lag ein umgekipptes Wasserglas.

Das alles sah gar nicht nach Allsún aus.

In all den Jahren, die er sie nun schon kannte, war sie stets eine Ordnungsfanatikerin gewesen. Während ihrer Beziehung hatte sie sogar regelmäßig sein Apartment geputzt, weil sie das Chaos in seiner Junggesellenbude nicht ertragen konnte, wie sie sagte.

Ihr war irgendetwas passiert. Etwas Schlimmes.

Wieder rief er ihren Namen. „Allsún?"

Keine Antwort, keine Spur von ihr. Wo auch immer sie war, hier jedenfalls nicht, und das konnte nichts Gutes bedeuten, da war er sicher.

Panik stieg in ihm auf. Was zum Teufel war hier passiert, und wo zum Teufel steckte sie?

Als er sie gerade anrufen wollte, in der verzweifelten Hoffnung, dass sie an ihr Handy gehen würde, fing sein eigenes Handy an zu vibrieren. Allsúns Name blitzte auf dem Display auf. Er stieß einen erleichterten Seufzer aus und drückte die Annahmetaste.

„Hallo, Schatz", säuselte Allsún.

David hob eine Braue. Schatz? Seit wann nannte sie ihn Schatz? Er schob den Gedanken beiseite. Offenbar hörte er jetzt schon Gespenster. „Wo bist du?"

„Oh, das ist jetzt nicht so wichtig", erwiderte sie. „Allerdings wollte ich dich gerade dasselbe fragen."

Er runzelte die Stirn. Was war bloß los mit ihr? Warum benahm sie sich plötzlich, als sei zwischen ihnen alles in Ordnung?

„Ich bin in deiner Wohnung", erklärte er, „weil ich nach dir gesucht habe." Er zögerte, dann wiederholte er seine Frage. „Also, wo bist du?"

„Ich musste einfach mal raus. An die frische Luft."

Frische Luft? „Heißt das, du bist mir wegen gestern Abend nicht mehr böse?"

„Ach was. Ich bin längst darüber weg."

Darüber weg? Dass sie ihm die Schuld am Tod ihres Kindes gab? Irgendetwas stimmte da nicht. Da war er ganz sicher.

„Das freut mich zu hören."

„Was dachtest du denn, mein Dummerchen? Du weißt doch, dass ich dir nicht lange böse sein kann."

Was für ein Schwachsinn. Sogar Allsún selbst würde zugeben, dass sie ein aufbrausendes Temperament hatte; das lag sozusagen in ihrer Natur als Elfe. Eine Sekunde lang schoss ihm der Gedanke durch den Kopf, dass er vielleicht gar nicht mit Allsún sprach. War sie womöglich besessen?

Doch dann schüttelte er den Kopf. Nein, das konnte nicht sein. Feen konnten nicht besessen werden. Andererseits war Allsún nur Halb-Elfe. War es vielleicht doch möglich? Nein. Vermutlich benahm sie sich einfach nur merkwürdig nach ihrem Streit. Das war alles.

„Es gibt schlimme Neuigkeiten“, sagte er.

Schweigen. Er nahm das als Aufforderung fortzufahren.

„Eine weitere Familie wurde getötet.“

„Das ist sehr bedauerlich.“

Bedauerlich? David starrte fassungslos auf sein Handy. Sie bezeichnete die brutale Ermordung einer ganzen Familie als *bedauerlich*? Nein, irgendetwas stimmte ganz und gar nicht, und er musste dringend herausfinden, was das war. Außerdem musste er sich um den Tatort kümmern, bevor die Polizei dort eintraf. „Ich muss da jetzt sofort hin. Wollen wir uns vor Ort treffen?“ Er gab ihr die Adresse. Wenn er sie sah, würde er vielleicht eher erfahren können, was mit ihr los war.

Allsún wartete vor dem Haus auf ihn. Sie lächelte, was Davids Verdacht sofort bestätigte. Ihr Verhalten am Tatort war ebenso seltsam wie zuvor am Telefon. Während der monströse Anblick bei ihm Wut und Übelkeit auslöste, zuckte sie mit keiner Wimper. Alle Zeichen deuteten auf eine Besessenheit hin, aber er hatte keine Ahnung, wie es für einen Dämon auch nur ansatzweise möglich sein konnte, eine Fee zu überwältigen. Er hatte noch nie von einem solchen Fall gehört, auch nicht bei einem Halbblut.

Sorgfältig nahm er die Details des Verbrechens auf und versuchte herauszufinden, welches Familienmitglied zuerst gestorben war.

Nach dem Zustand der Leichen zu urteilen, hatte der Dämon sich als Erstes den Teenager-Sohn vorgenommen. Dunkles, geronnenes Blut formte einen unheilvollen Heiligenschein um seinen Kopf. Die Todesursache war nicht schwer zu ermitteln: Seine Kehle war durchgeschnitten.

Dann war der Vater an der Reihe gewesen. Sein Tod war auf andere Weise verstörend. Man hatte ihn auf saubere, beinahe klinische Weise getötet, als hätte der Dämon die Lust an ihm verloren und sein Lebenslicht so beiläufig ausgelöscht, wie man eine Lampe ausknipst.

Er nahm Proben von den ersten beiden Opfern, obwohl er vermutete, dass sie ihn nicht weiterbringen würden.

Wenn der Mörder seinem üblichen Muster gefolgt war, hatte er als Nächstes das Baby umgebracht und dann die arme Mutter, nachdem er sie gezwungen hatte, die anderen Morde mit anzusehen.

Anders als in den früheren Fällen war der Körper des Kindes unversehrt. Die anderen Opfer waren allesamt geknebelt und an Händen und Füßen gefesselt. Der Dämon hatte also diesmal einen Außenseiter als Mörder benutzt, jemanden, der nicht zur Familie gehörte.

„Erstaunlich, dass das Baby in so gutem Zustand ist", bemerkte sie, im selben gelangweilten Ton, in dem sie auch darauf hätte hinweisen können, wie erstaunlich es war, dass es nicht regnete.

David biss die Zähne zusammen. Er brauchte seine ganze Selbstbeherrschung, um sich nicht zu Allsún umzudrehen und sie zu fragen: „Was zum Teufel ist los mit dir?"

Stattdessen nickte er, um seinen Argwohn vor ihr zu verbergen. „Ja, das überrascht mich auch."

Er wusste nicht, was es war. Vielleicht ihr Gesichtsausdruck oder der leere Blick, in dem keine Spur von Traurigkeit oder Wut über das Gemetzel lag. Aber egal, was dahintersteckte, er musste Allsún dringend aus der Wohnung schaffen, während er weiter überlegte, was zu tun war.

Er räusperte sich. „Warum fährst du nicht schon mal nach Hause wie sonst auch, und ich suche noch rasch meine restlichen Proben zusammen?“ Er wollte sehen, wie sie auf die dreiste Behauptung reagierte, dass sie normalerweise immer vor ihm nach Hause ging. „Ich rufe dich in ein paar Stunden an. Ist das okay für dich?“

Sie nickte. „Klar, das klingt gut.“

David hatte Mühe, seine Miene unter Kontrolle zu halten. Die Allsún, die er kannte, würde sich niemals einfach so von einer Ermittlung ausschließen lassen. Er brachte sie zur Tür und hielt sie für sie auf. Sie lächelte, stellte sich auf die Zehenspitzen und küsste ihn auf den Mund. Leidenschaftlich presste sie die Lippen auf seine.

Alle seine Muskeln spannten sich an. Sein Körper war so sicher wie sein Verstand, dass dies nicht Allsún war, und ihre Berührung ließ sein Blut gefrieren. Bei der Vorstellung, Allsúns Körper zu küssen, während dieser von einem Dämon besessen war, drehte sich ihm der Magen um.

Sie trat zurück, und über ihr Gesicht huschte ein sorgloses Grinsen. „Bis später!“, rief sie und schlenderte bestens gelaunt davon.

Sobald David die Tür hinter ihr geschlossen hatte, griff er zu seinem Handy.

Jace nahm den Anruf sofort an. „Ja?“

„Ich glaube, ich habe ein Riesenproblem.“

„Könntest du das vielleicht ein bisschen näher ausführen?“

David schüttelte den Kopf, obwohl er wusste, dass Jace ihn nicht sehen konnte. Die Macht der Gewohnheit. „Noch nicht. Ich brauche dich und Shane. Wir treffen uns so bald es geht in meiner Wohnung. Kannst du ihn auftreiben?"

„Ja, kein Problem. Bis gleich."

Als David seine Fotos und Proben beisammenhatte, schwang er sich auf sein Motorrad und raste zu seinem Apartment. Er würde dieser Sache auf den Grund gehen, und wenn ein Dämon es tatsächlich gewagt haben sollte, in Allsún zu fahren, dann würde er den Mistkerl bitter dafür bezahlen lassen.

Jace und Shane warteten bereits auf ihn. Die Wohnungstür war zwar inzwischen repariert worden, wie David erleichtert feststellte, aber Jace hatte einen eigenen Schlüssel. Die beiden Hunter saßen auf Davids Sofa. Jace nahm den Liebesroman vom Couchtisch und schwenkte ihn durch die Luft.

„Ein Liebesroman, Mann! Echt?"

David machte eine geringschätzige Geste. „Na und? Aber ich habe jetzt keine Zeit mir anzuhören, wie du dich über meinen literarischen Geschmack lustig machst. Ich habe gerade einen ganzen Haufen Probleme."

Shane beugte sich vor. „Von denen wirst du noch mehr haben, wenn ich dir meine neuesten Erkenntnisse mitteile. Ich habe nämlich die ganze Nacht recherchiert. Aber du zuerst."

David starrte auf den Boden, um seinen Teamkollegen nicht in die Augen schauen zu müssen. „Ich glaube, dass Allsún besessen ist."

„Was?", brüllte Jace. „Ausgeschlossen. Sie ist eine Elfe. Sie kann nicht besessen werden."

Shanes Augen weiteten sich, als sei ihm plötzlich ein Licht aufgegangen. „Verdammter Mist. Jetzt ergibt das alles einen Sinn."

David durchbohrte ihn förmlich mit seinem Blick. „Wovon redest du?"

Shane sah ihn an. „Als Jace mich anrief, wollte ich mich gerade bei dir melden. Ich habe herausgefunden, woher diese ominösen Symbole stammen. Sie sind nicht okkult. Sie sind biblisch."

David gefiel gar nicht, wohin sich diese Sache entwickelte. „Was wollen die verdammten Dämonen mit Symbolen aus der Bibel anstellen?"

„Ich glaube, du weißt schon, worauf ich hinauswill", erwiderte Shane. „Ist ja auch ziemlich eindeutig: die Fixierung auf Säuglinge, die Ähnlichkeiten mit der Abyzu-DNS. Ich wusste bloß nicht, dass Lilith tatsächlich mehr als ein Mythos ist, doch was wir hier haben, ist ganz offensichtlich ein biblisches Beschwörungsritual für sie."

Jace hob fragend die Hand. „Was kriege ich da gerade nicht mit? Könnte mich mal jemand aufklären?"

David starrte nachdenklich auf den Boden. „Nach jüdischem Glauben hatte Adam eine erste Frau, eine unfolgsame Frau, vor Eva. Ihr Name war Lilith. Sie wurde aus dem Paradies verbannt und ist heute besser bekannt als Mutter der Dämonen. Sie soll speziell die Abyzus in die Welt gesetzt haben. Ich dachte genau wie Shane, dass sie nur ein biblischer Mythos ist, aber wenn er recht hat, was diese Symbole an den Tatorten betrifft, dann versuchte der Dämon, der die Familien ermordet hat, Lilith aus der Hölle heraufzubeschwören."

„Warum sollte er das tun wollen?" Jace runzelte skeptisch die Stirn.

Shane schüttelte ratlos den Kopf. „Warum tun Dämonen überhaupt irgendetwas? Weil sie bösartig sind."

David nickte zustimmend. Ja, jetzt ergab alles Sinn. Der Dämon hatte Allsún ins Visier genommen und ihre Fehlgeburt verursacht. Dafür war Lilith bekannt: Fehlgeburten und plötzlicher Kindstod, denn sie war neidisch auf alle Mütter, weil Gott sie mit Unfruchtbarkeit geschlagen hatte, als er sie aus seinem Garten vertrieb.

Wenn Allsún die ganze Zeit ihr eigentliches Opfer gewesen war, dann konnte David sich nur einen einzigen Grund vorstellen, aus dem Lilith sich eine Halb-Elfe ausgesucht hatte. „Der einzige Dämon, der stark genug sein könnte, in eine Fee zu fahren, ist die Mutter der Dämonen höchstpersönlich. Und wenn Lilith es tatsächlich von Anfang an auf Allsún abgesehen hatte, dann kann das nur einen Grund haben: Allsún ist die letzte Elfe jenseits der Apfelinsel, auf die sich alle Erzfeinde der Dämonen zurückgezogen haben. Nur eine Fee kann das Portal zu dieser Dimension öffnen. Dazu will sie Allsún benutzen."

Shane und Jace schwiegen, während sie Davids Worte auf sich wirken ließen.

„Ziehen wir da keine vorschnellen Schlüsse?", gab Jace schließlich zu bedenken. „Können wir überhaupt sicher sein, dass sie wirklich besessen ist?"

David stöhnte auf. „Ich bin nicht sicher. Ich habe keinen Beweis dafür, bevor ich nicht irgendetwas versuche, was ihr wehtut. Es ist einfach nur ein Bauchgefühl, weil sie sich mehr als seltsam verhält." Bei dem Gedanken, dass Lilith, die Mutter der Dämonen, sich der geliebten Frau bemächtigt haben könnte, stieg ihm die Galle hoch.

„Was war denn der entscheidende Hinweis?", fragte Shane. „Wie bist du darauf gekommen, dass sie besessen sein könnte?"

„Da gab es einiges. Aber am auffälligsten war das komplette Fehlen jeglicher Emotionen ihrerseits am Schauplatz des Verbrechens. Obwohl man ja eigentlich meinen sollte, dass selbst ein Dämon irgendwelche Gefühle entwickelt, und sei es Schadenfreude, aber da war so gar nichts …“

„Vielleicht lag es daran, dass sie den Tatort schon kannte. Vielleicht war es ja ihr Werk.“ Shane sah David fragend an.

Der ging sofort zum Gegenangriff über. „Willst du damit etwa sagen, dass Allsún diese Menschen getötet hat?“

„Nein, keineswegs, ich will damit sagen, dass der Dämon, der in sie gefahren ist, diese Menschen getötet haben könnte.“

David versuchte sich auszumalen, wie Allsún jemanden umbrachte, doch besessen oder nicht, er konnte es sich einfach nicht vorstellen. Shane unterbrach seine düsteren Grübeleien.

„Ich kenne jemanden, der uns vielleicht helfen kann. Wenn sie sich den Tatort ansieht, spürt sie genau, was dort geschehen ist. Sie ist eine Hexe.“

Jace schaute David an. „Das scheint mir die beste Option zu sein, die wir im Moment haben.“

David nickte. Die beiden hatten recht, auch wenn er es nicht gern zugab. Sie hatten keine andere Wahl. Außerdem konnte er kaum mehr klar denken vor Sorge um Allsún. „Ja, einverstanden.“

Shane griff nach seiner Umhängetasche. „Na gut, dann versuche ich mal, sie zu orten.“

Shane starrte ungläubig auf den Bildschirm seines Laptops. Irgendwo lachte das Universum gerade über ihn, oder? Das durfte doch nicht wahr sein! Wieder schaute er auf das Profil. Nein. Es stimmte definitiv. Oh Mann, das Letzte, was er wollte, war Jace und David mit Vera bekannt zu machen. In einem Striplokal.

Genau das würde er jetzt aber tun müssen.

Plötzlich rumpelte Davids tiefe Stimme direkt neben seinem Ohr. „Hast du sie gefunden?“

Shane zuckte schuldbewusst zusammen. *Verdammter Mist.* Er klappte den Rechner zu. „Äh, ja … hab ich.“

„Worauf warten wir dann noch? Los, Aufbruch.“ David versetzte ihm einen Schlag auf die Schulter, schnappte sich seine Lederjacke und ging zur Tür. Jace folgte ihm auf dem Fuße. Shane stand seufzend auf, schlüpfte in seinen Mantel und folgte seinen Hunter-Kollegen die drei Treppen hinunter und zu Davids Cadillac Escalade.

Kurz darauf saßen die Männer im Auto, David hinterm Steuer, Jace auf dem Beifahrersitz, Shane auf der Rückbank. David folgte in Höchstgeschwindigkeit Shanes Richtungsanweisungen, und die bunten Lichter Rochesters flogen nur so an ihren Fenstern vorbei.

„Da hinten rechts.“ Shane deutete auf die nächste Ampel.

David bog rechts ab und raste die Straße hinunter. Um seinen Mund lag ein grimmiger Zug, und seine angespannte Haltung ließ erkennen, wie erbärmlich es ihm ging. Shane kannte ihn gut genug, um zu wissen, dass David erst wieder er selbst sein würde, wenn Allsún in Sicherheit war.

Aus den Lautsprechern dröhnte Radiomusik. *Heat of the Moment* von Asia. Shane musste unwillkürlich grinsen. David war Classic-Rock-Fan, und das Schicksal hatte das passende Lied für diese Gelegenheit aufgelegt.

Jace drehte die Lautstärke herunter. „Also, wo zum Teufel fahren wir hin, und wen treffen wir da?“

Shane biss sich auf die Unterlippe. Mist. Aber am besten brachte er es schnell hinter sich. Früher oder später würden ihn seine Freunde ohnehin in die Zange nehmen. „Sie heißt Vera Sanders. Sie ist eine meiner Studentinnen und, wie ich bereits sagte, eine Hexe. Wir fahren dorthin, wo sie arbeitet." Er wusste, dass sein Gesichtsausdruck ihn verriet. Die beiden Männer waren aufmerksame Beobachter, und er konnte an ihren Mienen ablesen, dass sie ahnten, was er für Vera empfand.

„Und wo ist das?", hakte Jace nach.

Als Shane nicht antwortete, drehte sich Jace auf seinem Sitz um und schaute seinem jüngeren Kollegen direkt in die Augen. „Komm schon, Kleiner. Raus damit."

Shane legte beschämt die Hand vors Gesicht und murmelte: „Soft Tails."

Jace lachte leise. „Verflucht noch mal." Er stieß einen anerkennenden Pfiff aus. „Verdammt, Shane, du coole Sau. Dein Mädchen ist Stripperin?"

David trat noch fester aufs Gaspedal und warf Jace mit hochgezogenen Brauen einen kurzen Seitenblick zu. „Warum bin ich nicht überrascht, dass du weißt, dass es sich um ein Striplokal handelt?"

Jace ließ die Scheibe neben dem Beifahrersitz nach unten gleiten und zog eine Schachtel Marlboro aus der Tasche seines Trenchcoats. Er zündete sich eine Zigarette an, nahm einen tiefen Zug und blies den Qualm aus dem Fenster. „Auch wenn ich jetzt nur noch Augen für Frankie habe, heißt das ja nicht, dass mir erst Eier gewachsen sind, nachdem ich in dieser Gasse über sie gestolpert bin. Ein Mann hat nun mal seine Bedürfnisse, und die Mädels im Soft Tails wissen, was eine gute Show ist." Er schnippte die Asche aus dem Fenster.

Shane spürte, wie er knallrot anlief. Er versuchte krampfhaft, sich nicht auszumalen, wie verführerisch Vera aussehen musste, fast nackt, auf Stiletto-Absätzen, die ihre langen Beine betonten, während sie sich an der Stripperstange rekelte und drehte …

Aber fast nackt wäre nicht genug. Er wollte sie oben ohne sehen, aber ihre Blöße sollte nur für seine Augen bestimmt sein. Er verfluchte sich für diese schmutzigen Gedanken. Es war so unpassend, in so vielerlei Hinsicht. Vera war seine Studentin, verdammt noch mal.

Nervös rückte er seine Brille gerade. „Nein, sie ist keine Stripperin. Sie kümmert sich um die Bar."

Jace schnaubte spöttisch. „Glaubst du wirklich, die Barfrau eines Striplokals, die nach deinem Gesichtsausdruck zu urteilen auch noch rattenscharf ist, macht niemals einen Probelauf an einer dieser Stangen?"

Shane schüttelte den Kopf. „Ich habe mir die Homepage dieses Clubs angeschaut. Er gehört ihrem Onkel. Ich kann mir nicht vorstellen, dass er sie auf die Bühne lässt."

Der Blick, den Jace ihm zuwarf, sagte laut und deutlich: *Träum weiter von einer besseren Welt, Kleiner.*

Ein paar Minuten später bogen sie auf den Parkplatz des Soft Tails ein. Der Name des Clubs leuchtete in pinkfarbenen Neonbuchstaben durch die kalte Nacht. Ein anderes blinkendes Schild verkündete *24 schöne Mädchen … und 1 hässliches!* Shane runzelte die Stirn. Barfrau oder nicht, Vera war ganz bestimmt nicht die Hässliche. David fuhr auf einen freien Parkplatz und stellte den Motor ab. Die drei Männer stiegen aus und gingen auf den Eingang zu.

Jace klopfte Shane auf den Rücken. „Verflucht, eins muss ich dir lassen, Mann: Eine Frau zu finden, die nicht nur weiß, wie man Getränke ausschenkt, sondern das auch noch in einem Striplokal macht, ist echt eine beeindruckende Leistung."

Shane errötete wieder. „Sie ist nicht mein Mädchen. Das habe ich doch bereits gesagt. Sie ist eine meiner Studentinnen."

Jace ließ seine Kippe auf den Boden fallen und trat sie mit dem Absatz aus. „Na und? Ist doch egal! Studentin oder nicht, du bist an ihr interessiert. Stimmt's, oder hab ich recht?"

Shane wusste, dass seine glühenden Wangen Antwort genug waren.

Der Club war brechend voll, sogar für einen Samstagabend. Laute Bässe wummerten aus den Lautsprechern, und auf der Hauptbühne glitt eine Stripperin unter johlendem Beifall kopfüber an der Stange hinunter. Als sie den Boden erreichte, kam sie mit einem Überschlag wieder auf die Füße. Ihre transparenten Plateau Heels verlängerten ihre Beine optisch und betonten ihren Hintern auf höchst provokante Weise. Sie schüttelte sich die lange rote Mähne, die ihr über die Schultern fiel, und glitt mit dem Rücken zum Publikum in einen Spagat, aus dem sie ein paarmal lasziv auf und ab wippte. Das Einzige, was sie trug, war ein pinkfarbener Stringtanga.

Jace stieß Shane mit dem Ellbogen an. „Zwanzig Dollar, dass sie von Natur aus rothaarig ist." Er lachte leise in sich hinein.

Shane konnte nicht behaupten, dass er sonderlich beeindruckt war. Schließlich hatte er die meisten Abende seiner Kindheit und Jugend backstage in Las Vegas verbracht, mit nackten Frauen, so weit das Auge reichte. Da brauchte es schon einiges, um ihn aus der Ruhe zu bringen.

„Wo ist dein Mädchen?", fragte David.

Shane ließ seinen Blick durch den Club schweifen, bis er die glänzend polierte Bar aus Holz entdeckte. Vera stand hinter dem Tresen, eine Flasche Wodka in der einen Hand, eine Flasche Jack Daniels in der anderen. Sie goss den Whiskey in das Glas eines Gastes und den Wodka in den Mixer. Er deutete in ihre Richtung.

David und Jace drehten sich zur Bar um und erstarrten. „Heilige Scheiße“, sagten sie wie aus einem Mund, und Jace schickte noch einen leisen Pfiff hinterher.

Shane sah seine Kollegen scharf an. „Benehmt euch. Sie ist meine Studentin.“

Jace schüttelte nur den Kopf und war ausnahmsweise sprachlos. Dann räusperte er sich. „Sie ist deine Studentin, die in einem Stripclub arbeitet, Barfrau ist und Marilyn Monroe wie ein unscheinbares Mauerblümchen aussehen lässt. Und sie ist eine Studentin, die du gern flachlegen würdest. Kommt mir so vor, als sei sie eine Ausnahme von ziemlich vielen Regeln.“

David zuckte mit den Schultern. „Oder der Grund, aus dem diese Regeln überhaupt erst aufgestellt wurden.“

„Würdet ihr beide jetzt einfach mal die Klappe halten und mitkommen?“, fauchte Shane gereizt. Er ignorierte Jace’ und Davids Gelächter und marschierte auf kürzestem Weg zu Bar. Dort schob er sich durch die Reihen betrunkener Gäste und sah Vera dabei zu, wie sie einen Schuss Bacardi in einen Mixer gab.

Eine der Tänzerinnen kam zu ihr und flüsterte ihr etwas ins Ohr. Dann zeigte sie auf den Tisch, vor dem sie posiert hatte. Die Männer, die dort saßen, hoben ihre Gläser, um Vera wissen zu lassen, dass sie eine weitere Runde Tequila wünschten. Shane rückte noch ein Stück näher zum Tresen und rief ihren Namen, aber sie konnte ihn durch das Dröhnen der Bässe nicht hören. Sie nickte der Stripperin zu, stellte den Bacardi ab und griff sich eine Flasche Patrón aus dem Regal. Dann machte sie Anstalten, sich zu dem Tisch mit den durstigen Gästen zu begeben.

Als sie hinter der Bar hervorkam, selbstbewusst auf ihren feuerroten Stiletto-Absätzen, streckte ein Mann, der an etwas nippte, was vermutlich ein Gin Tonic war, seine schmierige Pranke nach ihr aus und steckte einen Finger in ihren Gürtel. Er zog sie rückwärts auf sich zu, sodass sie das Gleichgewicht verlor und in den Schoß des Bastards fiel. Sie rammte ihm ihren Ellbogen in den Bauch und sprang auf, bevor der Trunkenbold überhaupt begriff, wie ihm geschah.

Im gleichen Augenblick sah Shane rot, und plötzlich fand er sich im Rücken des aufdringlichen Gastes wieder. Er packte in das ölige braune Haar und riss den Kopf des Bastards nach hinten.

„Hey, was soll …“

Shane ließ ihn nicht ausreden und knallte seine Stirn auf den Holztresen, sodass dem Mann ein schmales Blutrinnsal über die Schläfe lief.

„Wenn du sie noch einmal anfasst, schneide ich dir mit einem stumpfen Messer ganz langsam die Eier ab“, stieß Shane knurrend hervor. „Ist das klar?“

Der Mann stöhnte vor Schmerz. Als Shane ihn losließ, sank er auf dem Tresen zusammen, ein blutiger, betrunkener Idiot.

Shane schaute zu Vera. Sie stand stocksteif da. Sie schien schockiert, aber er hätte schwören können, dass sie ihn gleichzeitig voller Ehrfurcht und Bewunderung anblickte.

„Wir müssen reden“, verkündete er.

So freundlich wie möglich streckte er den Arm nach ihr aus und ergriff ihre Hand. Sobald er ihre zarte Haut berührte, überzog eine prickelnde Gänsehaut seinen Arm. Sie war wie pure Elektrizität für ihn, und die Spannung, die durch seinen Körper schoss, war einfach unbeschreiblich.

Ohne ihre Hand loszulassen, führte er sie durch die Eingangstür des Clubs in die kalte Nachtluft von Rochester. Sie folgte ihm wortlos zum Auto. Als sie neben dem Escalade standen, zog er seinen Mantel aus und legte ihn ihr um die nackten Schultern. „Ich brauche Ihre Hilfe."

„Ich habe keine Ahnung, wozu Sie meine Hilfe benötigen könnten, Dr. Grey, aber …"

„Sagen Sie Shane zu mir. Dies hier hat nichts mit der Uni zu tun."

„Okay … äh, Shane, ich habe keine Ahnung …"

„Ich weiß, dass Sie eine Hexe sind, Vera."

Sie wurde still. Ihre Augen weiteten sich erschrocken, dann wandte sie den Blick ab. „Ich weiß nicht, wovon Sie reden."

„Hören Sie, ich beschäftige mich schon lange genug mit dem Okkulten, um eine Hexe zu erkennen, wenn ich sie sehe. Ich habe es zwar erst gemerkt, als Sie diese Bemerkung über Lilith machten, aber im Nachhinein fügen sich alle Hinweise zu einem stimmigen Bild. Übrigens hat diese Bemerkung mir wirklich weitergeholfen."

„Ich muss wieder reingehen." Sie machte Anstalten, sich an ihm vorbeizuschieben. „Die Gäste sind …"

Shane stellte sich ihr in den Weg. „Ich bitte Sie nur darum, dass Sie sich anhören, was ich zu sagen habe." Er sah ihr direkt in die Augen. „Bitte, ich bin wirklich verzweifelt."

Shane hörte, wie sich hinter ihnen Schritte näherten. Er schaute über seine Schulter und sah David und Jace auf sich zukommen. Rasch drehte er sich wieder zu Vera um.

Ihre Augen wurden noch größer, und sie wich einen Schritt zurück. „Oh Mist. Ihr seid doch nicht das, was ich denke, oder?"

Offenbar verstand sie sein Schweigen als Bestätigung, denn sie schaute ihn nun entsetzt an. „Oh nein. Nicht schon wieder. Ihr schleppt mich nicht wieder zum Verhör. Ich ..."

Shane kam auf sie zu. Sie holte zum Schlag aus. Er duckte sich rechtzeitig. Als sie erneut zuschlagen wollte, packte er sie an beiden Handgelenken.

Er hielt sie fest und versuchte, seine Stimme nicht allzu frustriert klingen zu lassen. „Hören Sie. Es ist mir egal, was für eine Art Magie Sie praktizieren, ob weiße oder schwarze. Es spielt im Augenblick keine Rolle für mich. Ich brauche einfach nur jemanden, der über magische Fähigkeiten verfügt. Eine Freundin von uns ist in Gefahr, und ohne die Hilfe einer Hexe können wir sie nicht retten."

Vera starrte ihn argwöhnisch an, offenbar noch nicht ganz überzeugt von der Natur seiner Absichten.

Jace trat näher und räusperte sich. „Der Anreiz für Sie ist, dass keiner von uns Sie beim Hauptquartier anschwärzen wird, wenn Sie uns helfen."

Shane funkelte ihn verärgert an.

Jace zuckte mit den Achseln. „Was soll ich sagen? Ich kenne diesen Blick. Dieser Blick sagt klar und deutlich: Was zum Teufel habe ich davon?"

Shane ignorierte ihn und wandte sich wieder an Vera. „Bitte. Wir brauchen Ihre Hilfe wirklich."

Sie biss sich auf die Unterlippe und sah ihn an. Das Licht der Straßenlaternen spiegelte sich in ihren grünen Augen, in denen er jetzt einen Anflug von Furcht entdeckte. Ihr Blick wanderte zwischen ihm, Jace und David hin und her. „Ihr nehmt mich wirklich nicht fest?"

David nickte bestätigend.

Vera stieß einen schicksalsergebenen Seufzer aus. „Okay, ich helfe Ihnen. Ich muss nur noch rasch meinem Onkel sagen, dass jemand anders meine Schicht übernehmen soll. Ich sage, dass ich mich nicht wohlfühle.“ Sie schob sich an Shane vorbei und ging zurück zum Club. Auf halbem Wege drehte sie sich noch einmal um. „Ich wollte Sie nur wissen lassen, Dr. Grey, dass ich Ihnen auch ohne Gegenleistung geholfen hätte, wenn Sie nicht mit zwei Huntern hier aufgetaucht wären. So herzlos bin ich nämlich nicht, dass ich jemanden abweisen würde, der in Not ist. Ich habe nichts dagegen, Menschen zu helfen. Ich habe nur etwas gegen Hunter.“

Shane seufzte ebenfalls. „Ich *bin* ein Hunter. Es ist Teil meines Jobs.“

„Was? Sie wollen mich wohl auf den Arm nehmen?“

Fast hätte er einen Fluch ausgestoßen. Nur, weil er schmal gebaut war und kein schrankbreiter Muskelprotz …

„Was ist daran denn so erstaunlich?“

Vera verschränkte die Arme vor der Brust und hob die Schultern. „Ganz einfach. Sie sind mir nie wie ein Arschloch vorgekommen.“ Sie starrte Jace und David finster an und presste verächtlich die Lippen zusammen. Dann drehte sie sich um und setzte ihren Weg zum Lokal fort.

„Ein Arschloch, was?“ David lächelte grimmig. „Sie kann mich Arschloch nennen, solange sie will, Hauptsache sie hilft mir dabei, Allsún zu retten.“

18. KAPITEL

Trotz allem, was ihm durch den Kopf ging, musste David zugeben, dass er von Veras Verhalten am Tatort beeindruckt war. Sie hatte ihnen im Auto erzählt, dass sie noch nie ein Mordopfer gesehen hatte, und erst recht keines, das auf so grausame Weise umgekommen war, aber dafür hielt sie sich bewundernswert gut. Ja, sie hatte schockiert nach Luft geschnappt, und für einen Moment standen Tränen in ihren Augen. Aber nachdem sie sich wieder gefangen und den Schauplatz aufmerksam begutachtet hatte, schickte Shane sie direkt an die Arbeit.

Er räusperte sich, als müsse er eine Vorlesung halten, und wandte sich Jace und David zu. „Was ich sie jetzt machen lasse, ist ein sogenannter Projektionszauber. Vereinfacht ausgedrückt erlaubt er es uns zu sehen, wie die Morde passiert sind. Falls Allsún das Mordinstrument war, werden wir sehen, wie ihr Abbild diese Menschen getötet hat." Er sah David besorgt an. „Vielleicht solltest du lieber draußen warten. Das willst du doch bestimmt nicht sehen."

David schüttelte abwehrend den Kopf. „Stimmt, ich will es nicht sehen, aber wenn es wirklich so passiert ist, dann *muss* ich es sehen. Ich muss Bescheid wissen, bis in alle Einzelheiten." Er hatte im Geiste bereits alle Möglichkeiten durchgespielt, die ihm blieben, um mit der Situation umzugehen. Falls Allsún wirklich besessen war, diese Familie ermordet hatte und ein Dämon, der so stark war wie Lilith, in sie gefahren war, dann hatte er kaum eine Wahl: Er musste entweder den Dämon töten und Allsún mit ihm oder aber einen unschuldigen Menschen opfern, um sie zu retten. Denn einem dermaßen mächtigen Dämon würde er mit einem normalen Exorzismus nicht beikommen können.

Egal, aus welcher Perspektive er es betrachtete: Der Gedanke daran, die Frau, die er liebte, verletzen, ja vielleicht sogar töten zu müssen, war die reinste Folter für ihn.

Er betete inbrünstig darum, dass sie diese Morde nicht begangen hatte, weil er fürchtete, dass er nicht stark genug war, um diese Gewissheit zu ertragen. Doch selbst wenn der Dämon sie nicht für dieses Gemetzel missbraucht hatte, war sie inzwischen höchstwahrscheinlich besessen, was hieß, dass sich an seinen eingeschränkten Wahlmöglichkeiten nichts änderte.

„Ich weiß nicht, ob ich das kann.“ Veras Worte holten David in die Gegenwart zurück.

„Ich weiß, dass Sie das können“, beteuerte Shane. „Ich kann spüren, wie stark Ihre Kräfte sind.“

David trat zwischen die beiden und richtete sich zu seiner vollen Länge auf. „Jetzt hör mir mal gut zu. Die Frau, die ich liebe, ist in Gefahr. Wenn du das hier nicht machst, wenn du mir nicht dabei hilfst herauszufinden, was hier passiert ist, dann kann ich sie nicht retten. Also entweder du zeigst es mir, oder ich schleife deinen Magie praktizierenden Hintern ins Hauptquartier der Execution Underground.“

Vera seufzte verzagt. „Na schön. Aber lass es nicht an mir aus, wenn dir nicht gefällt, was du siehst.“

„Ich bin sicher, dass ich damit klarkomme.“ Sein Blick war entschlossen.

„Wie du willst.“ Vera zuckte mit den Achseln und hob dann die Hände. Während sie eine Reihe von Beschwörungsformeln murmelte, bildete sich um ihre Fäuste ein fluoreszierendes blaurotes Licht, das immer größer und stärker wurde, bis es schließlich mit einer Art Explosion den ganzen Raum füllte. Dann verblasste es langsam, und ein ätherisches Bildnis von Allsún schien mitten im Raum zu schweben. Es wirkte, als ob sie auf einem Stuhl saß. Angstvoll verfolgte David, wie das Abbild von Allsún sich erhob. Auf ihrem geisterhaften Gesicht lag ein furchterregender Ausdruck – böse und erfüllt von wahnsinniger Rage. David hatte sich geirrt. Er konnte sich das nicht anschauen. Der kurze Eindruck hatte genügt, um seinen Verdacht zu bestätigen. Allsún war von einem Dämon besessen, und er wusste nicht, ob es ihm gelingen würde, ihn auszutreiben. Er drehte sich um und verließ den Raum. Er konnte das nicht mit ansehen, er konnte einfach nicht! Er wäre nie mehr dazu imstande, Allsún als diejenige zu sehen, die sie wirklich war, wenn er Zeuge wurde, wie sie diese grauenvollen Verbrechen beging. Kurz darauf hörte er Jace fluchen und Shane keuchend nach Luft schnappen und wusste, dass er die richtige Entscheidung getroffen hatte, als er nach draußen gegangen war.

Es blieb einen Augenblick still, dann rief Jace: „Du kannst wieder hereinkommen!"

„Danke, Vera", sagte Shane gerade. Er war kreidebleich und rang ganz offensichtlich immer noch um Fassung nach dem, was er gerade gesehen hatte.

Vera, ebenfalls sichtlich erschüttert von der Erfahrung, die hinter ihr lag, wandte sich zur Tür. „Können Sie mich jetzt nach Hause bringen, bitte?"

Shane nickte. „Ja, wir bringen Sie heim." Er wandte sich an David. „Allsún hat sie nicht getötet."

Die Erleichterung war so groß, dass sie David fast von den Beinen riss. Sein Herz schlug wie wild. Gott sei Dank. So furchtbar die Lage insgesamt auch war, das war doch immerhin eine gute Nachricht.

„Ich brauche frische Luft", sagte er und ging ohne ein weiteres Wort nach draußen, wo er die kalte Nachtluft tief einatmete.

Eine Sekunde später klingelte sein Handy. Allsúns Name leuchtete auf.

Er starrte zögernd auf das kleine Display, drückte dann die Annahmetaste und bemühte sich, möglichst normal und arglos zu klingen. Auf keinen Fall durfte er dem Dämon am anderen Ende der Leitung verraten, dass er wusste, mit wem er es zu tun hatte. „Hey, Allie."

Ein verrücktes Lachen antwortete ihm. „Mach mir nichts vor, Exorzist. Ich weiß, was für magische Spielchen du treibst. Glaubst du, du könntest deine Aktionen vor mir verbergen? Du bist jämmerlich."

David umklammerte das Telefon so fest, dass seine Finger schmerzten. „Wenn du ihr auch nur ein Haar krümmst, dann schwöre ich, dass ich …"

„Was? Mich austreiben wirst? Das würde ich gern mal sehen. Wenn du einen Dämon wie mich exorzierst, bringst du deine Liebste dabei um. Du weißt ganz genau, dass ich mächtig genug bin, mich einem Exorzismusritual zu widersetzen, selbst wenn es von jemandem wie dir durchgeführt wird. Also schlage ich vor, dass du dich einfach aus meinen Angelegenheiten heraushältst."

„Und worin genau bestehen diese Angelegenheiten?" Er zwang sich dazu, ruhig zu bleiben. Er musste Lilith zum Weiterreden animieren, bis sie vielleicht etwas – irgendetwas – verriet, was ihm weiterhelfen konnte.

Lilith lachte wieder, eine kranke, verzerrte, verdorbene Version von Allsúns normalem, fröhlichem Kichern. „Du hast wohl ein bisschen den Anschluss verpasst", spottete sie. „Es ist kein Zufall, dass ich mich entschlossen habe, in die letzte Elfe jenseits der Apfelinsel zu fahren. Der kalte Krieg zwischen uns und diesen Feiglingen von Feen, die sich in ihrer eigenen Privat-Dimension verkrochen haben, wird endlich heiß. Deine süße Allsún ist das perfekte Vehikel für mich, um die Insel zu erreichen. Dort finde ich Feen zum Abschlachten, so weit das Auge reicht. Es wird … köstlich.“ Wieder stieß Lilith ihr verzerrtes, irres Lachen aus. „Leb wohl, Exorzist. Ach, und fürs Protokoll: Du bist ein toller Küsser.“

David konnte sich gerade noch zurückhalten, den Inhalt seines Magens im Vorgarten zu verteilen. Er steckte das Handy ein und stand eine Weile wie erstarrt da.

Nach ein paar Minuten kam Jace nach draußen. „Alles in Ordnung, Mann?“ Er legte eine Hand auf Davids Schulter.

David schüttelte den Kopf. „Sie hat mich angerufen. Lilith hat mich angerufen.“

„*Wie bitte?* Was hat sie gesagt?“

David starrte wie blind in die Ferne. „Ich hatte recht. Sie will Allsún dazu benutzen, um nach Avalon zu kommen, und dort einen Krieg gegen die Feen starten.“

„Verdammt“, fluchte Jace. Dann zückte er sein Handy und tippte Damons Nummer ein.

David war sich nur vage bewusst, dass er mit Jace und Shane zu einer Krisensitzung der Execution Underground gefahren war, nachdem sie vorher noch rasch Vera nach Hause gebracht hatten. Er starrte blicklos geradeaus und hatte sich völlig aus der Diskussion seiner Kollegen ausgeklinkt, die emsig debattierten, was man für Allsún tun könnte. Er ignorierte sie, während er zurückgezogen für sich einen eigenen Plan ausarbeitete.

Sicher war er sich nur über eins: Er musste Lilith folgen. Das bedeutete, dass er nach Irland fliegen musste, denn dort befand sich das Portal nach Avalon, wenn er Allsúns Erzählungen Glauben schenken konnte. Zum Glück kannte der Dämon sich mit moderner Technik nicht gut genug aus, um das GPS an Allsúns Handy auszustellen, und Shane hatte ihn … sie … es – oder was zur Hölle auch immer – orten können. Lilith befand sich momentan irgendwo über dem Atlantik.

Sie mussten so schnell wie möglich nach Irland! Wenn Lilith erst einmal auf der Apfelinsel war, gab es keine Möglichkeit mehr, sie zu stoppen. Sie würde so lange nicht greifbar sein, bis sie beschloss, in diese Dimension zurückzukehren. Und sie würde sich mit ihrer gewaltigen Kraft an Allsúns Leib und Seele klammern, sodass ein normaler Exorzismus wirkungslos wäre. Selbst wenn es ihm gelingen sollte, Lilith in einem unbewachten Moment irgendwie mit einem durchschnittlichen Ritual zu erwischen, müsste er sie immer noch mit Gewalt aus Allsúns Körper reißen. Die Prozedur könnte Allsún umbringen oder, schlimmer noch, als leere, seelenlose Hülle zurücklassen. Bei dem Gedanken lief ihm ein Schauder über den Rücken. Auf gar keinen Fall durfte er das riskieren, aber gleichzeitig konnte er auch nicht zulassen, dass der Dämon sie ihm raubte, ausgerechnet jetzt, da es endlich Hoffnung für ihre Beziehung gab.

Die einzige Form von Exorzismus, die vielleicht stark genug für einen derart machtvollen Dämon war, erforderte ein Blutopfer, das Lilith so weit schwächen würde, dass sie sich während der Austreibung nicht mehr an Allsún festhalten könnte. Aber er wusste ganz genau, dass Allsún niemals wollen würde, dass ein unschuldiger Mensch für sie starb.

Die Stimmen seiner Teamkollegen drangen wie von fern an sein Ohr. David zwang sich dazu, sie zu ignorieren, und in diesem Moment hatte er die rettende Idee.

Er würde das Blutopfer sein.

Er würde sterben, damit Allsún und ihr Volk überlebten.

David dachte eine Weile über diese Möglichkeit nach, und dann zuckte ein Lächeln um seinen Mund. Alles in allem war das gar keine schlechte Art abzutreten: Immerhin gab er sein Leben, um die übersinnliche Rasse der Elfen zu retten und, viel wichtiger, die Frau, die er liebte.

„David. David? Hey, wo bist du gerade?" Jace wedelte mit einer Hand vor Davids Gesicht herum.

Mit einem Ruck kam David in die Gegenwart zurück. „Ich bin hier. Ich habe sogar eine Art Plan."

Damon nickte ihm auffordernd zu.

„Wir brauchen dafür einen Privatjet vom Hauptquartier, um rechtzeitig nach Irland zu kommen. Wie ihr wisst, kann ein normaler Exorzismus nichts gegen Lilith ausrichten, zumindest gehe ich nicht davon aus. Aber im Moment haben wir keine Alternative. Wenn wir sie finden, versuche ich es trotzdem, und wenn sich herausstellt, dass Lilith zu stark ist, müssen wir sie gemeinsam überwältigen und irgendeinen Weg finden, sie festzusetzen, vielleicht durch einen mächtigen Schutzzauber, bis wir auf eine bessere Lösung kommen. Das ist alles, mehr hab ich nicht zu bieten."

Er ballte seine Fäuste so fest, dass seine Fingerknöchel weiß hervortraten. Verdammt, hoffentlich kriegte er alle ins Boot. Zwar war ihm völlig klar, dass sie Lilith niemals mit physischer Gewalt allein überwältigen konnten, aber wenn er seine Kollegen davon überzeugen konnte, dass er an diese Möglichkeit glaubte, dann glaubten sie vielleicht ebenfalls daran. Und dann könnte er seinen eigentlichen Plan durchziehen – dem sie sich natürlich niemals anschließen würden.

Trent zuckte mit den Achseln. „Ich stimme David zu. Es ist kein toller Plan, aber der beste, den wir haben, und wir dürfen keine Zeit verschwenden."

„Einverstanden", murmelte Damon. Er richtete sich zu seiner vollen Größe auf, bereit, die Führung zu übernehmen. „Es ist nicht leicht, so schnell an ein Flugzeug zu kommen, wenn es nur um ein einziges Menschenleben geht. Dafür werde ich wohl einen Gefallen einfordern müssen, aber das wird schon klappen. Shane, du arbeitest die Flugroute aus und bleibst an Allsúns GPS dran. Ihr anderen macht euch reisefertig, und wenn Shane sagt: Springt!, dann springt ihr."

Damon deutete mit dem Kopf zur Tür des Kontrollraums. „David, du kommst mit mir."

Eisregen ergoss sich unablässig über Rochester. Es war genau die Art Niederschlag, die sich nicht entscheiden konnte, ob sie zu Schnee gefrieren oder zu richtigem Regen schmelzen wollte, und das Ergebnis war scheußlicher, als es Schnee oder Regen jemals sein konnten: kalt *und* nass. David und Damon stapften über die Franklin Street zum Temple-Building-Apartmenthaus, in dem sich auch Allsúns verwüstete Wohnung befand.

Als die beiden Hunter in Damons luxuriöser Junggesellenbude angekommen waren, forderte Damon seinen Gast mit einer Geste auf, ihm durch den schmalen Flur zu folgen. Neben einer Tür gab er eine Zahlenkombination in ein Tastenfeld ein, wartete auf einen leisen Piepston und drückte die Tür auf. Er trat ein, und David folgte ihm.

Verdammt. Er stieß einen bewundernden Pfiff aus und war hin und weg von dem ausgeklügelten Kommunikationssystem, das Damon sich hier aufgebaut hatte.

„Ich bin ursprünglich mit der Absicht nach Rochester gekommen, hier allein zu jagen“, erklärte Damon. „Chef einer Division bin ich eher aus Versehen geworden.“

Trotz allem, was ihm durch den Kopf ging, musste David grinsen. „Was bist du doch für eine liebevolle Mutter! Deinen Babys zu erzählen, dass sie nicht geplant waren …“

Damon überging diese ungebührliche Bemerkung und drückte ein paar Schalter, um das System zu starten. Dann setzte er sich in den Schreibtischstuhl und tippte einen Code.

Nur Sekunden später erschien das Gesicht ihres Verbindungsmanns Chris auf dem Bildschirm. „Hallo, Damon. Was kann ich für dich tun?“

„Kannst du mich zum Sergeant durchstellen?“

Der Mann auf dem Monitor fluchte leise in sich hinein. „Du musst ja ganz schön in der Scheiße stecken, wenn du den Sergeant anrufst, statt auf seinen Anruf zu warten. Was ist denn los?“

Damon warf ihm einen abschätzigen Blick zu. „Nichts, was dich etwas anginge. Stell mich einfach durch.“

Chris verdrehte die Augen. „Meine Güte, was sind wir wieder gut gelaunt heute.“

„Er ist doch immer ein richtiger Sonnenschein“, sagte David.

Damon schaute ihn über seine Schulter hinweg gereizt an. „Du sprichst nur dann, wenn man dich dazu auffordert, kapiert?“, schnauzte er.

„Ja. Klar. Kapiert.“

Einen Moment später füllten Kopf und Oberkörper eines grauhaarigen Mannes den Bildschirm. „Warum in Teufels Namen rufen Sie mich an?“

„Ich möchte Sie um Ihre Hilfe bitten, Sir.“

Der Ältere sah ihn überrascht an. „Meine Hilfe? Wie zur Hölle kommen Sie auf die Idee, dass *ich* Ihnen helfen würde?“

Damon antwortete nicht.

Der Sergeant verschränkte die Arme vor der Brust. „Raus damit, Agent.“

„Es geht um einen meiner Männer … Eine Person, die ihm nahesteht, ist in Gefahr, und wir brauchen ein schnelleres Flugzeug als die Modelle, auf die das Hauptquartier Zugriff hat. Wir brauchen ein Militärflugzeug und eine Freigabe bis Irland, und zwar sofort.“

„Sie haben vielleicht Nerven.“ Der Sergeant runzelte die Stirn. „Warum zur Hölle glauben Sie, dass ich das durchwinke?“

„Weil Sie mir noch einen Gefallen schulden, für damals, als ich Sie und Ihr Team in Brooklyn rausgehauen habe, ganz zu schweigen davon, dass wir es uns nicht leisten können, dass noch ein Mitglied der Division einen … persönlichen Verlust zu beklagen hat. Das ist schlecht für die Moral.“

David sah, wie das Gesicht des Sergeants kaum merklich weicher wurde, fast so, als täte ihm Damon leid. Hatte *Damon* etwa jemanden verloren? David fand, dass das jedenfalls eine ganze Menge über Damons Einstellung zu ziemlich vielen Dingen erklären würde.

Der Sergeant räusperte sich. „Ich kümmere mich darum, Agent, aber erwarten Sie keinen weiteren Gefallen mehr von mir. Wir sind jetzt quitt.“

Damon nickte knapp. „Ja, Sir."

Der Bildschirm wurde schwarz, und Damons Schultern entspannten sich. Er hob die Hand zu einer abschließenden Geste. „So. Du hast, was du brauchst. Ruf deine Kollegen zusammen und sag ihnen, dass sie darauf vorbereitet sein müssen, außerhalb ihrer üblichen Parameter zu kämpfen. Weitere Anordnungen folgen telefonisch."

„Danke."

Damon antwortete nicht.

David räusperte sich.

„Du kannst dir gar nicht vorstellen, wie sehr ich das zu schätzen weiß. Der Gedanke, sie niemals wiederzusehen … Ich bin nur froh, dass ich ihr gesagt habe, dass ich sie liebe, bevor das alles passiert ist." Er unterbrach sich, um Damon die Gelegenheit zu geben, etwas zu sagen, aber sein Vorgesetzter schwieg hartnäckig. „Wie auch immer, ich danke dir." David wandte sich zum Gehen.

„David …", begann Damon.

„Ja?"

Einen langen Moment blieb es still, doch schließlich sprach Damon weiter. „Ich weiß, wie es ist, jemanden zu verlieren, und ich wünsche es keinem. Ich habe meine Chance verpasst, ihr zu sagen, dass ich sie liebe, und das werde ich bereuen bis ans Ende meiner Tage."

David hatte plötzlich einen Kloß im Hals, der ihn daran hinderte, etwas zu erwidern, deshalb nickte er nur stumm und ging. Die Qual in Damons Stimme war so groß gewesen, dass David eines ganz sicher wusste: Was immer dieser Mann erlebt hatte, es war der Grund dafür, dass in seinen Augen stets ein Anflug von Schmerz und Wut lag.

19. KAPITEL

Kaum war der Militärjet zum Stehen gekommen, rannte David über die Rollbahn. Das ohrenbetäubende Dröhnen der Maschine übertönte den gleichmäßigen Schlag seines Herzens. Obwohl er wusste, dass er seinem frühen Grab entgegenflog, war er seiner Sache vollkommen sicher. Noch immer erfüllten ihn beim Gedanken an den Horror, den Allsún ertragen musste, Wut und Übelkeit, dennoch aktivierte er seine ganze mentale Stärke und zwang sich zu höchster Konzentration.

Die sechs Jäger bestiegen den exklusiven Flieger. Nach nicht mal fünf Minuten waren sie in der Luft. Auf dem Weg nach Irland überkam David eine seltsame Ruhe. Ein Gefühl der Befriedigung breitete sich in ihm aus, denn er wusste, dass sein Tod die Frau retten würde, die er liebte. Er war ehrlich mit sich: Als Hunter hatte er ohnehin nicht damit rechnen können, an Altersschwäche zu sterben. Er hatte immer gedacht, er könnte sich glücklich schätzen, wenn er es bis sechzig schaffte, so wie der Sergeant. Doch wenn sein Tod bedeutete, das Allsún weiterleben konnte, dann begrüßte er sein frühes Ende sogar. David wusste, dass er nicht perfekt war. Zum Teufel, er hatte jede Menge Fehler gemacht und war ganz bestimmt nicht das, was man religiös nannte, aber irgendwie hatte er doch das Gefühl, endlich seinen Frieden gefunden zu haben.

Schließlich konnte er sich damit trösten, letztendlich ein guter Mensch zu sein oder zumindest einer, der das aus tiefstem Herzen anstrebte. Und sofern er bei Verstand bleiben wollte, musste er einfach daran glauben, dass das reichen würde, um im Himmel vor seinen Schöpfer zu treten.

„Das GPS sagt, dass wir uns ihrem Standort nähern", verkündete Shane.

Ash klopfte David auf die Schulter. „Und wo sollen wir deiner Ansicht nach landen?"

Shane antwortete für ihn. „Es gibt nicht allzu viele Möglichkeiten, aber ich glaube, unsere beste Option wäre ..."

„Nein, das lassen wir mal bleiben", fiel Jace ihm grinsend ins Wort. „Ich habe eine bessere Idee."

„Und die wäre?", erkundigte sich Shane.

„Ich zeig's dir." Er stand auf und ging ans hintere Ende des Flugzeugs. Als er einen Moment später zurückkam, hatte er mehrere große Pakete im Arm. Er warf jedem eins der Bündel zu.

David fing seins auf und nahm es näher in Augenschein. Ein Fallschirm. „Ich bin nicht sicher, dass mir gefällt, worauf das hier hinausläuft." Er hatte nicht das geringste Bedürfnis, so kurz vor seiner Selbstmordmission aus einem Flugzeug zu springen.

Jace lächelte. „Los. Bleibt ganz entspannt und lasst euch fallen!"

Trent grinste von einem Ohr zum anderen. „Ja, zur Hölle. Ich habe das nur ein paarmal machen können, als ich in der Army war – ein Superspaß."

Ash schüttelte den Kopf. „Oh nein. Auf keinen Fall. Ich werde den Teufel tun und aus einem verdammten Flugzeug springen."

Jace sah ihn fragend an. „Warum nicht?"

Ash warf ihm seinen Fallschirm zu. „Ganz einfach: Weil nur Idioten mit Todeswunsch freiwillig aus Flugzeugen hüpfen."

Damon warf ihm einen strengen Blick zu. „Du wirst es nicht freiwillig tun. Es ist ein Befehl. Jace hat recht. Es ist die beste Option."

Schweigen legte sich über die Gruppe. Ash war der Erste, der wieder das Wort ergriff. „Heiliges Kanonenrohr."

Trent saß eine Weile mit offenem Mund da. „Gerade muss die Hölle zugefroren sein", verkündete er, als er sich so weit erholt hatte, dass er wieder sprechen konnte. „Habe ich das eben richtig verstanden? Hat Damon wirklich gesagt, dass Jace recht hat?"

Damon funkelte ihn verärgert an. „Lass es mich besser nicht zweimal sagen."

Jace lehnte sich zurück und legte die Füße auf einen der Tische. „Ich genieße einfach nur diesen Augenblick."

Trent lachte. „Bist du sicher, dass du es nicht noch einmal sagen willst? Ich könnte es aufnehmen."

Genervt runzelte Damon die Stirn. „Haltet die Klappe. Und zwar alle." Jace öffnete den Mund, um etwas zu sagen. Bevor er die Chance dazu hatte, deutete Damon mit dem Zeigefinger auf ihn. „Das gilt ganz besonders für dich."

Alle außer Jace und Damon lachten in sich hinein.

Nachdem der Plan nun offiziell war, verlief der Rest des Flugs in aller Stille. Nur das Geräusch von Shanes wildem Tippen mischte sich in das Rauschen der Triebwerke. David lehnte sich in seinem Sitz zurück. Er war nicht sicher, ob das ganze Ausmaß dessen, was er vorhatte, tatsächlich schon bis zur letzten Konsequenz bei ihm angekommen war.

„Wir sind fast da. Macht euch bereit", sagte Shane.

Die sechs Männer standen auf, schnallten die Fallschirme an und sicherten ihre Waffen.

Jace klopfte David auf den Rücken. „Bist du bereit, die Frau, die du liebst, zu retten?"

David nickte. „Mehr als bereit."

„Fünf Minuten!", rief Shane.

David überprüfte seinen Fallschirm noch einmal. Fünf Minuten. Das hieß, dass er vermutlich in nicht einmal zwanzig Minuten den Tod finden würde.

Damon befahl dem Piloten, eine Absprungmöglichkeit zu schaffen. Das schrille Schaben von Metall auf Metall tönte durch den Flieger, als die Tür zurückglitt und den Blick auf etwas freigab, von dem David annahm, dass es sich um Hunderte Kilometer grüner irischer Hügel handelte.

„Springt erst, wenn ich das Zeichen dazu gebe!", brüllte Shane.

David schob den Fallschirm unbehaglich auf seinem Rücken hin und her. Während der Grundausbildung hatte er diese Sprünge immer gehasst, aber dieser hier war für Allsún, und um sie zu retten, hätte er alles getan.

„Auf drei", rief Shane. „Eins. Zwei. Drei. Springt!"

David dachte nicht weiter nach. Er warf sich aus dem Flugzeug. Kalte irische Luft ließ seinen Atem stocken, während er im freien Fall auf die Landschaft unter sich zuraste. Er musste zugeben, dass er erleichtert war, als er endlich die Reißleine ziehen konnte und der Schirm sich über ihm öffnete.

Er hatte nicht damit gerechnet, dass Shane sie alle mitten in ein wüstes dämonisches Chaos schicken würde, und während die anderen neben ihm landeten, fragte er sich kurz, ob Shane damit gerechnet hatte. Aber dann war keine Zeit mehr für irgendwelche Gedanken, jetzt war nur noch Handeln gefragt.

Er warf, so schnell es ging, seinen Fallschirm ab und zog die Messer aus seinen Stiefeln. Lilith war bei Weitem nicht der einzige Dämon, gegen den sie heute kämpfen würden.

Eine kleine Armee von mindestens fünfzehn Dämonen umringte einen niedrigen Hügel. Auf dessen Gipfel stand Allsún, die Hände in die Luft gereckt. Lilith hatte bereits damit angefangen, sie den Feengesang rezitieren zu lassen, der das Astral-Tor zur Apfelinsel öffnen würde. Davids einziges Ziel war es, an Allsúns Seite zu gelangen und Lilith aus ihrem Körper auszutreiben. Alle anderen Dämonen, die seinen Weg kreuzten, waren nichts anderes als lästige Hindernisse, die es zu beseitigen galt.

Er und die anderen Hunter stürmten vorwärts mit Gebrüll. Jeder nahm sich einen Dämon nach dem anderen vor und überwältigte ihn kämpfend, stechend, schlagend und mit den geweihten Waffen, die David ihnen gegeben hatte.

Der erste Höllenkriecher, der sich David näherte, starb nur Sekunden, nachdem sich die Klinge des geweihten Dolches direkt in sein Herz gebohrt hatte. David schenkte dem menschlichen Körper, der mit dem Dämon das Leben verlor, einen kurzen Gedanken, dann eilte er weiter. Das zweite schwefelfressende Biest ließ sich nicht ganz so leicht besiegen. Es wich Davids Klinge aus und landete einen Faustschlag auf seinem Wangenknochen. Es tat höllisch weh, aber David scherte sich nicht darum. Es ging ihm nur um eines: Allsún zu retten. Er versetzte dem Dämon einen Hieb in den Magen. Die Höllenkreatur krümmte sich vor Schmerzen und gab sich dabei die perfekte Blöße. Davids Dolch schnitt durch die kräftige Arterie am Hals wie durch Butter. Blut spritzte und befleckte seine Kleider, aber das machte nichts. Er würde sowieso bald tot sein. Mit einem Roundhouse-Kick fällte er den nächsten Dämon, der ihm zu nahe kam, und als der widerwärtige Bastard am Boden lag, stieß er ihm die Klinge in den Bauch.

Er sah auf. Allsún stand auf dem Gipfel des Hügels, nur noch ein paar Meter entfernt, immer noch unter Liliths Kontrolle. Er lief, so schnell er konnte, auf sie zu und hielt nur inne, als sich ein weiterer Dämon auf ihn stürzte. Er schmetterte der Kreatur seine Faust so kraftvoll gegen das Kinn, dass sie zurücktaumelte und sich auf den Hintern setzte. David machte sich nicht mal die Mühe, das Ding zu töten. Er musste Allsún befreien, und zwar jetzt.

Er rannte mit voller Geschwindigkeit auf Lilith zu und riss sie zu Boden. Sie fiel neben ihn ins Gras und stieß ihr grässlich gackerndes dämonisches Gelächter aus.

„Du dämlicher Exorzist, bildest du dir wirklich ein, dass du mich aufhalten kannst? Falsch gedacht, mein Bester. Versuch doch mal, mich aus der Frau, die du liebst, zu vertreiben, und schau dir an, was passiert. Ich werde sie töten. Du bist zu schwach, um mich auch nur zu berühren." Lilith zwang Allsúns Körper, aufzustehen und die Beschwörung wieder aufzunehmen. Sie tat David ab, als wäre er nicht mehr als eine Ameise unter ihrem Schuh.

„Und genau darin irrst du dich", sagte er. „Denn weißt du, was das Problem mit euch Dämonen ist? Ihr habt keine Unze Loyalität im Leib. Nicht ein Einziger deiner Kumpane hier würde einfach so sein Leben aufgeben, um dich zu retten. Da sind wir Menschen besser dran." Er hob die geweihte Klinge und zog sie, bevor er es sich anders überlegen konnte, erst über die linken Pulsadern und wiederholte das Ganze dann, nach einem raschen Handwechsel, am rechten Handgelenk. Er musste sich beeilen, bevor seine Finger alle Kraft verloren. Blut strömte dick und warm über seine Hände. Er sank auf die Knie, hob seine Arme gen Himmel und fing an, das uralte lateinische Ritual zu rezitieren.

Lilith stoppte mitten in ihrem Gesang.

„Was? Nein?“, kreischte Allsún mit der Stimme des Dämons. Ihre Adern schwollen an. Erst an ihren Knöcheln, dann die Beine hoch, bis sich die Schwellungen schließlich um ihren Leib wanden.

David rezitierte weiter, auch wenn er die Worte nur noch lallen konnte, während das Blut aus seinem Körper floss.

„Nein. Tu das nicht!“, brüllte Lilith.

Sie fiel auf die Knie und krümmte sich vor Schmerzen. David hatte nur noch ein paar Verse des Exorzismus vor sich. Vor seinen Augen tanzten schwarze Flecken und um ihn herum verschwamm alles, aber er rezitierte weiter. Er musste das hier beenden, für Allsún, für die Liebe seines Lebens.

Die letzten Worte des Rituals kamen als kaum verständliches Gemurmel über seine Lippen. Er verlor sein Blut so schnell. Und diese Kälte ... Ihm war so kalt, als ob mit dem Blut auch alle Wärme aus seinem Inneren geströmt wäre. Doch seine Sicht blieb klar genug, um den hellen Lichtblitz zu sehen, mit dem Lilith aus Allsúns Körper fuhr und in die tiefsten Tiefen der Hölle geschleudert wurde, dorthin, wo sie hergekommen war. Er lächelte. Er hatte es getan, hatte Allsún gerettet. Das war es wert gewesen, denn sein Tod gab ihr das Leben zurück. Der Nebel vor seinen Augen wurde dichter, bis die Welt schließlich in Schwärze versank.

Das Summen und Piepen der Geräte dröhnte durch Davids Kopf. Er öffnete langsam die Augen. Grelles weißes Licht blendete ihn. Er blinzelte ein paarmal und wartete darauf, dass sich seine Pupillen an die Helligkeit gewöhnten. Das war vielleicht ein merkwürdiger Himmel! Klinisches

Deckenlicht, nicht gerade warm und einladend. *Heilige Scheiße.* War er vielleicht noch am Leben? Er setzte sich abrupt auf und ließ seinen Blick hastig durch den Raum wandern. Panik stieg in ihm auf. Allsún. Wo war Allsún?

Eine kleine Hand drückte gegen seine Brust. „Hey, hallo, ruhig Brauner."

Er ließ zu, dass er sanft auf sein Kissen zurückgedrückt wurde. Gott sei Dank! Er kannte diese Berührung. Endlich konnte er sich entspannen.

„Ich hätte gedacht, dass du noch ein paar Stunden länger weg bist."

Er drehte den Kopf und sah, dass Allsún neben seinem Bett saß. In ihrem Schoß lag ein Buch.

„Was ist passiert?", fragte David.

„Ich glaube, das weißt du ganz genau, schließlich hast du ja dafür gesorgt."

Er dachte zurück an das, was in jenen grünen Hügeln geschehen war. Es dauerte nicht lange, bis er sich an das erinnerte, was er für seine letzten Momente auf Erden gehalten hatte. „Aber warum bin ich hier? Ich habe mir die Pulsadern aufgeschnitten, um dich zu retten."

„Das stimmt." Sie legte ihr Buch zur Seite und ergriff seine Hand. „Und ich danke dir aus tiefstem Herzen dafür."

Er sah sie an. „Du musst doch gewusst haben, dass ich das tun würde. Ich werde immer da sein, wenn du mich brauchst."

Allsún nickte. „Das weiß ich jetzt."

„Warst du noch anwesend, nachdem Lilith in dich gefahren ist? Ich meine, wach, irgendwie bei Bewusstsein?"

„Manchmal. Ich habe nach Kräften gekämpft, um dieses Ding aus meinem Kopf zu kriegen, das kannst du mir glauben. Ich habe es ihm nicht leicht gemacht."

Er nickte ihr zu. „Gut. Das ist mein Mädchen."

„Es tut mir leid, dass wir so gestritten haben. Ich weiß, dass wir schon kurz darüber geredet hatten, aber trotzdem hätte ich dir die Nachricht von meiner Fehlgeburt nicht so an den Kopf werfen sollen. Das war nicht fair. Du konntest schließlich nicht wissen, dass ich schwanger war, und schon gar nicht, was mit mir in dieser Nacht damals passieren würde. Vielleicht wäre alles anders gekommen, wenn du da gewesen wärst, aber es ist nicht deine Schuld, dass du es nicht warst. Du hast es nicht ahnen können."

„Und mir tut alles leid, was ich an diesem Abend gesagt habe. Ich wollte immer eine Familie mit dir, Allsún. Ich fürchtete nur, dass ich nicht imstande sein würde, diese Familie auch ausreichend zu beschützen. Aber wenn ich gewusst hätte, dass du schon schwanger bist, hätte ich alles in meiner Macht Stehende für deine Sicherheit und die des Babys getan. Inzwischen ist mir klar, dass es falsch war, so zu denken, wie ich es getan habe. Es gibt nun mal keine Garantien im Leben. Ich hätte dir nicht verweigern sollen, was du dir so sehr gewünscht hast, nur weil ich Angst hatte, es wieder zu verlieren. Ich fände es schön, wenn wir eines Tages gemeinsame Kinder hätten, sofern du mich wieder zurück in dein Leben lässt."

„Ich habe viel nachgedacht, während ich von Lilith besessen war. Ich war sicher, dass ich sterben müsste, also war es ein bisschen so, als ob mein ganzes bisheriges Leben an meinem inneren Auge vorbeizieht, mit all seinen Fehlern und Unzulänglichkeiten. Und eine Sache lag mir besonders schwer auf der Seele: Dass ich dir nie mehr sagen könnte, dass ich dich liebe."

Bevor David antworten konnte, klopfte es. Jace steckte seinen Kopf durch die Tür und spähte ins Zimmer. Als er

David sah, grinste er breit. „Hallo, hallo. Wer ist denn da endlich aufgewacht?“

David lächelte. „Komm rein.“

Jace winkte über seine Schulter hinweg, und Sekunden später stand das ganze Team im Krankenzimmer. Alle sprachen fröhlich durcheinander und versicherten David ein ums andere Mal, wie glücklich sie wären, dass er wieder okay war.

Jace trat ans Bett und legte seinem Freund eine Hand auf die Schulter. „Na gut, wenn kein anderer es sagen will, dann mache ich es eben.“ Er sah David streng an. „Wenn du so was noch einmal machst, dann bringe ich dich höchstpersönlich um.“

Alle lachten.

„Betrachte das hier als offizielle Warnung, dass Damon dich schneller, als du gucken kannst, in eine Therapie schicken wird“, fügte Trent hinzu.

Damon nickte. „Das stimmt.“

Ash fuhr mit der Hand durch seine blonde Mähne. „Du warst ganz schön nah dran, vor deinen Schöpfer zu treten, mein Lieber.“

Jace nickte. „Ich würde dich ja fragen, was zum Teufel du dir dabei gedacht hast, aber ich glaube, jeder von uns kennt die Antwort.“

Alle schauten zu Allsún, die unter dieser geballten Aufmerksamkeit errötete.

David machte eine abwehrende Geste. „Leute, es reicht. Verschwindet jetzt, ihr Idioten, und versucht herauszufinden, wann ich dieses verdammte Bett verlassen kann.“

„Seit wann gibst du hier die Befehle?“, protestierte Shane scherzhaft.

„Seit ich mit der Frau, die ich liebe, allein sein will und ihr einfach nicht gehen wollt“, gab David zurück. „Raus mit euch, ihr jämmerlichen Mistkerle.“ Er zwinkerte ihnen zu, während sie sich zurückzogen.

Als seine Kollegen endlich wieder draußen waren, wandte er sich Allsún zu. „Zurück zu unserer Unterhaltung.“ Er streckte einen Arm aus und ergriff ihre Hand. „Ich hatte solche Angst, Allie. Und ich fürchtete auch, dass ich diese Worte nie wieder von dir hören würde.“

Sie lächelte und beugte sich über ihn. „Nun, jetzt musst du dir ja keine Sorgen mehr machen, dass du sie vor deinem Tod nicht hören wirst.“

Er drückte ihre Hand. „Ich weiß, das kommt jetzt ein bisschen plötzlich, aber … Allsún …“ Er nahm auch ihre andere Hand. „… wirst du mich wieder lieben?“

Sie lächelte strahlend und beugte sie noch näher zu ihm, um ihn zu küssen. „Ich habe niemals damit aufgehört.“

EPILOG

Zwei Jahre später

Der Duft von frischen Blumen, die Freunde und Verwandte vorbeigebracht hatten, lag in der Luft. David hielt Allsúns Hand ganz fest. Sie lächelte ihn an und betrachtete dann die vielen bunten Sträuße, die im Krankenhauszimmer verteilt waren. Doch schon senkte sie den Blick wieder auf das kleine Wunder in ihrem Arm. An ihrer Brust lag ihre winzige neugeborene Tochter. Beim Anblick seiner beiden Mädchen stiegen David die Tränen in die Augen. Er hatte noch nie etwas so Schönes gesehen. Die Liebe seines Lebens – die Frau, die sich trotz allem, was sie durchgemacht hatten, bereit erklärt hatte, ihn zu heiraten –, stillte ihr gemeinsames süßes Baby. Es war der glücklichste Moment seines Lebens.

Eine Weile sagte keiner von ihnen etwas. Dann stieß Allsún einen seligen Seufzer aus. „Ich bin so glücklich, David.“ Sie schaute in die großen grünen Augen ihres kleinen Mädchens, und er konnte den Stolz, die Liebe und die Wärme, die sie ausstrahlte, förmlich mit Händen greifen. Sie würde eine perfekte Mutter sein. „Ich bin so glücklich“, wiederholte sie. „Aber ich habe auch immer noch so viel Angst.“

David schüttelte den Kopf. Er hatte ihr bereits mehrfach versichert, dass es keinen Grund gab, Angst zu haben, aber das machte nichts. Er würde immer für sie da sein, um ihr ihre Furcht zu nehmen. Er schob seinen Stuhl näher an das Bett und drückte ihre Hand. „Allsún, wir haben doch schon darüber gesprochen. Es gibt nichts, wovor du Angst haben musst. Alles wird gut. Jessica ist jetzt da. Sie liegt sicher in deinen Armen, und ich beschütze euch beide. Ich bleibe stets an deiner Seite. Ich lasse keinen von euch aus den Augen. Du bist in Sicherheit, und sie ist es auch. Ich lasse nicht zu, dass jemand dein Glück zerstört."

Allsún lächelte. Sie gab Davids Hand frei und strich mit dem Zeigefinger über Jessicas engelsgleiche Wangen.

Als sie nichts sagte, legte er seine Stirn sanft an ihre. „Sie hat deine Augen und deine Nase und deine Lippen." Er küsste jeden Körperteil, den er erwähnte. „Und, na ja, eben alles von dir, was bedeutet, dass sie perfekt ist."

Allsún lachte still in sich hinein. Dann hob sie die Hand und berührte die Kette, die David ihr zwei Jahre zuvor geschenkt hatte. In den Anhänger war ein Stein eingelassen, der unter anderen, glücklicheren Umständen der Geburtsstein ihres Sohnes gewesen wäre. „Ich vermisse ihn."

„Ich weiß, dass du das tust. Ich vermisse ihn auch, obwohl ich ihn nicht auf dieselbe Weise gekannt habe wie du."

Wieder schwiegen sie, bis Allsún schließlich das Wort ergriff. „Es macht mich manchmal immer noch traurig, an ihn zu denken, und er fehlt mir jeden Tag, auch wenn wir jetzt unseren kleinen Liebling haben." Sie blickte auf Jessica, die immer noch friedlich an ihrer Brust saugte.

David legte seine Hand beruhigend auf ihren Arm. „Erzähl mir etwas über die Zeit, als du mit ihm schwanger warst. Etwas, was du mir noch nicht erzählt hast. Etwas Schönes."

Ein kleines Lächeln spielte um ihren Mund, auch wenn es ihre wunderschönen smaragdgrünen Augen noch nicht erreicht hatte. „Nun ja, dass ich damals dauernd etwas bei diesem Fischrestaurant um die Ecke bestellt habe, lag nicht etwa daran, dass mir der Fisch so gut geschmeckt hat. Nein, ich hatte einen Heißhunger auf Tatarensoße mit viel Gurke darin. Wenn du nicht da warst, habe ich sie mir auf alles Mögliche getan. Und wann immer ich sie gegessen habe, sagte ich zu Michael: ‚Wenn du mal da bist, dann wirst du wie eine eingelegte Gurke schmecken, weil du mir diesen seltsamen Heißhunger verpasst hast.'"

David schmunzelte. „Das klingt wie eine hübsche Erinnerung."

Sie nickte, aber er konnte Tränen in ihren Augen glitzern sehen. „Das ist es auch. Aber es macht mich trotzdem traurig, daran zu denken, weil es so endete und ich ihn niemals im Arm halten konnte wie sie." Eine Träne rollte über ihre Wange. „Ich bin so glücklich und aufgeregt, dass Jessica jetzt da ist, aber ich kann trotzdem nicht aufhören, Michael zu vermissen. Ich habe das Gefühl, dass ich immer um ihn trauern werde."

Jessica löste sich von Allsúns Brust und fing an, süße gurrende Töne von sich zu geben, die Davids Herz nur so dahinschmelzen ließen. Sie war so schön, genau wie ihre Mutter. Allsún wischte sich die Tränen aus den Augen und küsste lächelnd die Stirn ihrer Tochter.

„Du bist mein kleines Wunder", flüsterte sie dem Baby zu.

David nahm sie in die Arme und hielt sie und Jessica ganz eng an sich gedrückt. Er küsste Allsún auf die Stirn, und sie ließ den Kopf an seine Schulter sinken. „Ich weiß, dass du das jetzt noch nicht glauben magst, Allie", sagte er. „Aber auch, wenn du ihn immer vermissen wirst – irgendwann kannst du ohne Traurigkeit an ihn denken. Vielleicht wirst du dich dann sogar mit einem Lächeln daran erinnern, wie du ihn unter dem Herzen getragen hast."

– ENDE –

DANKSAGUNG

Manche Bücher fließen dem Autor nur so aus der Feder. *Immortal Hunter* gehörte nicht dazu. Dieser Roman ist unter Blut, Schweiß und Tränen entstanden, vielen Tränen und einem überwältigenden Herzschmerz, und er hat mehr mit meinem eigenen Leben gemein, als mir lieb ist. Im Kern dreht sich die Geschichte von David und Allsún mehr um das Ringen mit den eigenen, inneren Dämonen als mit den tatsächlichen, die sie im Roman bekämpfen. Und für mich war dieses Buch genau das: ein Kampf mit meinen eigenen Dämonen.

Auch deshalb brauchte ich beim Schreiben mein ganz persönliches Netz moralischer Unterstützer. Ohne sie hätte ich diesen Roman womöglich ganz aufgegeben. Daher möchte ich mich ganz herzlich bei folgenden Menschen bedanken:

Bei meiner Lektorin Leslie Wainger, die mir geholfen hat, diese Geschichte auf eine neue Ebene zu bringen, und mir wichtige Hinweise gegeben hat, wie ich aus der Geschichte von David und Allsún etwas Interessantes und Lesenswertes machen kann.

Bei meiner Agentin und Freundin Nicole Resciniti dafür, dass sie mich und diese Reihe fortwährend unterstützt hat, und dafür, dass sie mir auf die Sprünge geholfen hat, wenn ich zwischendurch in der Handlung steckengeblieben bin. Außerdem hat sie mir stets versichert, dass alles gut werden wird, auch wenn ich mir da nicht immer sicher war.

Bei allen Lesern und dem Execution Underground Street Team, das diese Reihe beworben und dabei geholfen hat, eine Fangemeinde aufzubauen. Ein besonderes Dankeschön geht an Carla Gallway von Book Monster Reviews für ihre unendliche Freundlichkeit. An Jenese Leon von Readers Confession und Laura Moor von Little Read Riding Hood für ihre Hilfe in Sachen Werbung. An Sabina von Sabina's Adventures in Reading und an Jenese (schon wieder), weil sie so fantastische Probeleserinnen sind, und an meine Freundin und Schriftstellerkollegin Gena Showalter, die einer Anfängerin eine Chance gegeben hat, sowohl als Autorin als auch als Freundin, und dafür, dass sie ein wunderbarer Mensch ist.

Ich bedanke mich bei meinem Dad, der mich vor sich auf seine Harley gesetzt hat, noch bevor ich in die Vorschule kam, und immer großartig für mich gesorgt hat. Bei meiner Mom, die mich immer wieder auf meinen Abgabetermin hingewiesen hat, auch wenn ich das überhaupt nicht hören wollte, und stets meine beste Freundin war. Sie ist der eine Mensch, auf den ich jederzeit zählen kann, und außerdem mein größter Fan.

Bei meinem Ehemann Jon, dem unbesungenen Helden dieser Geschichte, der mich an Happy Ends glauben lässt. Dafür, dass er stets der Mann ist, den ich brauche, und auch der, den ich will. Und dafür, dass er mich immer festhält, wenn ich es nötig habe.

Bei meiner Tante Cindy, dafür, dass sie meinen Schmerz verstanden und mir gesagt hat, dass es zwar immer wehtun wird, dass aber der Tag kommt, an dem ich dennoch lächelnd zurückblicken kann. Du hast recht gehabt.

Und am Schluss bei dir. Du weißt, wen ich meine. Du hast diese Geschichte geformt, auch wenn wir beide nie unser „glücklich bis an ihr Ende" gefunden haben. Ich habe mir lange Zeit gewünscht, dass du so ein Held sein könntest wie David Aronowitz, aber inzwischen weiß ich es besser. Ich bin froh, dass du es nicht warst. Danke.

Liebe Leser,

ich danke Ihnen, dass Sie dieses Buch gelesen und mir als Autorin eine Chance gegeben haben. Ich hoffe, dass *Immortal Hunter* Ihnen gefallen hat und dass Sie noch lange an die Geschichte von David und Allsún denken werden. Es ist eine dunkle Geschichte, vor allem, wenn es um den Tod von Kindern, Fehlgeburt und Trauer geht, und ich möchte mit Ihnen einen Teil meiner eigenen Geschichte teilen und erzählen, was sie mit dem Roman zu tun hat.

Als ich anfing, die Geschichte von David und Allsún aufzuschreiben, wusste ich, dass es da etwas gab, was ich noch nicht ganz herausgearbeitet hatte. Allsún verbarg etwas, nicht nur vor David, sondern auch vor mir, und ich hatte lange keine Ahnung, was ihr Geheimnis sein könnte. Erst als ich bereits mit der Hälfte der ersten Fassung fertig war, ging mir auf, was Allsún für sich behielt: eine tragische Fehlgeburt, die sie vor Jahren erlitten hatte. Aus Autorensicht fügte der persönliche Schmerz dieser Figur sich nahtlos in die Haupthandlung ein, in der es um den Mord an Babys ging. Handwerklich versierte Schriftsteller wissen, dass man eine Figur durch die Hölle schicken muss, damit sie wirklich Tiefe und Charakter bekommt. Und ein Kind zu verlieren war die schlimmste Hölle, die ich mir für die arme Allsún – und für jeden Menschen – vorstellen konnte. Nicht zuletzt deshalb, weil ich, während ich dieses Buch schrieb, selbst mit meinem ersten Kind schwanger war.

Vier Tage, nachdem ich die Arbeit an *Immortal Hunter* abgeschlossen hatte, habe ich die Hölle, über die ich geschrieben habe, persönlich erlebt. Mein Mann und ich verloren unser erstes Baby. Sogar jetzt noch erscheint es mir wie ein grausamer Scherz des Schicksals, dass ich das schlimmste Trauma, das ich mir für meinen fiktiven Charakter ausmalen konnte, am eigenen Leibe erleben musste. Doch genau so haben sich die Dinge für mich nun einmal entwickelt – leider.

Es gibt auf der ganzen Welt keinen größeren Schmerz als den einer Mutter, die ihr Kind verliert, ganz gleich, ob es sich um einen bezaubernden Säugling, ein neugieriges Kleinkind, einen rebellischen Teenager, einen erwachsenen Menschen mit eigener Familie oder um ein kleines, noch wachsendes Baby im Mutterleib handelt. Ich habe mir diesen Raum innerhalb des Buches genommen, um jeder Mutter, die einmal ihr Baby und damit ihre ganze Welt verloren hat und dies hier liest, zu sagen, dass ich ihren Schmerz verstehe. Und ich hoffe, in diesem Roman ein angemessenes Bild des grenzenlosen Kummers gezeichnet zu haben, den so viele Mütter durchleiden mussten. Dieses Buch will ihren Schmerz nicht bagatellisieren, sondern würdigen.

Herzlichst
Kait Ballenger

Lesen Sie auch von Kait Ballenger:

Kait Ballenger
Twilight Hunter

Band-Nr. 65098
9,99 € (D)
ISBN: 978-3-95649-047-7
eBook: 978-3-95649-347-8
304 Seiten

Ein Werwolf tötet auf bestialische Weise unschuldige Frauen: Jace McCannon von der Execution Underground will ihn finden und zur Strecke bringen! Die Jagd führt ihn in die dunklen Straßen von Rochester, wo er einen Werwolf stellt – der sich Sekunden später in eine aufregend schöne Frau mit goldenen Augen verwandelt: Frankie Amato, Anführerin des Lykanerrudels und damit seine Todfeindin. Nackt und wehrlos steht sie vor ihm, und obwohl Jace sich selbst dafür verachtet, erwacht sein eigenes Wolfsblut, das er lange verdrängt hat: Es will diese Frau. Doch ausgerechnet die unbezähmbare Leidenschaft zwischen ihnen lenkt die Bestie in ihre Richtung. Denn das Böse ist mehr mit Jace verbunden, als er jemals ahnen konnte.

„Kait Ballenger ist die Entdeckung des Jahres, die man nicht verpassen darf!“

New York Times-Bestsellerautorin Gena Showalter

Band-Nr. 65103
9,99 € (D)
ISBN: 978-3-95649-089-7
352 Seiten

Kerrelyn Sparks
Ein Vampir für jede Gelegenheit

Alarmstufe Blutrot im Reich der Vampire! Seit ein Video ihre Existenz bewiesen hat, schweben sie in höchster Gefahr. In letzter Not wendet sich der Vampir Gregori Holstein sogar an den US-Präsidenten. Doch keine Hilfe ohne Gegenleistung: Zuerst soll Gregori die Präsidententochter Abby in geheimer Mission begleiten …

Abby Tucker würde alles tun, um ihre sterbenskranke Mutter zu retten! Für Kräuter mit sagenhafter Wunderwirkung muss sie jetzt bis ans andere Ende der Welt reisen – ausgerechnet zusammen mit dem unwiderstehlich attraktiven Vampir Gregori! Bedrohlicher als der tödliche Fluch eines chinesischen Dämons ist für Abby bald nur ihr unsterbliches Verlangen nach Gregoris Küssen …

„Sexy, witzig, gut geschrieben!
Typisch Kerrelyn Sparks.“

Fresh Fiction

Band-Nr. 65101
9,99 € (D)
ISBN: 978-3-95649-070-5
eBook: 978-3-95649-366-9
432 Seiten

Gena Showalter
Himmelsfeuer

Engelskrieger Thane kennt keine Gnade. Erbarmungslos vernichtet er die Phönixfrau Kendra, die ihn gefesselt, gefoltert und für ihre Gelüste missbraucht hat. Doch selbst der Hass auf Kendra, in Asche vergangen, verblasst neben dem Gefühl, das ihn für deren Sklavin Elin Vale überkommt. Halb Phönix, halb Mensch weckt die zarte Schönheit in dem Himmelskrieger eine nie gekannte Leidenschaft. Es ist Lust, die er mit ihr erleben will, es ist auch ein wütender Hunger nach Sieg, Unterwerfung und Schmerz. Aber es ist noch mehr. Manipuliert ihn Elins halbe Phönixseele, wie es Kendra getan hat? Oder kann es für Thane etwas jenseits aller Qualen geben, das heißer als das dunkle Feuer in ihm brennt?

„Gena Showalter schreibt unvergleichlich: atemberaubende Welten, mörderische Missionen und knisternde Erotik. She rocks!“

Sylvia Day, Nr. 1-*New York Times*-Bestsellerautorin